李新勇 著

中篇小说集

夜色也曾温柔

中国多民族作家作品系列

石一宁 主编

广西民族出版社
Gvangjsih Minzcuz Cuzbanjse

作者简介

李新勇，出生于四川大凉山西昌市，大学毕业后居江苏省启东市至今。中国作家协会会员、江苏省作家协会全委会委员、南通市作家协会副主席、启东市作家协会主席。出版小说集《某年某月某一天》、散文集《马蹄上的歌谣》、长篇纪实文学《到江尾海头去》、长篇小说《风乐桃花》等18部著作。

截至2021年，在《当代》《北京文学》《上海文学》《飞天》《长城》和《小说月报》（原创版）等刊物发表小说、散文400余万字，部分作品被《小说月报》《小说选刊》《中篇小说选刊》《北京文学·中篇小说月报》《长江文艺·好小说》《作品与争鸣》等刊物转载，作品入选60多种文学作品选；曾获《小说选刊》国土小说奖，徐霞客诗歌散文奖，梁斌文学奖和南通市第三、四、五、六、七届政府文学艺术奖，南通市第七届精神文明建设“五个一工程”奖等。长篇小说《风乐桃花》获得中国作家协会重点扶持，长篇小说《秋江浦》获江苏省作家协会重点扶持，长篇小说《黑瓦寨的孩子》入选江苏省委宣传部重点出版物并获江苏省作家协会重点扶持。

目录

青萌逝水

若干年过去，又过了若干年，我始终不愿回忆我跟杨萌那段清浅如水的时光，连触碰一下都像会揭开一个惊天秘密那样，对任何人都只字不提。我曾经多么想把一切忘记，我在杨萌给我的唯一的照片的脸上贴了指甲盖那么大一片白纸，多次搬家后，那张贴了白纸的照片不记得被夹到哪本书里去了，想找，不知该从哪本书翻起。而现在，我却急于写下来，不为别的，是为了对抗遗忘。说不清楚从什么时候开始，记忆力雪崩式衰退，想象力却像入夏的野草，稍不留神便欲与天公试比高。这种此消彼长的情况一天天加剧，令人觉得恐怖，一旦记忆失真甚至消失，我便彻彻底底成为一个只有去途没有来路的人。

想想这人世间，谁不是这样呢？

想到杨萌，首先跳进我脑海的是“四月”。对，四月，这是个表示时间的词语，这是大西南神秘的横断山区，深邃的安宁河谷的四月。这季节草长莺飞，繁花谢尽的枝头上，坠着一枚枚细小谦逊的小果子，带着茸毛和阳光的温暖，在风中闪着柔和的光芒。

四月浩荡的河谷风揉搓着我刚洗过的头发。我扭了扭脖子，甩了几下脑袋，头发就干了。一窝干干净净的长发就那么一根儿一根儿的，像野外柔曼青翠的垂地柳丝儿那样，在风中翻飞。

从宿舍到教室这段路，我走得特别轻快，暮春的阳光在我干净的发丝上闪着乌黑的光芒，这光芒如此活泼，蹦跳着，从这端哧溜一下滑到那端。

突然，从一堵围墙的后面走出一个女孩，横在我前面，定睛一看，杨萌。我立即被吓得不知如何是好，大好的心情好似电灯被拉了闸门，一瞬间沉入黑暗。她威名在外，我怕她怕得要命，我不知道她会拿我怎样。

按照惯例，两个星期前，学校对初三年级进行分班考试。考得好的，也就是将来可能上高中或者中专的，放在一个班，叫快班；剩下的都被撵到慢班去。初三年级原本四个班，分班以后还是四个班，只是组成元素变了，一个快班，三个慢班。为了避免从前同班的学生在班级内部形成“帮派势力”，每个班不能进入快班的同学都被打乱了重新组合。

我于两个星期前跟杨萌做了同桌，做了同桌我才知道她是补习生。她的数学成绩特别好，她做完三道题目，我一道题目才解完；她做完整张试卷，我还有一半试题没做。在从前的班里，我是班长，成绩全班最好，从初一就“称王称霸”，已经成了习惯，突然到了高手如林的班级，无时无刻不感到失落。尤其跟像她这样数学成绩出类拔萃的同学做同桌，男子汉的那一点点尊严就像寒冰遇上烈火，眼看就快没有了。

恰在此时，教务处一个副主任来找我，对我说：“慢班现在连个班长都找不出来，眼看就要彻底垮杆了。你是两年多的老班长了，成绩好，能力强，三个慢班随你选一个，只有你去才能把他们统领起来。不管是什么样的乌合之众，只要有了班级灵魂，都能重新凝聚起来。骆远军，学校非常器重你，经过慎重考虑，决定请你顾全大局，到一个慢班去做班长。”

几句话说得我飘飘然，完全不考虑后果，收拾好书包，我就去了慢班教室。算起来，我只跟杨萌做了三天同桌。我选择了三年级四班。对这个选择我有自己的考虑，别人都说“不三不四”，也就是不是什么好东西，我选的这个班，既有三，又有四，当属顺卦。去了半节课，我就后悔了，什么顺卦，全班一大半的人连一元一次方程都不会解，没有哪个老师能讲课，讲了等于白讲，没有人听得懂。上课铃声响后，任课教师走进教室，命令大家紧闭门窗，不让外面任何声音传进来，也不让里面的任何声音传出去。之后，同学们只要不说话、不打架，便彻底自由，织毛衣的，下棋的，弹弹珠的，拍纸三角板的，穷形尽相，难以一一描述。这帮同学也许长期受到严格管教，训练有素，特别好管理，我喊他们朝东，他们绝对不会朝西，整天乐呵呵地围着我转，马屁一个接一个，个个都新奇有趣，让人十分受用。

一个星期下来，我已经忘记了我还有考高中、上大学的志向，也跟他们一起下象棋、弹弹珠、拍纸三角板。

直到我今天写下这些文字，她的样子仍然清晰如昨。在我的记忆中，她是那么清秀，俊眉明目，鼻子直，鼻尖凸出，似钩，瓜子脸，面色光洁。头发从中间分开，剪至齐衣领，像挂了两片灵动的黑绸，更像两道瀑布。衬衫和外套都是八十年代末最经典的大翻领，白色衬衫的领子翻上来，叠到外套领子上面。两个星期以前做同桌的时候，她穿的就是这一套。我们那个时候，无论男女同学，一年就那么两三套衣服，穿了一个星期，周末洗了晒干，再接着穿一个星期。识人的时候不用看脸，从后面看背影就能准确辨认。即使不同的人穿同样颜色和款式的衣服也能辨认——各人的衣服洗的次数不一样，衣服的颜色也不一样。

虽然只做了三天同桌，我已领教了她的厉害。她是个特别有主见的人，毫不含糊，语言简洁，直抵要害，说到哪里她就能做到哪里。这时候，她堵在我前面，极像古书上从莽莽黑松林中闪出的大侠，我猜想她会说“你为什么不留在快班啊？”或者说“留在慢班没有希望！”诸如此类的话。

她开口说出的却是：“没想到你的官瘾那么大！”

不等我答话，她又说：“就为一个小小的班长，连自己的前途都不顾了！我还以为像你这样顶天立地的男子汉跟一般人不一样，没想到比普通人还要普通！你想想清楚，如果还有脑子，立马回来！”说罢扬长而去。任我一个人在四月的风中，长发飞舞。

我这辈子第一次尝到了女人的厉害。女性一般不出手，一旦出手，一个表情就能把人杀死几遍。她的话，每一个字都把我的虚荣心摧毁一遍，让我飘浮在半空中的复杂情绪灰飞烟灭，使我不得不重新脚踩大地，面对现实。

那时候的补习生，个个身上都有几笔血泪债。为了交纳高昂的补习费，把耕牛卖了，把猪羊卖了，把房子卖了，把为老年人准备的棺材卖了，都是常有的事儿。

杨萌的父亲已是个六十多岁的老人，为能让她补习，不得不重操旧业，当起了牛贩子。毕竟年纪大了，生意时有时无，靠不住。她的三姐和三姐夫为了给她攒学费，得罪了所有的亲戚朋友，取消婚礼而对外宣称旅游结婚。事实上，她三姐和三姐夫带上了几十个馒头做干粮，一共花了十来块钱坐了几程班车，在离家最近的几个不要门票的公园瞎逛一通，对大家有了交代，就作数了。

杨萌是她的笔名。她不仅数学成绩好，在原来的班上，作文次次都被语文老师当范文，好几篇作文还上了校报，不少经典句子被全校同学抄袭套用。这么一个优秀的同学，据说在我之前，没有哪个男生敢跟她做同桌。她坐第二排，因为视力上的问题，我也需坐第二排。当老师把我安排到她旁边的时候，我们班上那几个杨萌过去的同班同学，对我投来同情的目光。

我们的校长是一位非常强势的生理卫生教师。据他研究，初中阶段男女生要想发育得好，必须男女同桌。他严令学校每一个班级每一张课桌的组合方式，必须是一个男生一个女生。否则，班主任不仅要被他冠以“封建思想的孝子贤孙”之名，还可能背上“残害祖国未来身心健康”的莫大罪名。

下课以后，我抓住一个杨萌过去的同班同学，问他为什么没有同学愿意跟杨萌做同桌，他哧溜一下从我手中滑脱，跑到教室门口回头对我说：“试一试你就知道啦！”然后扭头跑出教室。他在教室外面发出了一阵幸灾乐祸的笑声，把树枝上的一只鸟惊飞了，弄得我全身没有哪一个感觉器官可以正常运转。正好那个副主任来找我，我便毫不犹豫从杨萌身边撤走了。

再次回到快班教室，别无选择，只有杨萌身边的座位还空着。把书本塞进桌肚的时候，我特别紧张，生怕碰到她，惹恼了她。

她呢，把我看作一缕空气，甚至一缕空气都抵不上，当我完全不存在，连瞟都没瞟我一下，专心致志地看着自己的书。人越紧张越要出纰漏，她和她的书我都没碰到，倒是我的一本作文本滑到她脚下，位置相当流氓，两腿之间。那天她罕见地穿了条花裙子，弄得我想去捡又不敢捡，不去捡又不甘心，索性假装什么都没落下，钻出教室，上了一趟厕所。

等我重新回到教室，杨萌笑吟吟地对我说：“热烈欢迎新同桌！”我发现她的两排牙齿好白，上排的两颗虎牙明显修长于其他牙齿，给人感觉她是个能说会道的人。这么洁白俏皮的牙齿让人心生欢喜，我对她的恐惧顿时消减了好几分。

又过了半个月我才知道，她之所以喊我回来，是觉得刚跟她同桌三天的同学没吱一声就逃跑了，令她很没面子，她怀疑自己“威名”是不是太大了。在分班之前好多年，从开学第一天到最后一天，她都是一个人一张课桌的。而她之所以对我的态度来了个一百八十度的转弯，是因为我那本从头到尾被语文老师勾画了许多句子、批注了不少文字的作文本。杨萌趁我上厕所的时候，不仅捡起了我的作文本，还翻看了，知道我在从前的班级里，跟她一样，作文次次都是范文。要不然，我可能会被她揪耳朵、捏鼻子，这是她最喜欢干的两件事情。这两个动作，赶走一个又一个的男同桌。捡了个机会我问她：“你不怕男生打你呀！”她笑得咯咯咯的：“哪个敢？除非他吃过雷公胆！”

因为这句话，她虽接纳我做了她的同桌，我对她却依旧害怕。好男不跟女斗，哪怕我反手就能把她扇到墙上也不能动手，打女人算不得本事，男人打女人，虽可逞一时之快，但说出去到底可耻。接下来一段时间，她如果不主动跟我说话，我绝不敢主动对她说一个字。

杨萌说话声音是好听的。用一个俗得不能再俗的比喻句，就像山间潺潺流淌的山泉。只有像我们这样在山野里长大的人才会知道，“就像山间潺潺流淌的山泉”不仅能够形容声音好听，还指这种声音的质地——清脆、柔弱、冰凉、略苦带甜，具有很强的穿透力和感染力。

“闲着也是闲着，把你的数学书拿过来。”杨萌帮我补脱节近两周的数学课。不知道是因为怕她，还是因为喜欢她的声音，从前需要五分钟才能想明白的数学问题，如今用不到两分钟就想通了；从前条件稍加变换就不辨东西南北的题目，现在变三种面孔出现，我也能一眼就看出用什么方法解答。

“这是这两个星期我们做的试卷，你拿去看看。”一共十八张，语文数学物理化学政治英语。我顿时头大，新发下来的试卷还来不及做呢，哪有工夫去补欠账，往书包里一塞，便把这事忘了。

杨萌却帮我记得好好的，三天以后，她问我：“借给你的试卷，你有没有时间看？”我立即联想到掉在她两腿之间的那本作文本，回答她“看了”也不是，回答她“没看”也不是。就在我紧张得手心出汗的时候，她咯咯咯地笑着说：“捡重点看吧，把卷子拿出来，我帮你勾画出来。”我如释重负，心想：她并不像传说中所讲的那么可怕。

当她得知我是英语白痴的时候，便把我当小白鼠，给了我几份英语试卷做实验。反正那些单词我都不认识，干脆一个单词也不看，选择题占 85 分，全靠蒙，ABCD 四个答案，我想选什么就选什么。“尽量选 B 或者 C，尤其是 C。”她说。每一份试卷我都能蒙到三十几分。她说：“就这个水平，马上做高考英语试卷，说不定都能赚个三四十分。”我不知道她这是表扬我还是挖苦我。她又说：“你必须提高其他功课的分数，才能填补英语挖下的坑。”这话实在，我就是这么想的。

我们的友谊，就在我战战兢兢的状态下开始了。

我彻底不再怕她，始于她主动把一本厚厚的文学名篇和片段手抄本借给我。上面有曹雪芹，有泰戈尔，有莫泊桑，还有许许多多我至今记不上名字的大家和他们的作品。至今仍然记忆深刻的还有顾城、北岛、舒婷。杨萌疯狂地喜欢前两位的诗歌，而我却更喜欢舒婷的诗。起初她对我的喜欢并不在意，而当我把新买的舒婷的诗集《会唱歌的鸢尾花》借给她读完以后，她也跟在我的后面，狂热地喜欢起舒婷的诗歌来。好多课余时间，我们都用来讨论舒婷诗集中的句子。

在这本比语文书还厚的深绿色笔记本上，不仅有她一笔一画、工工整整抄下来的文字，还夹杂着各种各样我从未见过的树叶，它们保持着枝丫上的模样，别致好看，让我忍不住用指尖去触碰。我猜想，那些树叶应该来自某个神秘的地方，在被夹进笔记本之前，在一片神秘的天幕下，于枝柯间梳理着吹过的风、晃动着太阳的光芒。杨萌坚持说，这些树叶全来自她的故乡——一个叫黄水关娃闹村的小村庄，“每一片叶子都是我从树下捡来的，我把它们捡回来，它们就得到了永生，我要是不把它们捡回来，它们就只能等着腐烂”。这情景像一张泛黄的照片：一个十八九岁的女孩儿手上拿着一本书，不时俯身捡起地上的树叶夹到书里去，她的脸庞上，晃动着山坳里干净的阳光。

杨萌的家跟我的家在同一条河谷，她的村庄在我的村庄向南十四五公里。照道理，两地所生长的植物大同小异，没想到竟有这样大的差异，我向老天保证，我在世上活了十七年，真的从没见过那些树叶。我对她那个长着无数奇奇怪怪树叶的村庄充满向往，心想什么时候亲眼去看看才好。

同学们都对我能跟杨萌和睦相处极度诧异，尤其是杨萌原来班上的同学，虽然分到了不同的班级，可他们彼此还有联系，经常十几个人趁下课时间组团到我们教室窗外，看我和杨萌如何和睦相处，在回去的路上做一番认真而根本找不到答案的讨论。

班上一个长得面白肉细的帅哥在宿舍里悄悄向我讨教：“你是怎么驯服这头河东狮子的？”

“什么河东狮子？”我并没亲见杨萌从前的厉害，几个星期相处下来，只是感觉她特别有主见，性子急，喜欢快刀斩乱麻，说话又精又准又狠，犹如大刀剁肉，锋利过处分崩离析，从不给对方回旋余地。我当然知道帅哥这句话指的是谁，但这时候，我必须明知故问。

“你的同桌呗，还会有谁？”

“没什么不好啊她！”她没揪过我的耳朵，也没捏过我的鼻子，传说中那些令人恐怖的打击措施，她都没对我实施过。

“那你可要当心啦！”帅哥揪着我的耳朵，模拟性地旋转半圈，声情并茂地对我说，“杨萌最喜欢这么干，她把这叫‘调频道’，你等着啊，等她调你的频道。”

后来我才知道，帅哥是唯一被杨萌调过频道的人。帅哥最初跟杨萌做同桌，关系不错，他给杨萌写过几次类似于情书的小纸条。帅哥人虽长得不错，但做事欠缜密，不久就被杨萌揭穿老底：帅哥这样的纸条是同时发给全校十多个女同学的，抄写的时候仅仅换了个称谓。帅哥并不想谈恋爱，更不是为了追求谁，他只是想看看这十几个女同学各有什么反应，他就喜欢那种挑事儿的感觉，喜欢看到漂亮女生心神不宁的样子。于是他被杨萌调了个全频道，附带一句“你这个花心大萝卜！”，被杨萌赶出了同桌位置。不久，校园里到处都传说杨萌如何如何厉害，不但大男生不敢跟她做同桌，后来越传越邪乎，连小女生都不敢了。

这事儿的发酵过程特别值得研究，其实传播杨萌如何如何厉害的，恰恰是那十几个收到帅哥小纸条的漂亮女生。她们对小纸条的态度跟帅哥差不多，不是想谈恋爱，更不是想接受谁的追求。情窦初开，花开有声，限于还是初中生，一切都只能是纸上谈兵，她们要的是那种有人追求的感觉。一朵花开得再美，无人来赏，相当于空谷幽兰，价值体现不出来。再大的美女，似乎在有人追求的时候才会更显出价值来。反正就跟做一场游戏那样，图个好玩。对这些女生来说，帅哥哪怕同时给一百个女同学写同样的小纸条，她们都没有意见，她们只在意自己有没有收到。而杨萌无疑破坏了这种平衡，打乱了这种秩序，让她们“很受伤”，所以根本不需要商量，就把杨萌描绘成了河东狮子。

帅哥从我身边走远之前，丢下一句话：“你好好等着啊，好几个月没有调别人的频道，她的手正痒得慌呢！”

话音刚落，没几天，帅哥又被杨萌调了次全频道，这一次好像比上次还疼，把眼泪花儿都调出来了。

帅哥“享受”全频道之前发生了一件事。那一天，我刚进教室，就见杨萌脸色不好看，数学课才上了二十几分钟，突然听到身边传来哭泣的声音。我从老师的讲解中回过神，扭头看时，只见杨萌趴在桌子上抽泣。杨萌数学特别棒，跟数学老师的关系很好，数学老师迅速走到跟前，问杨萌：“你怎么了？”杨萌抬起头来说：“肚子痛！”疼痛已经扯斜了她的脸，抽走了她脸上的血色，连嘴唇都是惨白的，泪水珠儿牵连不断地从眼窝里滚出来。数学老师是一位女教师，三十多岁，她问了杨萌一句我根本听不懂的话：“那几天？”杨萌痛苦地小声回了一句：“嗯。”我吓得不得了，心想杨萌会不会死掉，老师说的“那几天”是不是就是杨萌必死无疑的那几天。

数学老师扭头对着我说：“骆远军，还愣着干啥？快把杨萌背着上医院。”

老师这一声喊叫让我意识到，我这时候必须充当救护车，不能让杨萌在这里等死，应立即送进医院抢救。

学校距医院有一千多米，对我来说根本不算个事儿，就杨萌的个子和看上去的分量也不算个事儿。问题的关键是我不知道应把杨萌背在背上，还是扛在肩上，“背”和“扛”都是运载的动作，但各有不同。“背”，虽方便简单，但似乎不方便用在女同学身上，一个女生趴在一个男生背上，算什么事儿？那么，只能选择“扛”啰。

我正打算把杨萌当米粮口袋那样顺到肩上扛着，身后却传来数学老师的声音：“骆远军，你背人会不会？用背！”她用带着粉笔灰的手掌拍在我的后背上说。

全班同学都哄笑起来。这一阵无邪的哄笑鼓励了我，使我忘记了诸多“不方便”。刚才纠结于用“背”还是“扛”浪费了不少时间，我立即蹲下身来，老师和同学把杨萌扶起来，让她趴在我背上，又让她用一双手勾着我的脖子。我反手勾住她的两条腿，拱了两下背，抖一抖，调整她在我背上的位置，撒腿就跑。

杨萌还在我背上哭着，眼泪流进我脖子里，冰凉冰凉的。我对她说："你别紧张，死不掉的，马上到医院了！"这话说第二遍的时候，医院就到了。我这才发现我这个学校的1500米长跑冠军跑得太快，此时我们的数学老师拼了老命在后面追赶，还没跑出学校大门。

医生见我俩的样子，以为我俩是一对恋人，闹矛盾了，女方寻死觅活，不是服毒就是自残。这种情况他们见得多了，处理起来按部就班，公事公办，慢慢吞吞。在他们看来，能救活就救，救不活拉倒，喜欢寻死觅活的人迟早会寻短见，与其让她在人世间把人糟害尽了才死，不如早点死了清净。

"怎么了？"一个四十多岁的男医生坐在桌子后面懒洋洋地问，旁边站着个跟他年纪差不多的女白大褂，桌子上的听筒和测压仪在窗子上斜射下来的阳光下安安静静的，没有取出来用的意思。

"肚子痛！"我替杨萌回答，杨萌已经痛得连这三个字都说不出来了。

这一对白大褂意味深长地对了一下眼神。多年以后，当我的妻子怀了孕，肚子痛过两回，我才懂得这个眼神的真正含义。

两个白大褂没有让我把人放下来，我只好让杨萌继续趴在我背上，我感觉她全身一阵一阵地抽搐，不抽搐的时候整个人是瘫软的，像一摊正在融化的冰，稍不留神就可能从背上淌下来。

"姓名？"男白大褂问。

"杨……"救人要紧，这时候还公事公办地问那么多让我着急，一着急，我只记得杨萌的笔名，打死都说不出她的真实姓名。

两个白大褂又意味深长地对望了一眼。女白大褂问：“这人是你在路上捡来的？”

“不是，是我的同班同学，叫杨……”我终于想起了她的真实姓名。

男白大褂从鼻子里呼出一口气来，对女白大褂说了句莫名其妙的话：“嗤，真有水平，现在的学生！”他还是没有让我把杨萌放下来。

等到数学老师大汗淋漓、张着嘴巴喘得快断气地赶到时，医生才让我把杨萌放下来，躺倒在一张并不干净的病床上。当把杨萌放下来的时候，她胸前的两团柔软从我背上滑过，这在我们那个年代，是男生连样子都想象不出来的神秘。我立即面热心跳，意识又复苏了：杨萌是女的。

医生认识数学老师，数学老师一到，他们就热情周到起来，一番检查之后，女医生对数学老师说：“没什么大问题，痛经。打一针，开点药拿回去服用。”

打了针，过了半个小时，杨萌的脸终于不再歪斜，惨白的颜色渐渐消失，嘴唇上出现了一些生机。老师让杨萌再躺一会儿，杨萌坚持要回教室，她闻不惯医院里无处不在的来苏水味儿。数学老师问：“要不还让骆远军背你回去？”我立即想起两团柔软滑过后背的感觉，心想：杨萌，你就别为难我了，我定力不足，心存杂念，还极不正经！谁知道杨萌点点头：“嗯！”

去的时候，一路飞奔，好像她根本没分量；回学校的时候，一路步行，她却似有千斤重。她倒好，像个娇娇小妹，在老师眼皮底下撒娇，乖巧地伏在我背上，鼻孔里温热的气息在我的脖子上扫过来扫过去。我连反过去勾在她腿上的手都不知道怎么放了，总感觉她身子的其他部位也贴在我身上，受到挤压的，不是我的肉体，而是我的灵魂。之前，我连女孩子的手都没拉过。

到了学校门口，我想把她放下来，其他年级和班级的同学并不知道她肚子痛，一个男生背着一个女生走在校园里，算什么事儿。我问她："现在感觉怎么样？"意思是，如果感觉好，你赶快下来。她不回答我，温热的气息继续在我脖子上扫来扫去。我只好硬着头皮迈步进了学校大门。幸好是上课时间，教室外没有多少人。我宽慰自己，好歹身边还有数学老师呢。

快到教室的时候，我又问杨萌："你现在感觉有没有好一些？"她还是不回答，从她在我脖子上扫来扫去的气息中，我分明感到，她居然在悄悄地笑。看来我非把她背进教室不可了。

语文老师正在上课，因为作文好的缘故，语文老师是喜欢我这学生的。在数学老师的带领下，我把杨萌背进教室，安顿到她自己的座位上。

数学老师跟语文老师简单交流了一下，语文老师停下讲课，数学老师对全班同学说："打断同学们一下，今天在全班同学的见证下，骆远军同学做了件大好事……让我们用热烈的掌声对骆远军同学表示奖励！"在同学们热烈的掌声中，刚才所有的尴尬都烟消云散。我站起来答谢大家，眼睛的余光扫过杨萌，她正满脸通红，趴在桌子上咯咯咯地笑着。“她光顾着笑了，竟然没给我鼓掌！”我在心里说。

这事在其他同学那里，过了就过了，帅哥却过不去，一有机会就开我玩笑:“猪八戒背媳妇儿！”我承认我内心纯净，可从来也不缺邪恶因子，他一开我玩笑我就想起背她的情景，尤其是那两团柔软，我实在想不透人身上的部位为什么可以这样柔软。我使劲回忆背杨萌回来的路上有没有那种感觉，回忆的结果是：没有。我估计，去的时候她正生病，整个人都瘫在我背上；回来的时候她已经好了，采取了自我保护措施，关键部位主动与我隔开一段距离。于是，我就只剩下尴尬，还算能说会道的人，变得像个哑巴，一句话也回不了他。我越是没话回他，他越说得起劲。这话传来传去，没几天就传到了杨萌耳朵里。

活该帅哥要倒霉，那天放学，差不多每天都第一个走出教室门的帅哥还在纠结于一道解了一半怎么也解不下去的数学题。杨萌走到他的面前说：“请你到教室门口，我有几句话要问你。”说罢，径直先去了教室外面。

教室外是一片空地，空地后面是几排高大的桉树，桉树后面是一块小草坪。只要有风，那几排桉树的叶子整天响个不停，我们就在桉树叶潺潺流水一般的声音中学习。那天一点风都没有，桉树叶和远处的小草都安安静静的，在各自的位置上生长。

帅哥走到她跟前，杨萌似笑非笑地问他：“你能不能告诉我谁是猪八戒？”

帅哥油嘴滑舌地说：“没有猪八戒，只有猪八戒背媳妇儿！”

“那谁是媳妇儿呢？”没有风，他俩的对话十分清晰，教室里的同学都听见了。

“也没有媳妇儿，只有猪八戒背媳妇儿！”帅哥继续油嘴滑舌地说，嬉皮笑脸的。

杨萌出手迅捷，跟捕蛇人精准抓住蛇的七寸那样，帅哥眼睛都还没来得及眨，耳朵已经被杨萌紧紧攥到手上，她的声音变得凌厉起来，像暴雨中的山泉：“你好好给我解释解释，既然没有猪八戒，也没有媳妇儿，哪儿来猪八戒背媳妇儿？”帅哥的身体随着杨萌旋转耳朵的方向扭曲着，嘴巴里不断求饶：“哎哟哎哟大侠，你手下留情，我再也不敢那样说了，我长记性了，以后你再见我说一次，就调我一次频道。哎哟哎哟，要揪落下来了，好啦好啦！”

杨萌松了手：“这是你自己做的保证，要是不遵守，试试！”说罢，她像拍掉手心里的灰尘那样拍拍手，接着跟得胜的大侠那样，转身走了。

我在心里为她拍手叫好，感觉大快人心，正要表扬她呢，她走进教室，回到自己座位，却根本不理我。之后连续三天没跟我说过话，问她话也不理我。到第四天，她终于说话了，劈头盖脸一句：“人家都欺负到你头上了，你怎么不知道反抗！你真是个猪八戒。”

我本来想跟她解释，帅哥那也就是开个玩笑，当不得真的。要是当真，纵使我俩打一架，结束了人家还这么说，我又能奈他几何，总不可能在人家嘴巴上贴封条。再说，要是事事都计较，生活还怎么过啊。当然这种话说起来麻烦，解释起来有困难，干脆避而不谈，轻轻地回了她一句俏皮话："猪八戒命好，有媳妇儿背。"

她转过头来看了我一眼，愣了愣神儿。她一定没想到还能这么回答，扭过头去，趴在桌子上，使劲压低声音呵呵呵地笑了起来。

日子继续安安静静地过着，有一天我问她："老师和同学都说你成绩特别好，就是没有考运。难道你平时会做的题目，上了考场就还给老师啦？"

那时候，每个农村贫苦孩子都一门心思想考中专或中师，不管是师范学校、邮电学校、卫生学校、建筑学校还是铁路机械学校，都是我们的首选。农村太穷啦，只要考上这些学校，不但能把户口迁出农村，还免缴学费，在校期间的生活费都由国家承担，因此被称为"脱农皮"。只有家底殷实的孩子才会去上高中，三年以后考大学。杨萌已经补习了两年，第一年比师范学校的录取分数线低两分，第二年比邮电学校的录取分数线低一分，第三年她又报师范学校，差半分。她的老父亲和她的三姐三姐夫之所以不顾一切地支持她，是认为她离成功只有半步之遥，要是她不走出农村，她父亲这一代一辈子就白辛苦了。她这一代兄妹四个，前面几个都在农村里成家了，她不成功，则等于她这一代人都彻底失败。

那时候人们的观点就这样，跳出农村等于成功，回家务农等于失败。

她回答说不是。我又问："难道是考试期间睡不着？"她说也不是。我又问："那会是什么原因呢？"见我问得那么认真，她红着脸，扑哧一声笑出来："女孩子的事，你问那么多干吗？”

女孩子的事儿，难道是肚子痛？我想起她那要死要活的样子，像她这么伶俐干脆的人，只有肚子痛能把她放倒，我说：“难道是肚子痛？”

她好像什么隐私被别人戳穿了一样，恼不是，怒也不是，尴尬地回了我一句：“这天底下就你一个人聪明！”

我以为她是假装的，又想起那个女白人褂的话，白痴得不能再白痴地问了一句：“那你的毛病多半就是医生说的痛经啦。痛经到底痛在哪儿，痛在哪根筋上啊？”

在我们那地方，分不清前后鼻音，“经”和“筋”不分，都是一个音。

周围的女生都转过头来，笑得七歪八倒。我跟其他男生被笑得莫名其妙，杨萌脸红得像抹上了霞光，右手向我耳朵伸来，我觉得没说错什么，根本没躲，冰凉的小手在我耳朵上短暂停留了一秒就松开了，耳边滑过她既恼羞成怒又哭笑不得的声音：“骆远军，我算服了你了！”说罢跑出了教室。

我跟前排的男生面面相觑，他也不知道我怎么冒犯了杨萌。前排一个女生从桌肚里摸出一本生理卫生课本，翻到生殖一章，让我们仔细阅读《女性生殖》一节。不等看完，我恨不得地面裂开一道缝钻进去。这本书虽说是我们的教材，却从来没有教师授课，也没有作业，自然不用考试，这本书从发下来就躺在我桌肚里睡觉。

“我怎么知道你们那么复杂呀！”还书给女生的时候，我说。

“你怎么不说你如此浅薄呢！”前排的女生回敬我一句。

窗外黄昏一阵紧过一阵，眼看天黑了，不见杨萌回教室，那女生说："你还不去把你的同桌找回来。"

找回来？让我到哪里去找。女生宿舍不让男生靠近，而且她躲在什么地方我怎么知道？再说，我根本不知道痛经是少女的隐私，她们都把痛经称为"肚子痛"，肚子痛我们也会的，从来没想过同样叫肚子痛，竟然天差地别。不知者不为罪。琢磨了几秒钟，我问那女生："我给她写封道歉信总该可以？"女生跟杨萌的关系还算可以，经常同进同出，像一对姐妹。她甩给我一句："随便，又不是写给我的，你写情书都可以。"

我懒得跟她废话，埋头刷刷刷写起来。刚写好，杨萌回来了。我把道歉信递给她，她看也没看就夹到一本日记本里。她已经恢复平静，脸不红了，只是不笑。她这张脸要是不笑，眼睛就显得传神了，里面盛放着一个情窦初开的少女清澈见底、顾盼生辉的水波。她睫毛好长，恰似水波边的芦苇，一眨一眨，好看。

第二天，在跟我像什么也没发生过的交谈之前，杨萌给了我一张纸条，上面有一道乘法算式题：笨蛋 × 猪八戒 = 骆远军！

倘是加法就够厉害的，乘法更不得了。我没有生气，我在想另外一件事情，我想我要是懂医道就好了，药到病除，一定要给她治好每逢大考就会肚子痛的毛病，帮助她考上理想的学校。她这肚子痛不但影响大考，连平时都来纠缠她了。

接下的日子，好像就是整日读书。微微掀起的波澜，出现在语文老师的作文课上，自始至终范文只有两篇，或者先读她的，或者先读我的。先读她的时候，我在桌肚里对她比一个大拇指；轮到我的时候，她冲着我做一个鼓掌的动作。

我已经不记得她所写过的作文了，只是觉得好，在学校的一份油印小报上发表过，那些报纸早不知扔哪里去了。而我对自己写下的东西向来珍惜，这些年虽然东奔西走，从一个地方搬迁到另一个地方，但我从未丢弃过自己写的东西，包括初中写下的作文。我仍然记得她声情并茂地朗读我的一篇习作的声音，这篇习作至今还在我一大筐散乱的手稿箱里。

> 深秋风起，银杏树落下满地的疼痛。一片落叶着地的声音，就是一份时间对季节的临时宣判。在时间和季节之间，风是邮递员。阳光透过澄澈的天空洒在银杏树上和树下，满世界一派金黄。在这个季节，“金陵”这个称谓岂能南京独有，阳光洒满金色的秋天，每个角落都是金陵。
>
> 初寒渐起的原野上，候鸟早已撤到它们该去的地方。天空高远，雁阵成了时光的弦外之音，每一股托起它们的风，也许都有自己的选择，都有自己的困惑。
>
> 其他花信已过，独自芳华的只剩一阵红一阵白的葳蕤木芙蓉，在绿叶的顶端，七八朵甚至数十朵默然绽放，随微风轻摇，虽可以用硕大来形容，却因花瓣更像曳地的长裙，而多了几分妩媚和纤柔。在这个一切事物都逐渐变得干枯和僵硬的季节，这一份柔媚，使秋色变得柔软可爱。因此越发觉得，古诗词中用木芙蓉来形容女子，

是再恰当不过的。

一滴雨水从长满瓦松的屋檐上滑落下来，落到干枯的草丛里。这季节，一滴雨跟一场雨一样，对绿的诞生和花的开放基本失去应有的意义，雨水的出现，陡增了季节的清寒，真是“一层秋雨一层寒”啊。

已经记不得是什么心情触发我写下这几段文字了，有诗的情调，又有哲学意味，只是没头没脑，没有主题，就像几段造句练习。我至今还很奇怪，在火热的盛夏，怎么写得出如此枯干清透的深秋来。也许古人所谓“为赋新词强说愁”的少年，都是制造诗句的高手。

今天看来，这样的句子已经远远超出一个初中学生的水平，自然可能会征服许多同辈中人，包括杨萌。

那一天天色向晚，黄昏在教室外面横涂竖抹。晚饭后，同学们陆续回到教室，杨萌好听的声音吸引了许多同学，在她山泉水般的声音中，世界似乎只剩下一派透明的金黄，鸟鸣辽阔悠远，木芙蓉温婉多姿，秋雨点点清寒。同学们向我投来赞许的目光，也向杨萌投去赞许的目光，于我是文字，于她是声音。

教室里的电灯亮了，晚自习开始，围着的同学们陆续散去，杨萌借着灯光，把我这段文字一字不落地抄到她那夹着许多故乡树叶的笔记本上。

我正得意于这几段不成器的文字能跟她笔记本里的曹雪芹、泰戈尔放在一起，前排的女生趁她不在对我说：“你这是在毒害文学女青年！”

“这话从何说起？”

“为抄完你的大作，杨萌现在晚上都快不睡觉了，整夜整夜打着手电筒在被窝里抄，这会糟蹋掉多少时间？”

这话好像有些依据，杨萌最近满脸倦容，不管是上课还是下课，都是一副没睡醒的样子；又有些像传闻所说，经历了三次中考失败，傻子都明白自己不能再有第四次。这一次一旦失败，作为山沟沟里的农村女孩，就只有回到山沟沟等待出嫁的命运，继续上学的梦想，就只能等到她的孩子长到跟她今天一般大以后。

当她又要抄我的另一篇文章时，我忍不住了，对她说：“杨萌，眼看就要中考了，时间宝贵，你别抄了，我把这篇作文剪下来送给你。”

“那会把一本厚厚的作文本剪坏的。”

“只要能进入理想的学校，谁还用得上这些作文本呢？”

“你不会觉得可惜吗？”她停住了手中的笔，看来她听我的了。

“我不会只写这几篇，我还会写下去的，”我说，“不断会有新的文章被我写出来。等到新的文章写出来，现在的文章就成了旧文章了。”

我又说：“你要相信新的文章肯定比旧的文章好。”

“你的意思是说你打算成为作家啰？”杨萌瞪大了眼睛，眼神是欣赏和敬佩的，她从未想到我还有这样远大的理想。这个理想我也从未想过，我们都是山沟沟里的孩子，从小阅读非常有限，也没见过世面，先天不足。文学单靠才气是不够的，还必须见多识广，博览群书，在我们青葱年少的大脑里，文学是不可能属于我们的，写作出书是别人干的事，永远不可能与我们有缘。但是，让她落帆收手的念头大于一切，只要能够让她不再痴迷，说几句大话，吹几次牛都是值得的。我反问她："你是觉得我不像，还是不可能？"

她笑出声来，把作文本还给了我："那你得答应我，以后你写的书出版了，不管我在天涯海角，你都要送我一本！"

"那是必须的，"我说，"还必须加题签和印章。"

"保证？"

"保证！"

"向谁保证？"

"向老天爷保证！"

"向老天爷保证也不见得管用，"杨萌说，"有本事你自己向自己保证！"

这话说得，比刻在石碑上还深刻清晰。

过完寒假，随后，鲜花簇拥的春天过去了，青果满枝的初夏也过去了，盛夏来临，凤凰花开，我们迎来了毕业季。按照惯例，毕业之前，每个班都会搞一场联欢晚会。我们班的联欢会放在中考报名前一天，由帅哥负责策划、组织实施。晚会即将开始的时候，有人发现杨萌还没有来。帅哥像一阵风飘出教室，过了十几分钟再回教室的时候，他脸上再也没有刚才的得意和高兴劲儿，整个晚会他都没有把心气提起来。

我前排的女生对我说："杨萌在图书馆看书，你是她同桌，由你负责去把她喊来。"

这多大个事儿，反正离晚会开始还有一会儿。同桌不来终归是个遗憾，我拔腿就去了。

图书馆里只有她一个人，看她面部表情，也没有心思真正看书。我说："杨萌，受全班同学的委托，我来请你前去参加毕业联欢会。"

"不去。"杨萌把桌上的书挪了挪说，"刚才你怎么不来？"

我没跟她说刚才没人分派我，我光顾着跟几个哥们扯闲篇了，根本没发现她没到场。我问她："刚才有人来请过啦？"

"要是刚才来的人是你，我立马就去！"她又说，"现在不去了，说不去就不去。"

"现在我不是来了吗？"我说。

"现在是现在，刚才是刚才，有先有后，不一样。"

这句话让我很不舒服，即将开始的毕业联欢晚会带给我的兴奋瞬时烟消云散。这种活动大家本该主动参与，你算老几啊，还非我来请不可。脑子里闪过帅哥脸上的表情，我明白了三四分。她这性格不好，就这么交流了几句，我都觉得累，比跑 5000 米还累。我说："那你好好复习吧，不打搅你了。"说罢一溜烟回到教室。前排的女生问我："怎么没把杨萌请来？"我说："我找遍了校园，就只差钻女生宿舍了，没见她人影儿。"

第二天，全班同学进城报名，为省车费，自行车出行，每组同桌一辆，男生负责骑，女生负责坐。

过了一夜，我早把联欢会前的不快忘到九霄云外了，她还在耿耿于怀。别的同学都快快乐乐地出发了，她站在桉树浓密的树荫底下，迟迟不上我的自行车。

那时候全校所有教室都是平房。浓密的桉树树荫遮蔽了那一溜溜平房，河谷风呼啦啦地从桉树叶上流淌下来，很是凉爽，但却无法减轻我心头的焦躁。我把自行车的撑脚支起来，斜挎着黄色的帆布书包，一双洗得发白的运动鞋轮番踢着地上的石子，等着杨萌上车出发。杨萌也提着一个书包，就是不往我这边走。同学们都走干净了，她还是不过来，我便对她没辙了，索性蹲下来，心想：姑奶奶，你爱什么时候走就什么时候走。又僵持了十几分钟，不见我招呼她，别无选择，她才向我和自行车走过来。

从我们学校进城，单程二十九公里。她静悄悄地坐在后面，一声不吭。我试着跟她说了几句话，她一个字不答。有几次我怀疑她已经被我丢掉了，她是那么轻，一双手并拢放在腿上，整个人没有任何一个部位跟我接触，我感觉不到她的存在。骑上一段，我实在放心不下了，就靠边把自行车停下来，一只脚撑着地面，扭过头去，见她还稳稳地坐在后座上，才又收起脚，继续往前狂奔，如此反复。

快进城的时候，她终于开口了："你老是扭过头来看什么呀？"我老老实实对她说："你那么轻，又不跟我说话，这一路上让人提心吊胆，生怕什么时候把你给丢了，只好回过头来看你一眼还在不在。"说这话的时候，我在心里想：这女子简直想把人累死。

赶到县招办的时候，已接近中午，长长的报名队伍，看一眼就让人泄气，很明显只能等工作人员下午上班再来排队了。班主任安排全班同学简单吃了一些东西，我们就在城里的太阳底下等待，暴晒了两个多小时。城里的太阳比我们乡下的太阳大得多，到处都是密不透风的热，能把人压矮五分，口焦舌燥，特别想喝水。那时候可不像现在，花两块钱随处都能买到瓶装纯净水，那时候市面上还没有瓶装纯净水卖，只能偏起头、歪起嘴巴在水龙头底下接水喝。在水龙头下喝了二十几次水，下午报名时间终于到了，我们的前面排起了长长的队伍。

等到我俩都报了名，已经是半下午。西斜的阳光照在我俩的身上，我们飞奔在返回学校的路上，自行车不再像去的时候那么轻快。中午喝下去的自来水除了给我留了一身臭汗，还让我不时想停车小便。自行车后面坐着女同学，自然不太方便，每一次都要等看到远处有障碍物，我才停下自行车，跑到障碍物的后面解决，耽搁了许多时间。直到天黑，我们还没赶到学校。

我已经习惯她不说话了，我也选择不说话，两个人就这么默默地往前赶。河谷风挂在我的两个耳朵边，暑热已经退去，代之河谷的清凉。中午那点垫底的食物早已消失无踪，此时赶往学校已经错过晚饭。那时候不像现在到处都是餐馆，学校里只有食堂有饭吃，错过了点就只得挨饿。

经过我舅舅家的时候，天已经黑透了，我对杨萌说："上我舅舅家吃饭去？"她说："你去吧，我不饿。"奔波了一天了，哪有不饿的？舅舅一家都已经回家，大门还没有关上，估计也快吃晚饭了。我把自行车停在舅舅家门口，前脚刚刚跨进舅舅家的大门，发现杨萌径直向学校走去，我又退了回来，推上自行车，撵上了她。

"那么晚了，你上什么地方吃饭去？"心头的火哧溜哧溜往上冒，她要是我的亲妹妹，不，哪怕是我的姐姐，我都得好好开导她几句，人生在世，随和一点，将就一下，不是很好吗？我真服了她了。

“你是我什么人啊？要你管！”她根本没有停下来的意思。

“我是你同桌！”我真的生气了，用祈使的语气给她下命令，“你要是还跟我做同桌，请跟我上我舅舅家吃饭去！”到底是饿急了还是我这句话管了用，不得而知，反正她终于听了我这一回。

从我舅舅家吃了晚饭出来，我心想：她刚才不愿意跟我上我舅舅家吃饭也许是有道理的，刚才舅舅舅妈看我和她的眼神真是稀奇古怪，就只差明确地问我们是不是在谈恋爱了。趁着黑夜，我歪起嘴巴悄悄笑起来，刚才要是他俩真问，我就给他们肯定的回答，看这两个可爱的老家伙会是什么反应。

杨萌再次坐到自行车的后架上，还是不说话，唯一不同的，也许是黑夜，路上没有灯，自行车骑得摇摇晃晃，她终于伸出右手揪住我的衬衫后衣襟。路面虽然坎坷，但这个别扭的动作让我始终能感觉到她的存在，因此在抵达学校前，自行车从未停过。

河谷的夜风吹在我身上，也吹在她身上，凉凉的，别有一番情调。我恍惚觉得我们就是一对情侣，一辆吱吱呀呀的自行车带着我们穿行于黑夜。也许若干年以后，我的恋爱就应该有这些情节，可是现在面对杨萌，我的内心明确告诉我，我十七岁，她十九岁，一切顶多算得上预演和想象。她给我的感觉是性格偏执古怪，急躁刚烈；而我平时多瞄几眼的女生，看上去都柔情似水、小鸟依人。

中考前最后一段时间，谁都拼命，拼得爹娘不认，不是我们好学，而是我们那所农村初中实在太不出众，别说慢班了，就是快班也只有百分之十五的人能够考上高中或者中专。在高中还没有普及、大学还没有扩招的年代，初中的升学率一直低得让世界人民提心吊胆，我们的前途渺茫得毫无悬念。

即使是这样，为了走出山沟沟，哪怕只有百分之零点一的希望，我们也会付出百分之百的努力。那时候每个学校都有几十甚至上百个补习生，有的复读过一年，有的复读过两三年，甚至复读四五年的都大有人在。不管你复读几次，补习生的录取分数跟应届生的录取分数相同。这就意味着，要想升入高一级学校，除非特别优秀。否则，你就得像煎鸡蛋一样，把初三的内容“煎”上两遍三遍甚至更多遍。作为应届生，我深深知道我跟补习生之间的差距有多大，可我还得硬着头皮上，没有这一遍，就没有第二遍、第三遍甚至更多遍。明知不可为而为之，这话说的就是我们这一代人那时的状态。

那是一段忘记性别、忘记欲念、忘记感情的特殊时段，冰水里浸过三回，开水中煮过三次，脱了几层皮，终于等到中考结束。

我考得非常不好，出了考场我已经知道自己的前途，要想升入高一级学校，至少还得再“煎”上一遍。听说杨萌上了考场又闹肚子痛，她没有跟我一个考场，不晓得她痛得怎么样，但愿她只是象征性地痛一痛，痛得并不厉害。

在宿舍里收拾好书包和被褥，一干人尽作鸟兽散。我内心深处一片灰暗。照理说，已经明白自己的前途，心里应该敞亮些，可是我怎么也敞亮不起来。慢班的同学把各自的书本和试卷一股脑儿打包准备处理掉，没有人管。用语文老师的话说，他们这是要“与做梦的青春告别”。有人把球鞋和足球也扔了。回到放个南瓜随时都可能滚到坡底下的山沟沟，这些东西一辈子用不上，留着它们，只会平添回忆的酸涩和现实的痛苦。

我这一辈子只想做个医生或者教书匠。两个梦，前一个切近，后一个太遥远。前一个，我只要回家放下行李，跑去向我行医四十多年的表叔公磕三个响头，五年以后满师，就可在大河两岸纵横五十年，一不小心还可能成为一代名医。只是那样，我不甘心，我生在这条河谷，死在这条河谷，一辈子从视线到心灵都没有翻越河谷两岸的大山，没有出发，也没有回归，从开始到结束都在一个点上，这不是我想要的生活。

在宿舍里磨磨蹭蹭，等到同学都走得差不多了，我才背上书包和被褥，踏上回家的路。

出了学校门，没走几步，听见一个熟悉的声音喊我，扭过头去，杨萌。几天不见，她像太阳底下晒蔫的青菜叶，左脚边的地上是她的书包和被褥。她的书包是我的两倍大。我走上前去，没有问她考得好不好，看她那样子就知道不怎么样。我把她的书包顺到肩上，被褥也提在手上，抬脚就走。

“走吧，我送你去赶班车！”我说。从我们学校赶往马路边的班车临时停靠点，有一公里多的距离，如果没有别人帮助，她的行李会给她制造不小的麻烦。

“我没打算请你帮我拿东西！”她急匆匆地跟在我身后。

好歹同桌一场，我才不会因为她客气就把她的东西放下来呢。虽然觉得她性格古怪，但她不发脾气的时候，让人找不出她哪儿不好。卸去考场搏杀的冷酷，过去几个月里朦朦胧胧的感觉又复燃了，似有若无，再不好，都感觉好。我知道她对我的好感，多于我对她的，她更浪漫，我更现实，她更冲动，我更冷静。大家又都没有挑明，有的话也许一辈子都会压在舌头底下。我大步向前。夏日的阳光从碧蓝而辽远的苍穹泼下来，汩汩滔滔的汗水在毛孔里奔跑，两个人的行李放到一个人身上，到底是沉重的。

“你怎么不听我说话呢？”她生气的声音是装出来的，从背后传过来，听上去像要哭了，“为什么不问问我考得怎么样？”

最后一句话像高压电触击到我，我转过身，感觉两条腿已经不像刚才那样强健：且不要问你考得怎么样，我早已知道自己考得一塌糊涂，我们都离我们的梦那样遥远，就像一条战壕里的士兵，战斗结束了，拼了老命，伤痕累累，却被宣布我们打输了，是失败者。

她停住脚步，站在我跟前。她是那么单薄矮小，踮起脚才有我的肩膀高。就是这样一个弱小的女子，要是不能升入高一级学校，她将回到她那个贫穷的山沟沟，等待着嫁人、生子，撑起一个家庭。我的声音柔软如棉：“不用担心，你会有美好前程的！”

杨萌哭了。面对面站着，我像个大哥哥，她像受了委屈的小妹妹，她说：“又闹肚子痛！老天爷是不是不让我考上学校啊！”

路上来来往往的行人并没有停下来围观，这样的镜头他们看得多了，年年都有那么几十次。我有些尴尬，毕竟一个男同学一个女同学，人家不定以为这一对“小冤家”在闹什么矛盾呢！很快，从行人漠然的表情中我看出门道，他们把我当成前来接考场失意的妹妹回家的哥哥了，不是哥哥，有几个舍得这么花力气的？

那一刻，我考虑是否该把学医作为我的首选，等到学成，第一个就要替她治好肚子痛。

“要是考不上……”我不知道哪里来这么大的勇气，“你能不能嫁给我？”一点都不做作，也没有挣扎，我分明记得，她不是我理想的另一半，但是在这离别的关头，面对她无助、委屈而无可奈何的眼泪，我觉得我能改变一切，包括她的未来、她的古怪性格，我都能。

杨萌还在哭，哭得比刚才还凶，脾气又来了，一边抹眼泪，一边凶巴巴地说：“你怎么知道我考不上？我又不是什么残汤剩水，考不上就得嫁给你！”

我争辩说：“我是说万一。”

“那万一我考上了呢？”

顿时，我有三十秒钟不知该怎么回答她。愣了一下，不管那么多了，我非常“二”地说：“那就是因为老天爷见我丑，觉得你嫁给我不划算！”

要是换了别的时候，或者换到别人身上，多半会被逗笑了。她对我这句话的反应，是转身径直向班车停靠点走去，她走到我的前面，非常快，使我不得不把步子迈得更大。她背对着我，我不知道她是哭得更凶了，还是停止了哭泣。我注意到她手上攥着一个红色塑料封面的笔记本，比她的巴掌稍微大一点。我心想：她手上的笔记本也许是送给我的毕业纪念品，也许到上车的时候她会给我的，我一点准备都没有，该送她什么呢？女孩到底比男孩细心。

到了班车停靠点，只有我们两人。她已经不流泪了，她让我把行李放下，她自己能搬上车。“你先走吧！”她说。说完这话，班车就来了。红色的笔记本始终攥在手上，直到上了班车，她都没松过手。我的猜测是错误的。

我跟她不往一个方向走，以学校为原点，她乘车朝南，我乘船朝西，摆渡过了大河就是我的家。走在回家的路上，我为刚才那句冒冒失失的表白感到惭愧，既然明确觉得她不合适，却要说出违心的话，我是不是太优柔寡断了？她已经经历过三次失败，即使再添上这一次，也不会去寻死觅活。好在最后那句幽默，让我挽回一些面子，“二”是“二”了点，但有才气。

渡船艄公是个四十多岁的瘦高个子男人，我每周乘他的船一次。他喜欢跟我说话，只要我把他逗高兴了，他就不收我的摆渡钱。他知道我的心愿，问我：“小骆驼，你将来能做郎中呢还是教书匠？”考失败了就做郎中，考上学校就做教师，这是他从前就知道的。

“你在这船上渡人，阅人无数，你认为呢？”我反问他。

“你又不是我的儿，随便！”事不关己，高高挂起。说罢，竹篙在岸上一点，船便奔对岸而去。

“好吧，我既不做郎中，也不做教书匠。我去买条机动船回来，跟你在这渡口上抢生意，不出三天……”

“你要做哪样？”艄公没想到我会这么答他，玩笑归玩笑，抢他生意自然会让他不舒服，何况，谁知道我是开玩笑还是会动真格的？

我接着说：“不管是不是你的儿，你都不会让我‘随便’。”

艄公笑了，两排整齐的牙齿白得晃眼：“读过书的人不一样，聪明！”又说：“将来要是想谈女朋友了，只管来跟我说，你这副脑壳我看得上。”

我又想起杨萌。这个被我青萌的心思认真权衡过，有一点喜欢，却又感觉与她相处累人的女孩，稍不留神就来占据我的脑海。我奇怪，为什么不会想起别的女同学？我说：“你看得上没啥用，要人家看得上！”

艄公开怀大笑，嗞儿嗞儿吸着气说：“眼看到手的船钱，又‘哦豁’（表示惋惜和无奈）掉了！”

我只用了两天就把杨萌暂时忘掉了，第一天睡大觉，第二天抄《道德经》。我爹问我是不是想做道士。我说我只想安静一会儿。第三天我扛上一把锄头，把菜园里所有需要翻种的地挖了个土坷垃朝天。翻地有个好处，能捡到无数条红蚯蚓，细若麻线，这可是钓鱼的好诱饵，一条蚯蚓一条鱼。翻完地，我就钓鱼去了。夏天的河谷水不仅可以游泳，更适合钓鱼，两岸的山泉都汇聚到这条大河里来，水清鱼肥。

我已经钓到了九条鱼，又一条鱼咬钩，浮子沉下去，再浮起来的时候被水底的鱼牵着跑，是条大鱼。我正不紧不慢地收竿，远处传来邮递员的声音：“骆远军，你的信！”我扭头答应了一声，打算把这条鱼拉上岸再去接信，定睛再往水里看时，所有的浮子都漂浮在水面上，一动不动。眨眼之间，大鱼溜掉了。

信封上的字，一看就知道是杨萌的。我特地跑到大河边，抄起水来洗了手，反手在臀部的裤子上把手揩干，拆开信，里面有一封信和一本不大的笔记本。从封皮的颜色看，正是那天她攥在手上的那本笔记本。她在信上说："我们都还没有自立，应该把决策交给时间，否则就是违背天理。"可她宁愿违背天理，也要给我写这封信。写这封信的主要目的，是要把一份重要的日记交给我，本来几天前要交给我的，只是当时的天时地利都不适合。这是她最近三个月的心情记录，断断续续，无关他人，不过是她写我读，仅此而已。

我打开那本红色封面的小笔记本，记录的全是关于"他"的点点滴滴，"他"没有跟她一个班时，她就隐约知道"他"文笔了得；刚成了她同桌，上了三天课，就跑到其中一个慢班做班长去了，她觉得有必要以三战三败的身份"把他找回来"；"他"的背宽阔坚实，趴在上面像趴在大哥哥背上一样，以至她赖在背上，故意不下来；还有那穿行于初夏黑夜的自行车，还有那一篇篇令她感动而望尘莫及的文章……许多细节我已忘记了，都在杨萌的文字中，一个镜头一个镜头地复苏。

天底下的痴男怨女也许就是如此，一方无意而为，对方却每一点每一滴都记在心头，甚至白纸黑字，诉诸笔端。

我读着这份日记，深一脚浅一脚往家里赶。我不是石头，我动容了。一个女孩做到这一步，已经不需要更多的语言。我忘记了她的古怪脾气，觉得她什么都好。

我打算好了。我自然是考不上的，万一她也考不上，我就让我妈请介绍人去提亲。现在我要做的是，至少打三遍草稿，认认真真给她回一封信。还应该做些什么呢？一时想不起来。我十七岁的脑袋就只想得到那么多。在我看来，这已经够多了。等我走到自家门口，我爹问我："你的钓鱼竿呢？"我才想起，还丢在大河边呢。

我的回信还没寄出，杨萌的另一封信又来了。她让我两天以后到母校附近的集市入口处等她，她正在跟她的三姐学种平菇，打算给我一些菌种和资料，"要是能够挣上一笔，不管升入高一级学校还是再去补习，你都不至于捉襟见肘"。她已经在规划未来了，这是我乐意的。在等待迎接菌种和资料的那两天夜里，我每天晚上都梦见我们家到处都长满了平菇，谷仓上、饭桌上、神龛上、柜子上、床上……连我的钓鱼竿上都长满了蒲扇那样、向天空斜斜扇起来的平菇。

两天后，我把自己精心收拾了一番，我爹问我干什么去，我说我去接财神。

站在集市入口处，我平生第一次体会到约会的复杂心情，有期盼，有等待，有尴尬，尤其受不了的是格格不入。农村人赶集，要么买，要么卖，下地穿什么，赶集也穿什么。我这穿着讲究的人，一看就跟他们不是一伙的，格外扎眼。出入集市的每一个人都要看我一眼。他们的眼神从我身上划过去的时候，我能感觉到一阵阵燧石相击迸出的火花。我期盼她快点来，只要拿到菌种和资料，我们各自转身离去，一切尴尬烟消云散；也期盼她慢点来，我还没想好该对她说什么话，最关键的是第一句话还没想好。

我给她写的信还在邮路上。原本打算好好给她写封情书的，思考再三，只有热情的表达，没有爱恋的语言。我有我的考虑，我还没有想好是钓上一段时间鱼再去拜师学医呢，还是马上就去学医；还不知道我的表叔公愿不愿意收我，他六十多岁了，至今还没有一个徒弟。从前多少后生要拜在他门下，都被他婉拒了。他说，不到胡子一大把的时候，是不收徒弟的。可他是个不长胡子的人，至今没见他脸上有一根超过两厘米的汗毛。再说了，她和我要是都考不上，现在就进入恋爱状态正好；可我相信她是能考上的，瘦死的骆驼比马大，她一向成绩那么好，我才不会拖她的后腿呢。一个男人，没有立业，岂能轻言成家？把一个女子哄进自己的穷窟窿里，自己却一无是处，一点本事没有，将来做啥都不知道，跟拐卖妇女有什么区别？前途未卜之前，任何决断，都可能既害了自己，又害了对方。害自己不打紧，毕竟是自己的决定，自食其果；害别人就要不得了，别人不欠我一分。既然她说“把决策交给时间”，那就把一切交给未来吧。是我们的缘分，再等上几年，转山转水，也会转到一起来的。

十点过，不早不晚，就见杨萌来了。菌种和资料在她手里提的一个塑料袋里。与她同来的还有她三姐和三姐夫。她的三姐夫负责骑自行车。有她三姐和三姐夫在，本来可以好好充当一次教员的她，便成了多余的人，从头至尾都是她三姐和三姐夫在介绍，她没捞到几句话。这样的介绍显得公事公办，想象中的浪漫镜头一个也没出现。大概过了半个小时，她的三姐夫又驮着她们姊妹俩回去了。

我顿时对平菇种植失去兴趣，勉强按照她三姐和三姐夫的指导凑齐了培养土，把菌种种下去，浇水、保湿、施肥，例行公事，看似煞有介事，实则没心没肺。我更多的精力都花在钓鱼上。到该出菌的时候，什么动静都没有，我三天钓鱼两天种平菇的节奏，无疑把菌种弄死了。等到该收获的时候，终于从不起眼的角落冒出了又小又弱的两朵，不像蒲扇，倒像喇叭，别说烧汤，塞牙缝都不够。

杨萌写信来问种得怎样。我在信里虚构了一片茂盛的平菇森林，繁多得像梦境里长的一样。杨萌回信说我吹牛，因为她几乎没给我菌种，这是她三姐夫的馊主意。她三姐夫说，能长出一朵都算我用功了。她说她原谅我撒下的谎，因为我是个善良的人，我不想让她难受。而我则认为，所长出的那两朵都算不上我的功劳，而是因为有几颗菌种存在，只要有菌种，用不用功，都会长出平菇。她三姐夫出这馊主意干什么，难道要打击我种平菇的积极性？就跟艄公那样，怕我将来跟他竞争还是怎么的？我十七岁的脑袋实在想不明白。

后来我终于想明白了，杨萌的三姐和三姐夫想试探一下我诚实不诚实，而杨萌却看出我是个善良的人。当她说我是善良的人时，我正在大河边杀生，就那么一根鱼竿，一天要结束掉三四十条鱼的性命。我把这事写信告诉她，她说，一个人的善良跟取不取鱼的性命没有多大关系。跟什么有关系呢？她没说明。她这样的信，弄得我自己都搞不懂我自己。

由于第一封回信写得像社论，我们后来的通信都是那么平静，没有出现一般人所推测的波澜壮阔的情节。她认为她考不上，我坚持认为她考得上。她继续坚持认为她考不上，我坚信我即将成为铁杆农民，起点是平等的，话语也是平等的。一封一封的信，让我们彼此懂得对方的心思，就差谁率先捅破那层纸了。我决定这个动作由我来完成。过了八月我就十八岁了，男人嘛，就该主动点的。中考结果却在这时候张榜公布了。

去看分数榜那天，我去得特别晚，反正没我啥事，没有哪所高中的录取名单中会有我的名字，只不过按照老师在我们离校前夕再三嘱咐的“一定要来看中考分数榜，说不定就有你的名字呢”例行公事而已。

我的名字出现在第六中学后面，大概就为了证实这种意外真实存在。中考分数公布和中考录取同时进行，全县的都在上面，一共十几张纸，贴在学校大门口的墙上。中专录取早于二十多天前结束，录取的考生名字不在这十几张纸上。我赶到时，已经没有几个同学，都是其他班的，因为作文，他们认识我，我却喊不出他们的名字。当在这十几张纸上看到自己的名字时，我尖叫起来，指着纸上的“骆远军”三个字对那几个我喊不出名字的同学说：“看，骆远军，这个骆远军是我！”

我的兴奋轻狂惹得他们很不高兴，他们当中只有一个考上了职业高中，其他都榜上无名。一个说：“我们都知道你叫骆远军！”一个说：“哦，第六中学！你喊得那么大声做什么，我还以为你考上的是第一中学呢！”又一个说：“读六中跟读职业高中有什么区别？三年过后，还不是回农村来跟我们一起‘修地球’！”

我懒得理会他们，我在找杨萌的名字。我顺着我的名字往前找。她的成绩一向比我好，她的名字应该在我前面。倒着找了一遍，又顺着找了一遍，没有。又顺着我的名字朝后找，终于在靠近这十几张纸的末端，在第三职业中学的录取名单下找到她的名字。我能体会到她看到这个榜的失落和心酸。我要是懂得医道，或者有什么秘方，第一件事就要治好她的肚子痛。可惜现在，学医的机会没有了。

之后，在入学之前相当长的一段时间，我们一封信都没通过。对此，我能理解，就像原本在两条预设好必定要相汇的道路上行走的人，突然被重新放置在另外两条全新的道路上，我们得重新调整自己的状态，重新认识自己，重新给自己定位。直到我进入第六中学后，某一天收到一个厚厚的包裹，里面有杨萌替我买的英语学习资料。她觉得这些资料我用得着，似乎她从此不再需要。其实这些资料她也用得着，依她家的经济实力，应该只买得起这一套。似乎她已经断定，三年以后她就只有回农村"修地球"这么一个结果。她所在的学校以打群架闻名全县，每年不死四五个人不过年。街头的地痞流氓听谁吼一声"别惹老子，老子第三职中的！"便乖得跟猫一样。因为惹上一个，身后就会出现一大帮，个个不要命。我跟杨萌的学校相距三十多公里，没有直达的班车。她写信来说，周末欢迎过她那边耍。我想都不敢想，那么多祖师爷级的流氓，打死我也不敢去那个学校。

高中三年，我们很少通信，从未见过面，直到高考前一个多月，我们学校把女同学集中起来开会，门窗紧闭，如临大敌。据消息灵通的人士说，为了保障女生顺利高考，不因"大姨妈"而影响考试，进而影响成绩，学校每年高考前一个月都要给女生"集体吃药"。

我立即想起杨萌。我问一个同一张饭桌上吃饭的女生，学校给她们吃什么药。那女生粉红了一张脸吃吃吃笑起来骂我："女生的事情你管那么多干吗？反正你用不着，流氓！"

我不甘心。杨萌这辈子不能再因为肚子痛而失去公平竞争的机会了。无论如何，我要为她争取一次。高考前两周，我去问负责这件事的教务处副主任，一个胖胖的中年妇女。我撒谎说，我有个姐姐，今年也要参加高考，从初中开始，每到大考必定肚子痛，平时成绩非常好，可一肚子痛，银子化成水，单单中考就考了四次才勉强成功。"就是痛经。"我怕她把杨萌的肚子痛，理解成我们这些爷们儿的肚子痛，特别强调说。我诚恳的态度感动了副主任。她说服药的目的是错开那几天来例假。只不过时间必须计算好，过早、过晚都不好，用得不好还可能会引起更多的疾病。我问她女生吃的是什么药，告诉我药名，我去替我姐姐买。她说是计生用品，乡下都由妇女主任发。我还是不明白她指的是什么药。副主任说："避孕药。"我犯难了，这东西我听说过，到现在连见都没有见到过。据我所知，我们村里的妇女主任一般只发避孕套。副主任见我面露难色，就给了我一张纸，这张纸我们学校每个女生手上都有。上面用举例的方式，详细介绍服药时间的计算方法，精确到高考前的哪一天。副主任说："喏，你让你姐姐仔细阅读这份资料，不要外传，这是我们学校的最高机密，对照上面服用，丝毫马虎不得！"离开前，副主任还给了我几粒药片，装在一个分药的四方形小纸袋里。

我把副主任给我的东西放在衣服袋子里，借了一辆自行车就出发了。出发前见天色有些阴沉，估计暴雨即将来临，好不容易找到一个塑料袋，把东西装进去，又在宿舍里四处找雨衣，没有，连雨伞也没找到。管不了那么多了，脚一蹬，自行车便射出去了。半路上下起暴雨，全身湿透，自行车越骑越重。到第三职中的时候，衣服上都是泥浆，身上的汗水和雨水混在一起，整个人水淋淋而热气腾腾的。等我冒雨返回第六中学，雨却不落了，东边的天空出现好大一条彩虹，很多同学站在教室外面看彩虹，看见我都哈哈大笑起来。有人开我玩笑说："这只落汤鸡洗都不用洗，可以直接架到火上烤了。"另一个说："我看他现在就是条在空气中游泳的鱼，还是做酸菜鱼比较开胃。"人群中有人在谈论彩虹，一个女生说："大家看大家看，真是奇了怪了，这彩虹只有五种颜色。"我抖得像筛糠，后背冷透了，四肢麻木，几乎没有活气，同学们后来说我的嘴唇都青了。听到那女生的话，我特别惊奇，特意捏了一下刹车，左脚一搭，撑到地上，看了一眼彩虹，不对，分明只有四种颜色。这时候我耳朵里传来一个男生的声音："不是所有的彩虹都完整。"

杨萌考上了四川农业大学，我却落榜了。杨萌成为第三职业中学建校三十多年第一个考上大学的学生。收到她报喜的信，我悲喜交加，迷惘惆怅，在床上辗转反侧了一个晚上，虽然没有哭，也没有笑，但比又哭又笑还要复杂难受。持续两个多月的高烧刚刚退去，咳嗽还没有好。

我上高三补习班的时候，她已是大学一年级的学生，她进了文学社做社员，进了广播站做播音。有一天，她把校广播站站长写给她的一封情书寄给我，信封里面除了这封热辣辣的信，没有她一个字。她的意思我明白：明确表态的时刻到了。我给她回了一个空信封，里面没有一个字，也没有一张纸，她怎么理解都可以，是在沉默中放弃，还是在沉默中抗争，主动权交到她手上，毕竟我只有最最艰难、最最重要的几个月了。我正被各种功课折磨得死去活来。二十岁出头的我已经足够成熟。这份缘，是我的，它会在并不遥远的前方等着我；不是我的，就该去了。正如她曾经说的：“我们都还没有自立，应该把决策交给时间。”

半年后，我也上了大学，她写信来说，那个写信给她的同学，也就是广播站站长是那么霸道，对她使用了最强硬的手段，一切都无法挽回，她已无法拒绝，更无法坦然面对我。“我们缘分尽了！”她说，她让我不要回信。是什么“强硬的手段”？这问题让我失魂落魄，失眠好多天，那个年代，我以为亲个嘴都会让女孩子怀孕。这是她的最后一封信。我有好多话想对她说，却不知道该从何说起。倘若面对面，所有能想到的话我都一定会说的，可我们俩的学校相隔太远啦，汽车、火车、汽车，转五趟车、四天时间才能到达，没有足够的时间，也没有足够的财力。既然不知道该从何说起，既然一切已成定局，既然他于她无法拒绝，既然于我不需要回信，还有什么好说的呢？可我心有不甘，我不过是慢了一拍而已。别人慢几拍都追得上，为啥就不允许我慢一拍。我把与她清浅如逝水的过往重温了一遍又一遍。在很长一段时间里，我不适应无信的下午，我们学校的书报和信件都是下午接近黄昏的时候分发的，那么多同学因为收到远方的来信而满足喜悦，可这一切跟我毫不相干，这时我便会犹豫，是不是该主动写一封信出去。转念又想，当人家两个人正恩爱的时候，我去横插一脚，就是第三者插足，就是不识相，就是搞破坏。与其愁肠百结，与其让顺理成章的事情变得错综复杂、结局未知，不如顺其自然、释怀放下。我们从此断了音讯。

大学毕业，我到了三千多公里之外的一座小城，远隔千山万水，回一趟老家单程都要五天时间。背井离乡，白手起家，结婚生子，种种艰辛，把我折腾得几乎没有足够的自信跟故乡的同窗旧友联系。我的妻子性情好，人厚道，小鸟依人，柔情似水。天大的事情只要有我在，她便把所有的信任都放到我身上；天大的委屈，只要给她解释清楚，我们就会和好如初。

工作之余，我只有一样喜好：写作。身处社会底层，我只有通过文字，才能找到一点点做人的尊严。我用文字证明我还活着，活得有情有调。三十岁那年，我出版了第一本散文集《野山》，印得不多，卖得很快。到书卖得差不多的时候，想起杨萌曾经说过的，要是我出版了书，哪怕她在天涯海角都要给她一本的话。我想，要是她还能记起过去的点点滴滴，会分享到我这份快乐的。我认真写好题签，加盖了印章，却不知道该往什么地方邮寄，我不知道她大学毕业后去了哪里。

一年以后，回老家探亲，我把这本加了题签和印章的书塞进行李带回老家，打算找到她，把这本书亲手送给她。我想看看她的生活状况，也想告诉她我过得不算糟糕。

回去的第二天，陪父亲上街卖菜，遇到前来向我父亲买菜的初中时的前排女生。初中毕业后她就回了农村，如今在故乡的一个农村信用社做食堂工作，岁月已经改变了她的模样。她说她的丈夫对她不好，动不动就对她用拳头，她的两个儿子已经成长为业余流氓。两头都不靠谱，唯一感到实在和快乐的事情，是能随时往嘴巴里塞东西。她壮得像个宰牛的汉子，好在说话还算讲究，遣词造句顺溜，多少还找得出当年的一些影子。她瞭了一眼就喊出了我的名字，我却看了七八眼也没把她认出来。

我们谈起帅哥，她说帅哥已经不帅了，离婚离了三次，还到处吹说他“有六张中华人民共和国颁发的合法证书，三张结婚证，三张离婚证”，便没有女人愿意再跟他，又丑又不讲究，衣服上的油渍和污物亮光光的，能当镜子照了也不洗一下，如今在一家卷烟厂当垃圾搬运工。我向她打听杨萌，她很吃惊我还记得她，她不知道我跟杨萌之间还有那么多细节。她和杨萌常有联系，杨萌毕业后分回老家一所专科学校任教。她平静地说：“她死了，一年多啦。”

我感觉自己的左右心房同时遇上了凌汛，大块大块的寒冰坚硬地碰撞在一起，越垒越高，直逼云霄，随时会轰然崩塌，以致我连呼吸都不会了。

“她太心急了，弄得像自己跟自己开了个大玩笑，”前排女同学说，“直到现在我都相信她只是想比画一下，谁知道人生有时候是彩排不得的呀。”

前排女同学说这话时，像在说别人家的一只鹅一棵白菜那样，那么冷静客观。阳光照在她过于发福的脸上，使她恍惚成了一个说书人。唯一特别也是唯一让我感到欣慰的是，整个讲述，她没有提杨萌的名字，从头到尾都是“她”。当她用“她”来指代杨萌的时候，我感慨人生是多么无奈，一旦过早死去，在别人的讲述中，你不是别人家的一只鹅一棵白菜，还能是什么。

那天下午，初夏的阳光穿过校园高大的乔木枝丫，洒得一屋子都是。阳光下，栀子花的香味无孔不入，四处乱窜。在这样一个明媚的下午，她却一阵一阵地感到寒冷。

两个小时前，诅咒她不如死了干净的丈夫上课去了。他要跟她离婚，离婚的原因是，他在她的日记里找到一句让人由不得要往那方面想的话：面对一个手持公章的色鬼，为了结婚五年、分居五年的丈夫，我决定铤而走险——我不下地狱谁下地狱！

她说："我做的事情没有对不起你的地方。"

他说："怎么个没有法？"

她不愿再回忆过去的种种细节，丈夫的不信任令她非常不满，这么多年都过来了，多少坎坷和磨难，都成了一堆难以一一细数的烂账，她不想做过多的解释。

于是他们开始争执，争执很快升级为吵架，这一吵就持续两个多月，没有消停的迹象。

这天中午他们又吵了，说的似乎还是以前说过的话，吵架的情节和进程都像过去几次的复制件，她只有一句话："我做的事情没有对不起你的地方。"多的话她不想说，她不喜欢碎碎糟糟的解释，这不是她的行事风格，她不擅长。于他而言，这算什么解释呢，这一句话无法让他相信她跟他们那所专科学校的党委书记什么也没发生。

"你是不是乐意给自己戴绿帽子？"她气不过，"跟你说没有就是没有，不信死给你看。"

他说："你死你死，你去死给我看看。在一起喝了酒，跳了舞，还有什么不能干的？"这是他俩相处这么多年来，他说得最重的话。话一出口他就后悔了。他只想得到一个最确切的答案，或者说细节，她给他的答案像书法上的枯笔，太过简略，不够详细，让他浮想联翩。

她就决定死一次给他看。她知道，现在跟他说什么，他都是不相信的，男人最不能接受的，是自己心爱的女人给他戴绿帽子。她还知道，他是爱她的，也许她死一次，他就消气了，不再那么咄咄逼人、天天跟她吵。毕竟他已经调动到她们学校，两人在一起朝夕相处，她相信时间会弥合一切的。

她找来根鞋带，在高低床上打了个结。她准备上吊。她打量过鞋带的粗细，她估计自己只要套上去，鞋带就会断掉，毕竟她有九十几斤的分量。她并不真的想死，那么多苦都熬过来了，还有什么跨不过去的坎呢，她只想吓吓他。

她很想把事情说清楚，可她感到，她越是想说清楚，越说不清楚。她甚至不愿意回想那些天的事情，她希望从前某一天的事情像书橱上的某本书，能抽出来，彻底销毁。可惜不能。这是她一辈子的耻辱。这耻辱不是因为她做了对不起丈夫的事情，她压根儿没有做对不起丈夫的事情，而是因为在这件事情上，她几乎是个骗子，一个实施奸计的骗子。她是河谷的孩子，河谷人不齿于对人使用奸计，可是她用了。于是，这件事情就成了她没办法说清楚的事情。

她跟她丈夫是大学的同学，大学一年级他开始追求她，大学读了四年，他们的恋爱谈了三年。起初她并不愿意，觉得不现实。他们都是定向分配的大学生，她来自川南河谷，他来自成都，按照分配政策，毕业后，她将无条件地回到出生地，他也无条件地回成都。可他是那样执着，发疯的追求，发疯的进攻，细致的体贴，周到的关心，终于在大二第一学期，他们成为情侣。毕业前夕，费尽周折，却没有分配到一起，她被分回了出生地，他回到他的成都。

为了调到一起，不管是她到成都，还是他来川南，他们都请客，送礼，送钞票……什么招都用了，一点起色没有。他灰心了，说："算了，我们就做牛郎织女吧，现代版的！"她也灰心了，可她感觉还有一招好使。从分配到这所学校起，她就感到有一双眼睛在注视她。那双眼睛的主人是学校的党委书记，这人绝对是实权派，只要他签字，丈夫就能从成都调动到川南。

这是个好色的家伙，据说学校好几个女教师都跟他关系特别。

一天下班，她刚要关办公室的门，这位党委书记来了。她虽然结了婚，却过着近乎单身的生活，一人吃饱全家不饿，所以她常常是下班最晚的。

党委书记说："小杨，还没下班呀！"说完走进她的办公室。

她说："快了。"

党委书记说："要是每个教师都能像你一样敬业，我就高枕无忧了。"嘴上在说话，眼睛却不规矩。

她已经从他那无遮无拦的眼神里，看出了别的内容。她心想：别把我当你篮中的菜！她应承道："难道书记你还有不顺心的事？"

他说："人家都看我人前人后风光体面，不晓得我内心也有苦闷呀！别人有了苦闷，还找得到发泄的地方，我有了苦闷，连个倾诉的人都没有，唉，人呐！”

她知道他的意思，可她偏不接他的招。心想：神经病！把我当什么人了？你苦闷？你以为你手里有权，我就会向你倾倒？她没有立即拆穿他，说：“人生在世，哪有没一点苦闷的。”

党委书记见她不中招，感觉她跟以前遇到的几个女人不一样，就准备走了。喜欢做那种事情的人都懂得，办那种事情，关键看对方的态度，看对方愿不愿意。要试探对方，就得先下个套，如果对方主动接招，往套子里钻，那接下来的事情就好办了，办了也安全。

走出办公室的时候，党委书记说：“听说你是上大学就谈好男朋友的？”

“不是男朋友，是丈夫，我们结婚五年了。”

“哦，好像你分到我们学校快五年了吧？该想点办法尽早调到一起，分居两地终究不是办法。”

“他还在成都。”

“你调成都，相当于凭空从底楼跳上二楼；你的对象从成都调过来，正好相反，是从二楼跳到底楼。”

仿佛不经意地说完这句话，党委书记出门走了。

就在这一刻，她突然萌生了被她称为“玫瑰炸弹”的计划。

后来当党委书记再说类似的话的时候，她就主动上套。比如党委书记说“我内心也苦闷呀”，她就会说：“领导有领导的苦闷，我们普通教工也有普通教工的苦闷。”党委书记做出非常关切的样子，说：“你有啥苦闷？啥时候一起喝个咖啡，相互说说，说出来就好受了。”就这样，他们从喝咖啡到喝红酒，还在一起跳过几次舞。于是，关于她的男人调入她们学校的商调函就开出来了。

党委书记当然不满足于喝酒跳舞。有一次他们单独在一起，党委书记图穷匕见，她镇定自若，早就想好了招，她说：“书记，别这样，我是相信你、尊重你的人品才跟你来往的。你要这样，我就会觉得我以前看错了人，你的人品不过如此，不值我尊敬！你成全我跟我男人，这恩我一辈子都记得。你不是随便的人，我也不是，我们是好朋友，永远都是。”

她的“玫瑰炸弹”计划成功了。

在她这里捞不到好处的党委书记，把目标转向其他女人，学校那么大，他的光芒照到哪里哪里亮，总有逃不出他手掌心的。

她已经不记得，她当时在日记上写这句话的情景，但是她知道，河谷人最不齿的，就是利用自身的资源去达到某种目的，尤其是女人利用自己的姿色，这是卑鄙的手段，这是一辈子的耻辱。因此，她向丈夫指天发誓，她只是请党委书记喝过酒、跳过舞，然后就把丈夫调动的事情搞定了。

现在回想起来，不过就是喝过酒、跳过舞。她千不该万不该，在某天感觉孤独、委屈和对权力的愤怒的时候，写下这句话。她这辈子就妥协过这一次，算起来，也不算彻底妥协。没想到就这么一次妥协，就给她和丈夫造成这么纠缠不清的家庭矛盾。

她知道丈夫的脾气：只要她耍小性子，他就会软下来的。于是她决定用鞋带上吊。她算好了时间，她要等丈夫在下课回宿舍的路上再把鞋带套到脖子上，即使绳子不断，等她丈夫回来发现她，替她解开绳子，她也无大碍。关键的关键是，过了这一关，他们之间的不快，很快就会结束。

她就是这样计划的。她希望他们尽快走出不快，他们应该开始新的生活，毕竟他们分居五年，跟他们一起大学毕业的同学，绝大多数人的孩子都上幼儿园了。

有那么一刻她想放弃这个计划，这是个冒险的游戏，窗台上有把剪刀，如果她选择放弃，这把剪刀马上就能派上用场。

可是，她是个急性子，她太希望尽快结束夫妻间的不快了。

下课铃声响了。过了五分钟，她估计丈夫该走到宿舍楼下了，她把脖子套到绳套里，一收脚，她整个身体的重量都集中到脖子上，鞋带深深地勒进她的上颈，她听见喉管破裂的声音，类似于熟鸡蛋壳被敲破时发出的声音。这一声响过后，她立即感到空气来去的通道被堵死了，里面的气出不来，外面的气进不去。平时，谁会觉得呼吸道重要?

这个后果大大出乎她的想象。

就在她感到呼吸通道被堵死的时候，还有一种涌堵的感觉，来自血液。相对于呼吸来说，平时人们更加感觉不到血液的流动，可是这时候，它却那样需要流动，头上的拼命向下坠，身子里的拼命往上喷，一条细细的鞋带成了拦截江流的三峡大坝，成了两处血液不可逾越的鸿沟。

她的意识还清醒。她已经感觉到了死亡，她后悔了，她想伸手把鞋带从脖子上解开，这时候手臂却似有千斤重，举不起来。

她想起曾经从哪本书上读到的，祖师爷鲁班曾警告过世人，井绳是不能随便用来吊脖子的，只要比画一下，要是无人及时施救，没有谁能滑脱。

这是真的。这是她最后的一丝感觉。

就在她的舌头好像要从喉咙里冲出来的时候，她看见窗台上的那把剪刀。而她的丈夫，此时并没有走在回宿舍的路上，他正骑着自行车上街买菜，他为中午撂下的那句重话深感歉疚，他打算晚上好好做一桌，两个人赌气赌了那么多天，好好吃一顿，或许能减少不快，给他们带来好心情，尽快结束吵吵嚷嚷的生活。

告别前排女同学，我独自回到初中母校。平房都拆掉了，一间不剩，翻建成了楼房，连厕所都是两层小楼，上面一层男厕所，下面一层女厕所。在曾经的教室那个位置，建起了化学和物理实验大楼。宿舍成了食堂。原来空旷的操场上，如今建起了升旗台。桉树还在，更加高大了，我们离开的时候只有碗口粗，如今已超过面盆了。所有的旧迹，只剩桉树，细长的叶子在河谷风中，依然哗啦啦地流淌。因树干比从前高的缘故，哗啦啦的声响高了一倍，听上去既亲切，又遥远。

这声音多像远远逝去的青春年华啊，一切都不在了，只剩下一丝丝岁月的回响。在我眼前蹿出一个瘦削长发的高个儿少年，他的面孔多么熟悉呀，五官跟我一模一样。少年活动的背影，既有眼前这初中母校的，也有距离初中母校四十多公里的高中母校第六中学的。那些既浅淡又幽深的往事，犹如近得比什么都远的梦境。

那一天，我怀揣着副主任给我的药和资料，从第六中学出发，飞奔去杨萌所在的距离第六中学三十来公里的第三职中，单程就花了四个小时。没走到一半，夏天的暴雨劈头盖脑泼下来。起初我以为，这么凌厉的雨，下一阵就会风过云收；没想到，直到我返回学校都没有停歇。路面到处都在流水，那些水起初是浑黄的，带着路面上的尘土，流进路边的排水沟。后来，整个路面都被冲洗得干干净净，一道闪电在天上划过，路面就像一面绵长的镜子，唰一下闪出亮光。身上的汗水被雨水浇透，很快就没有了，有点冷。我没有停下来，继续往前飞速蹬车，奇迹出现了，雨水在衣服上流淌，汗水在衣服里面从皮肤底下往外冒。我整个人变得水淋淋而热气腾腾的。

到杨萌学校门口，我突然有些害怕，怕惹上“武林高手”。

感谢这一场暴雨，让所有学生都待在室内，包括各路“大侠”。狭窄的门房里挤着五个门卫，个个肩宽臂圆，比我高两个头，见了我，不说话，单单用目光把我盯着，职业性地在我身上搜索，大概是看我身上有没有带什么凶器。

“你，找哪一个！”一个大汉终于说话了，声音穿过雨帘，大得像炸雷。

“我找一个高三学生，杨萌！”我想他们一定是不会认识杨萌的，报出杨萌的大名，目的只是告诉他们我跟他们学校的一个学生有关系，不是来寻仇的，是半个自己人。

“哦，杨萌！”几个大汉不约而同地说，脸上凶悍的表情随之坍塌了一大半。一个大汉说：“你快进来躲雨，我替你去喊。”大汉长期处于坚硬状态的声音里，透露出了些许柔和。我没敢进去，他们强壮得吓人，里面太狭小。我全身湿淋淋的，在滴水，停下自行车，后背一阵阵发冷。

“你们认识杨萌？”他们柔和的表情鼓励了我，我问他们。

“我们学校近三十年来唯一的种子选手，谁不认识！”

这句话再次鼓励我，我有些得寸进尺说：“我是她的初中同学。”快三年没见面，不知道她长成什么样了；喜欢捏人家鼻子、揪人家耳朵的她，会不会也染上了他们学校祖传的豪侠之气，赶得上在十字坡开人肉包子店的孙二娘？种子选手是什么意思？是指她的学习成绩，还是武功？管不了那么多了，我只做自己认为该做的事情，做了就是，这一趟原本就是为此而来的。

杨萌打着一把半新旧的伞来了。三年没见过面了，我心跳加速。透过水淋淋的近视镜片看她，轮廓有些模糊，却格外生动。跟我们学校的那些女生比起来，杨萌还是花骨朵，没有长开，更没有开放的意思，还是一副初中生的样子，面目清秀，脸色白净，头发还是从前的样式，说话的时候露出两排洁白好看的牙齿，上排的一对虎牙依旧那么显眼。

她张大眼睛看着我，她没有想到前来找她的是我。她快步冲上来，把伞举来罩在我头上。三年来我的变化一定吓着她了，全身都在滴水，鼻梁上多出一副黑框近视眼镜，络腮胡子需要剃须刀每天光顾了，因此脸皮泛着青光；为打理方便，节省时间，顶上已留成平头，青丝已无法在风中飞舞。她的声音还是那么好听，只是神情狐疑，她的话听上去有些生硬：“那么大的雨，你来做什么？”

“我来给你送药，专治肚子痛的！”我对她说，“我们学校统一组织高三女生服用，被无数届高三女生验证过，据说神得很。”

“你又不是女生！”她很激动，一半因为我冒雨送药，一半因为她肚子痛的老毛病有治了，同时又有些不相信，我又不是女生。好在第六中学女生的高考在校园江湖上有名气。

我把对副主任所撒的谎重复了一遍，她扑哧笑起来，把一只小巧的右手摊开，伸过来说：“什么药？给我看。”

我把用塑料袋包裹的药和纸从怀里掏出来递给她。塑料袋外面淌着水，里面的药和纸依旧干燥。我放心了，对她说：“我们学校的副主任特别交代过，一定不要当众打开，不能随便告诉别人。”

杨萌急于知道是什么药，接过塑料袋的时候又问了一句：“什么药嘛？”

“你自己看。”说完，我又补充一句，“最好一个人看。”说罢，我跨上自行车就要走，我需要一场急速的奔驰驱赶后背一阵猛似一阵的寒冷。我向她挥挥手：“我要回学校了，再见！”

杨萌把伞向我举过来，说：“拿上！”我说风大，骑车用不上。她就要回宿舍找雨衣，我说反正已湿透，用不着了。说罢，连打了两个喷嚏。

杨萌担心地说：“你千万别伤风感冒了！”

我说不会的。三个字才说到第二个字，我的自行车已经冲进雨幕。没想到，这竟是此生我们最后一次见面。

坐在母校大门外的一块大青石上，我久久不愿离去。我依稀看见一个嘴唇上刚刚长出绒毛的小伙子背着一个女同学风驰电掣般奔向医院，看见一个女同学坐在他的自行车后架上穿过深深的黑夜，看见那个小伙子把两个人的行李负在身上，在盛夏的阳光下汗流浃背而心甘情愿，还看见他穿了一身干净衣服带着尴尬的表情站在集市入口往她即将出现的方向眺望……一切都结束了，在这个世界上，只有我一个人还记得这些。从前两个人的记忆，如今变成一个人的，抽走的不只是另一半记忆，而是与此有关的全部。

我从来不会用眼泪表达自己的悲伤，没有流泪，比流泪更痛。

从初中母校回来，我假装杨萌还活着，用挂号信把那本书寄往她的学校，信封上端端正正地写上她的真名。如果她的丈夫收到了，能在她的坟头上放一放。

在那天晚上的日记里，我这样写道：走着走着，突然没了你。你不是我的，我也不是你的。谁是不是谁的，都不要紧，我只希望你仍然活在世界的某个地方，不管我去不去找你，你都存在着；不管见不见面，你都好好地活着。可是如今，纵使走遍天涯海角，我都再也找不到你了。对于你的选择，我不知道该说什么好，我真无法评价。谁说“如果能够唤醒你，我愿为你诵持十万遍《大悲咒》”，一百万遍够吗？倘若能把一个人唤醒。

我仿写了一首诗中的句子：如今，你是一份薄薄的记忆，我在外头，青萌的时光在里头。

青　涩

一

汽车翻过最后一道老坎，从远处就能看见沐浴着晨光的格瓦拉镇房顶的时候，我心想，有必要装出点样子来。于是我下了车，甩开俩脚丫，向格瓦拉中学狂奔。斜挎的大书包装了三本书：一本《药性歌括四百味》；一本《汤头歌诀》；还有本荆川纸的古代药书，封皮全无，开头缺了好多页，看不出印制年代，估计少说也有两百年。前两本是师父在我入师的时候给我的教材，后一本是我从师父的书橱角落里找出来的，师父压根不知道，算捡的也可以，算偷的咱也不介意。我的书包跟不上我飞奔的躯壳，被远远甩在后面，有时我稍微慢下几步，它就从后面飞上来，很不友好地落到我屁股上。

我的屁股不仅结实，还大度，对这明显的欺压行为根本不当回事，在只顾朝前的同时，公事公办地把它弹回去，让它重新回到空中。新买的运动鞋跟我一身洗得泛白的衣服严重不协调，我狂奔的目的，除了要在格瓦拉中学校长面前制造出一副风尘仆仆、艰苦朴素、吃苦耐劳、坚忍不拔，靠“11号”跑到学校的农村有志青年形象外，还想在鞋子上扑一层泥灰，倘若能踩上几坨稀泥巴或者一丁点狗屎，就再好不过了。

身上起一层毛毛汗的时候，我冲进了格瓦拉镇。在刚好能看见格瓦拉镇房顶的时候，我认为我能够把格瓦拉镇踩在脚下，等跑进镇子，才发现这是跑进镇子的肠子里去了。街上的行人和车辆对我的奔跑不产生丝毫干扰，不仅如此，我还给他们制造了一点小小的混乱。我躲闪敏捷，穿梭在车辆之间。汽车驾驶员在我贴着车头飞蹿过去的瞬间猛踩急刹。在此起彼伏的刺耳刹车声中，按部就班的街道被我搞得兵荒马乱。对此，我只有一点点抱歉，是的，就一点点。我一路奔跑，一路歪起嘴巴坏笑。我在心里骚起毛地吼：格瓦拉，我来了！

“这孙子要迟到了！”

在离格瓦拉中学一公里不到的拉面馆前面，四个跟我差不多年纪的小伙子冲我打口哨。其中一个吼了一嗓子。四个人一色黑西装白衬衫运动鞋，一色头发盖了半张脸，时不时朝右边甩一下。要是我摇身一变就能变成警察，凭他们这副吊儿郎当的模样，至少关三天。吼我那家伙，额头宽得可以当飞机场。他的吼声把我祖宗十八代的面子都丢干净了。他们前面十来米有三个女生一字排开，走在通往格瓦拉中学的路上，听到他的吼声，都扭过头来，嗖，嗖嗖，目光集中到我身上，继而爆发出欢快的笑声。一个女孩冲我喊：

“明天才开学呢！”

声音甜美圆润，甜而不腻，圆而不滑，清纯通透得像歌星，过耳不忘。可她这句话的每个字都像杀伤力强大的炮弹，打得我几乎迈不开腿。我是个要面子的人，尤其在跟我年龄相仿的女孩子面前。

我是来格瓦拉中学赴一场考试的。格瓦拉中学是省重点高中，升学率在全省领先。这所学校的校长跟我同名同姓，李苏启。李苏启保证升学率的秘密武器，据我多年后概括：一是狠抓教学质量，从高一抓起。方法之一是学生考试，任课教师也要考，学生写答案，老师写解题思路、所涉知识点、讲解切入口；方法之二是李苏启事前不打招呼，不定期深入课堂听课；还有就是学生成绩与教师奖金挂钩，干得好的可买房买车，干得不好的只能卧薪尝胆喝稀饭。二是每年只招一个补习班。别的学校，能招多少招多少，神经病才跟钞票有仇；而他只招一个班，进这个班的每个补习生都得参加入学考试，时间是8月31日，试卷若干套，都是数学，在电脑上随机抽取。李苏启亲自选试卷，亲自组织高三教师批改，上午考试结束即开始阅卷，下午公布成绩，按照分数高低，确定补习费的金额，只收前60名。为奖励优秀，谁要愿意同时选择三套试卷，且每套所扣分数在10分以内，那么学校免收补习费，另还奖励2000块。之前践行过这一条并拿到奖金的只有两个人，一个后来考上中国人民大学，另一个上了清华大学。我决心要成为第三个拿到这笔奖金的人。

我喘着气跑进李苏启的办公室。李苏启正在跟监考老师谈话，监考老师一共十位。见我进来，他看了我一眼继续对监考老师说：“到考场里准备一下，过半个小时开考。”十个老师中，有五个老师手中有试卷袋，由此推断有五个考场，至少有250人来应考，说不定是500人。格瓦拉中学名不虚传，连这种考试，试卷袋上都加了密封条。

李苏启在我的身份证上扫了一眼说：“李苏启，跟我同名同姓呢！你准备‘一拖三’？”在这所学校，“一拖三”的意思大家都明白。

我说是。我故意轻抬右脚后跟，在左脚后跟上磕了一下，那上面真的有一坨烂泥。“磕”的一声，两只鞋跟碰了一下，声音很小，可李苏启已经注意到了，他打量我的衣着，问：“你是从哪里跑来的？”

“从家里。”

“哦！”李校长说，“家在哪里？”

“黑水河镇白沙村。”

“离这里四五十公里呢。”

我在心里坏笑：李苏启先生，你中招了！

我见李苏启扯开嘴角笑了笑。我不晓得他是看透我的“装”还是对我“农村有志青年”的形象感到满意。他问我：“有没有剩点力气写答卷？”

“那当然。”

二

李苏启请我上他家吃中午饭。在钻进厨房之前，他拿了两个苹果出来，一个给门边坐着的小姑娘，另外一个给了我。他问我："李苏启同学，你书包里装的是啥复习资料？"

我拿出《药性歌括四百味》和《汤头歌诀》。我没把那本线装的古书拿出来，它模样太古旧，不体面，再说这古董要是李校长感兴趣，洒家能说不给？眼下，我已经用不着这几本书了。在拿书的时候，我还触到一个小瓶子，那里面是我按照古书上的方法配制的一味药，我检验过它的药效，神奇绝顶，不敢轻易使用。这是我目前配制成的唯一的药，不到万不得已不会拿出来。我回答他："在准备上补习班之前，我在学中医，还差两个月满两年。前一阵，一个到我师父诊所看病的人对我说，您的学校对优秀补习生不但不收补习费，另外还有奖励，我就决定来试试。"

"你没复习过？"

"没有。"说完故意跟他对视几秒，以示我没作假。我读过《福尔摩斯探案集》，华生的经验是作假的人不敢跟人对视。这细节若写进侦破人员的办案秘籍，绝不示人，那也许还有点价值。一旦被大众了解，就成了雕虫小技，看，像我这样智商的人，随便练习一两次，就能运用自如，滴水不漏。

“不简单呐！三套试卷都是去年的高考题，你能做那么好，我真的想不到！”

“我，”我如果能跳到一边来看我的表情，一定能看到此时这个叫李苏启的小伙子，表情很诚恳很谦逊地对他的校长说，“也没想到！”

对一个小时前的那场考试，先前我猜对了一半，参加考试的学生不是250人，而是近500人。在明白我“一拖三”的想法后，李校长亲自为我抽取三套题，并让我在他办公室答题。校长室宽大，空气新鲜，让人心情舒畅。我一口气做完三套，用了20分钟从头到尾复看了一遍，只比在考场上考试的学生多用半个小时。李校长用了半个多小时替我批卷，第一套144分，第二套140分，第三套148分。这个跟我同名同姓的校长兴奋得跟捡到钱一样，当即拍板招我，且邀请我上他家吃中午饭。

后来我才想明白，他请我吃饭除了一时高兴，还想进一步核实一些事情。补习费最低起缴线加奖金一共5880块呢。作为当家人，很有必要搞一趟私款吃喝，以了解我更多的情况，看看替我免掉那么多钱值不值得。

而我，原本就是冲那2000块钱奖金来的。

我弟兄四个，都在念书，两年前我高中毕业后，剩下两个高中，一个初中。老父老母都是农民，穷尽家中所有，也无法缴清我们几弟兄的学费。别人都劝我父亲抓一个儿子回来分担他的重担，他说手心手背都是肉，喊谁回来都不好，毕竟我们弟兄四个成绩都很优秀。中途我曾打过退堂鼓，我英语成绩太差，初中是在乡下一所非常糟糕的中学读的，英语老师教完26个字母就生孩子去了，谁都不管，此后三年再也没有在那所学校出现过。我的英语先天不足，但我爹打死不允许我退学，他的观点是，英语实在搞不上去，你把其他科搞好点，争取拉一拉，搞到高中毕业，回农村就属于半个文化人了，干什么都有基础，有底气。两年前高中毕业，我比录取线低11分，英语考试我只花了25分钟就完成整套试卷——只做选择题，全蒙，考了34分。毕业后，我就“弃文从医”。之后两年时间，我在师父的诊所里做徒弟加帮手，师父供吃住，不发工资。今年8月底开学在即，父母再次为弟弟们的学费焦头烂额，我听到格瓦拉中学奖励优秀补习生的消息，萌生前往格瓦拉中学参加补习班入学考试的念头。只要把那2000块钱搞到手，我那几个弟弟的学费就解决了。做下这个决定，我利用师父叫我背《药性歌括四百味》和《汤头歌诀》的时间，做了全国各地近两年的高考数学真题。我琢磨过，考不过，拍拍屁股转身就走，谁也不知道我是谁；考过了，拿到2000块钱不说，还能在赫赫有名的格瓦拉中学的校史上留下一段传奇，回头继续跟师父好好学医。我甚至考虑：是否有必要每年8月31号都到格瓦拉中学搞一票。

可就是那个苹果让我改变了主意，我决定：中医等以后有工夫再学，大学必须现在就考。

李苏启跟他爱人到厨房忙碌的时候，我瞅了一眼手头的苹果，粉嘟嘟的，清香宜人，饥饿和馋虫如同铺天盖地的蝗虫向我飞过来，让我坐立不安，令我窒息。上一次见到苹果是在我7岁的时候，我舅舅为庆贺我入小学，不晓得从哪里搞到一个苹果送给我。至今一说到苹果，都还是7岁时的味道。我决定把它消灭掉，否则我会被饥饿吞噬干净。像在乡下吃刚拔出泥土的红萝卜那样，我右手拿苹果在左衣袖上擦了两下，直接把苹果送进嘴巴。就在我的上下门牙刚刚咬到苹果的那一瞬间，门边传出一串好听的声音：“李苏启同学，苹果不是这样吃的！”紧随其后又是一串更加好听的笑声。

是门边那小姑娘的声音。这声音我好像在什么地方听到过，却一时想不起在什么地方。

她要是不说话，我都忘了她的存在。我站在屋子里，她坐在门边，逆光，看不清楚她。她静静地坐着。刚才李校长发苹果的时候，我向她急匆匆扫了一眼，感觉她很小。我以为是李校长的女儿或者侄女。我正奇怪她不喊“哥哥”而是“李苏启同学”的时候，她站起来了。这下我看清楚了，她不是小，是苗条，又苗条又高。从相貌上看，已经不是什么小姑娘了，模样漂亮得令人震惊，是那种高贵、华丽、细致的美，脸上是善解人意的清纯的微笑。左眼眉头下方有一粒小痦子，算是草里藏珠，使她的微笑越发生动。若非要我挑出点遗憾，把她颧骨上两朵红晕拿掉，那就真是完美无缺了。我想她恐怕是一名高一或者高二的学生。她右手从桌上拿起一把水果刀，左手伸到我面前，鼻子里带着笑意“嗯”了一声。我懂她的意思。我把苹果从上下门牙间取下来递给她。苹果离开以后，香味依旧不依不饶地在唇齿之间缠绕。她接过苹果，替我削皮，从果蒂开始，一圈，一圈，一圈，薄薄的果皮拖得越来越长，刚才留下 4 个门牙印儿的地方没有影响果皮的延长，直到整个苹果露出象牙白的肌肤，果皮啪一声掉进垃圾桶，中间没有一点断裂。

这动作多么娴熟啊，没有经年累月的练习，断然不可能达到这水平！

她的话语声、笑声，漂亮的面容，娴熟的刀法，一瞬间拍开我的心门：凭什么在一次高考失败之后，我就把自己定性为乡村中医，为什么就不能让自己拥有一份天天都有苹果削的生活呢？我能，我不是已经为自己争取免交补习费另加2000元奖金的“最惠国待遇”了吗？会削苹果算什么？生活不是削苹果，要想天天削苹果，就必须把书读下去。

我以为吃过饭，校长李苏启会把2000块钱交给同样叫李苏启的学生——我。事实上，学生李苏启脑子太简单了。李校长把我送出门说：“明天早上8点半举行开学典礼，你得上台领奖。”

回到师父那里，师父说：“我知道你迟早还会返回学校的！”我突然替这位年近70的老人悲伤。黄世伟师父有一身盖世奇学，从医半个世纪治好若干疑难杂症。年轻的时候，多少后生想跟他学医，他却声称不满60岁不收徒弟。到了60岁，西医日盛，中医旁落，再也没有后生到他门口哭着闹着要做他徒弟，本以为他这一门会绝徒，没想到竟等来我这样一个拥有高中文凭的农村青年。他在对我进行一番考察后，择吉日，隆重邀请几个健在的师兄弟，用最传统的收徒大礼纳我为徒。我既是开门师兄，可能也是关门弟子。入师那天，他一位从好几百公里外赶来的师兄在我头上摸了一阵对师父说：“世伟弟，此后生济世无须悬壶，凭仓颉之字耳。”师父叹了一口气说：“若果如此，其奈何哉！”那师伯对师父说：“好歹你也算是有徒弟的人了。”师父无奈地把被风吹乱的头发撸了撸，说：“长短都是缘！”

师父替我收拾好行装，打了个包背在我背上，特地买了一网篮水果，又拿了40元钱给我做路费。送出门的时候，我把《药性歌括四百味》和《汤头歌诀》摸出来，准备还给师父。师父说：“权当师父留给你的纪念吧！”我心头一热，眼泪忍不住，跪下来给他磕了个头。我在心头对自己说：我是只吃过入师酒没吃过出师酒的人，永远不会出师的！

走出好远转过头去，师父还在门口站着。我摸摸斜挎的大书包，师父送我的书哪是两本呢，是三本，眼角忍不住再次湿润。

三

班上的同学来自全县各地，县城里的居多。在我们这块地方，县城无论哪方面都比乡下优越。就拿学校来说，农村学生聪明的多了去了，刻苦用功的多了去了，可农村学校的师资、教学设备跟县城相差不是一点点，多数农村孩子从农村来，又回到农村去。像我这样的农村孩子进了格瓦拉中学，就跟进了县城的闹市一样，从穿着、行为习惯，到考虑问题的思路，都跟县城里的孩子存在明显差距。这就是我当初跨上格瓦拉这块土地，决定把原来的自己包藏起来的原因。装吧，能装到哪天算哪天，能装到啥地步算啥地步。

刚刚开学的补习班不再像初一或者高一刚入校那样，利用下课时间相互介绍，彼此了解，而是：以前认识的聚在一起，多的十来个，少的三四个，两个一簇的也有；像我这样没有老同学的不要紧，只要在头三天主动往某个人堆里靠，有人接纳你，你就能成为其中一员。用不了多长时间，班级的“帮派”就出来了，各有各的地盘，为以后必要的时候展开“军阀混战”做好组织上和战略上的准备。

我窝在座位上背单词，我英语差到丢人现眼的地步。第一节英语课，有幸被老师点起来回答问题，我一个单词都没听懂，只好在她老人家说完最后一个单词的时候，果断地回了一句：“骚蕊，爱胴体搂！”没想到，问题的答案就是这个，老师高兴地请我坐下：“Ok，good，sit down！”魂不附体间，歪打正着，樯橹灰飞烟灭。我明白，这不是我的本事，我甚至担心，第一节课就表现得那么优秀，以后点我回答问题的次数估计手脚并用都数不过来。我决定从现在开始就猛攻这一门，利用一切时间学习英语。“烂水桶”理论谁都懂，两年前我就败在这块板儿上。李苏启校长要是知道我英语差到这地步，当初我哪怕选做五套数学卷，每卷都满分，他也不会免我学费，外加 2000 块钱奖金。

我装作不经意地摸了一下裤包里那 2000 块钱，这是我这辈子掘到的第一桶金，足够我三个弟弟一个学年的学费。李苏启在开学典礼上的每一句话都具有煽动性，有两句话我尤其记得清楚，一句“提高一分，干掉千人”，另一句“没有高考，你拼得掉富二代吗”。对我而言，我更想说：“英语考得出，大学有前途。”

“买糖！”

从吵吵嚷嚷的人群中发出一声喊，听上去好耳熟。

“买糖！买糖！买糖！”

跟体育馆里喊“加油”的一样，“买糖”的呼喊又有节奏又响亮，其热烈程度赶得上刘翔出场。

早上进教室，匆匆地扫了大家一眼，在这里没有我昔日的同学，一个都没有。昔日同窗大多数此时正在故乡某个村落忙乎嫁娶迎送。

我以为他们的呼喊与本人无关。我好奇地扭过头去，十多个男同学正冲着我喊“买糖”。见我转头，站在远一点的女同学也合入他们起哄的洪流。

昨天在拉面馆前遇到的那几个男生在里面，穿的已经不是昨天的黑衣黑裤，而是格子花衬衫。见我在看他们，他们喊得越发起劲。那脑门宽得可以停飞机的家伙笑得最灿烂，后来我知道他叫余弦。他那嘴巴大得没法形容，与他硕大的腮帮组合成了一个大喇叭，刚才听起来耳熟的那声喊叫必定是他制造出来的，昨天他喊“这孙子要迟到了”我就领教过了。

我皱了一下眉头：怎么会跟这帮讨厌鬼一个班?

入学考试以来的兴奋感、幸福感，还有其他乱七八糟的这样感那样感，迅速被清零。如同刚刚洗了个美美热水澡的人，出门给人兜头泼了盆又凉又臭的洗脚水。

我明白他们的意思，可我装作啥都不懂。他们不知道那2000块钱中的每一分对我和我的家人来说，是那么重要。当然我还没吝啬到几颗糖都舍不得买的地步，我是不满意他们昨天让我那么丢脸，而今天又那么不给面子瞎起哄。不仅不买，我现在恨不得从下水道捡个泡胀的馒头，把余弦那张大嘴巴堵住。

我还发现，起哄的女生中有一个昨天在拉面馆前面遇到过。昨天在李苏启校长家遇到的那女生，也在起哄的人群中。

“不是冤家不聚头”，是真的。

上课铃声恰在这时响起来。那群人“噢”地叫了一声，声音前高后低，类似于叹息，听上去像拿臭鸡蛋砸我。被人指使得骑虎难下不得不照别人的意思去办的事情，类似于被绑票，非常不爽。我决定一颗糖也不买，买了等于割让香港、台湾、澎湖列岛。

这是节班主任的课。从他点名中我知道，在李校长家里遇到的那个身材苗条、声音好听的女孩叫何娅。班里还有一个女孩声音跟何娅一样好听，她是何娅的好朋友章鹰。我把何娅的声音跟章鹰的声音做过比较，在拉面馆前说“明天才开学呢”的人不是何娅就是章鹰，我更倾向是章鹰。

再下课的时候，余弦携带他的大嘴巴跑到我面前说：“哥，请兄弟姐妹吃颗阿尔卑斯糖如何？”

“为啥呢？”我喜欢他的爽直，在我们农村，弯弯肠子是最难搞的，谁都讨厌弯弯肠子。不过，既然上一个课间才决定不买，一个小时不到就变卦，这么不要脸的事我还从来没做过。因此，我故意反问。

真像人家说的那样，嘴巴大的人不是会说就会唱。余弦果然会说：“理由好多条，拣几条顶顶主要的。第一，你跟校长同名同姓，前面一个李苏启既然做了校长，后面一个李苏启肯定不止做校长，要不然就违反了‘青出于蓝而胜于蓝’这条放之四海而皆准的真理……”

起哄的人群，瞬间变成观众，免费听他说单口相声，一个个笑得东倒西歪。

“第二，你是我们这帮人中间唯一选择‘一拖三’的兄弟，而且一举把李苏启的2000大洋搞到手，说明你才智超群、英雄虎胆，是块做大事的料。兄弟姐妹提前祝你青云直上，黄袍加身……”

前面说得还算靠谱，中听。后边要我“黄袍加身”，是抬举我做赵匡胤啊？我听不下去了：“别介，慢，哥们儿，我知道了，你口才好……”

他根本不给我插话的机会：“这第三，这大小也是桩喜事啊！喜事就要照喜事的规矩办。今儿个花轿也不备了，堂也不拜了，总得发颗喜糖吧？发发糖才算那么回事！”扭头问大伙儿，“你们说是不是啊？”

我算是领教到县城孩子的贫了。

“是啊！是！”他们一个个再次回到东倒西歪的状态。何娅、章鹰等好几个女生笑得捂着肚子蹲下去，再刹不住，恐有性命之虞。

“还有第四……”

我心想你还有啊！好在万恶了好多年的上课铃声这一次突然变成救苦救难的菩萨，“丁零零——”，没让余弦把单口相声说下去。

余弦在回座位的路上，还冲着我做鬼脸，低声念叨：“阿尔卑斯，阿尔卑斯，阿尔卑斯……”

上课后，我开了一会儿小差，刚刚开始的这一年，不晓得要发生多少故事；我一个乡下孩子钻进县城孩子中间，多像一只羊混入狼群啊——好在余弦的贫，总体上还算善意。

四

第二天到教室，全班同学都在吃糖。见我走进教室，都对我报以友好的微笑。大嘴巴余弦顶着个飞机场脑门儿给光头郭庆使了个眼色，郭庆跑过来对我说："够哥们儿，"他指着余弦对我说，"如果不介意，咱们一伙儿？"我瞟一眼余弦跟郭庆一模一样的衣着，我估计，以我现在的家底，若跟他们混在一起，不被他们视为乞丐，也会逼我父母去乞讨。我避重就轻说："又咋啦，被你表扬成这样？"郭庆天生就具有外交才能，他举着手里的阿尔卑斯，指了指何娅说："何娅说是你让她替你拿来分发的！"

何娅大红着一张脸，使劲给我递眼色，免得当众穿帮。

我的脸"腾"地一下热辣到屁股沟里去。这世道，英雄救美女那是天经地义，要是美女救英雄，英雄多半太"矬"，蔫不拉儿，说句话都直不起腰板。

我后悔昨天在李校长家吃饭的时候，在李校长夫妇关切问询下，几乎把自己的家世、家境和盘托出。当时李校长非常感慨，他说他以为读书的艰难只发生在他们那一代。一同吃饭的何娅把什么都听去了。我说到动情处，她眼角泛起泪花。我不晓得何娅跟李校长什么关系，但我对她的壮举大为不满——我本来准备中午买的，这下倒好，让她给越俎代庖了。

吃完中午饭，在食堂通往女生宿舍的路上，我截住何娅。我不卑不亢：“多少钱？我得还你！”

“你什么时候欠我钱了？”何娅回这句话的时候，有些不自然。

我说：“糖。”

等我说出这关键的字，再张嘴说话，何娅就自然了：“你别介意，也别多心，钱肯定是要还的，但不是现在……”

我打断她的话：“我没有多心，但我介意了！你在显摆你家有钱！”说出这话，我长舒一口气，一身轻松，不再是“矬子”了。

何娅笑盈盈的脸僵住了，沉默了一瞬间，她说：“李苏启，你以小人之心度君子之腹。谁一生没个艰难的时候啊？别以为这世界只有你遭受的磨难最多，你最坚强，坚强就意味要自我封闭、孤军奋战！”

说完，一扭身子，向女生宿舍走去。得承认，她不仅正面好看，连背影都美得让人陶醉。我抬头看一眼被教学楼挤压得有些变形的天空，无法言说的感动和悲怆一瞬间把我内心撑得要爆棚。那一刻我原谅了何娅，她毕竟是好意的。要早知道我是那么要面子，估计她不会这么冒失。当然，原谅她的另一个原因，我绝对不会告诉任何人，那就是，我青春恣肆的荷尔蒙占了上风。

五

格瓦拉真是个不错的地方。

小镇在一片田野的尽头。到了十月，乡村公路上奔跑着各种各样的车辆，车上满载着粮食和水果，不管是哪一样，都散发着迷人的芬芳。

再远是一条清澈的小河，河水一年四季变化不大，挽起裤脚就能走到河对岸。人们一般不会挽起裤脚涉水，河床上连珠一样摆放着一串串大石头，不管什么季节，这些石头都当桥用。河的下游是一道12孔相连的公路桥。再朝下游走上一公里，是个湖泊。那是个不规则的湖，最窄的地方划船要20多分钟，宽的地方没有渡船，人们宁愿沿着湖岸坐车绕过去。

格瓦拉镇有一条鱼市街，365天都有鱼卖。无论顾客买多少，卖鱼人在你看好秤花后，都要在你篮子里放上几苗葱，不花钱，白送的。据说这风俗已经延续了好几百年。

街上的房子独栋并排，又高又细，铺面宽窄适宜，也有好几百年的样子。镇上香樟树居多，有好几棵香樟树两个人牵手还围不住。许是因有河流和湖泊的缘故，格瓦拉镇连带格瓦拉中学一年四季都不太热，也不太冷。

尤其让人感动的是，就这么一个小镇竟有四家书店，家家生意兴隆。格瓦拉中学的学生有事没事都往书店跑。缺什么书，把书名告诉老板，不出一个星期就能如愿以偿。另外还有两家茶馆，街头一个，街尾一个。两家都有说书艺人。街头那个说唐朝以前的故事，比如《封神演义》《瓦岗英雄传》；街尾那个说明清小说，比如《桃花扇》《牡丹亭》。有细心的人做过比较，两家书场从未说过《水浒传》《西游记》等名著。因风格不同，结果获得错位发展，街头那家男同学扎堆，街尾那家女同学占主力。在这充满文气的小镇上，老百姓教育孩子，随口就能说出“谦受益，满招损”“狡兔死，走狗烹”之类的金玉良言。

我还注意到，小镇上除了有一家公立医院，还有一家民营诊所，爷爷中医坐堂，孙媳妇西医问诊，真正意义上的爷孙同台、中西医结合。老先生写处方用毛笔，随手写一张都是书法精品。我留了一张老先生开的方子，大学时缺钱花，请人裱褙了卖给一个福建人，换得大洋一千八。

在这样的小镇读书，感觉每一天都在一架看不见的梯子上攀登，每一天都在朝心头的目标迈进。格瓦拉中学有着无形的气场，这气场催人奋进。

时间是弥合创伤的良药。不久，我就彻底忘却了余弦、何娅带给我的那点尴尬，算是不打不相识，我们成了朋友。

跟他们成为朋友后，我发现，我那农村人特有的面子观，在县城孩子那里简直像出闹剧。面对县城孩子的强大，我们的本能就是“装”：装强大、装底气、装体面。而县城里的孩子跟晴天东山头的太阳那样直率、直接。我们的“装”，在遮蔽我们与生俱来的拘谨的同时，让我们像仙人掌那样，即使开出令人艳羡的花来，也没几个人敢靠近。

意识到这一点，我慢慢开始改变。我发现，不管是余弦还是何娅，都很好相处。余弦的本事都集中在那张嘴巴上。格瓦拉中学的补习班向来不设班干部，他正好补了这个缺。班里大小事务、一切纠纷，都由他总揽。他能把盛怒的人说笑，能把得意的人说哭。郭庆是余弦的跟班，余弦脚趾头跷一下，他就知道余弦要他做什么。他主意多，鬼点子不少，常被余弦当“主任”和“外交官”用。何娅跟章鹰好得像姐妹。郭庆说她们好得像“同志”，给章鹰知道了，罚他一次吃了八个肥肉大包子。章鹰声音甜美，非常具有迷惑性，接触了才知道，这丫头性子糙得跟鲁提辖像是一个爹娘教育出来的。何娅呢……何娅留到后面说，后面的事情大致都跟她有密切关系。有必要先说说我。有一天经过格瓦拉镇唯一的十字街头，我看到一坐在“大绵羊”摩托后座的长裙美女伸长脖子，越过驾驶摩托那小伙的肩头，直抵小伙子右脸，小伙子准确会意，扭头给那女子一个热吻，我向天老爷保证，四片嘴唇准确无误叠在一起时，我站在路边看得都惊出一身冷汗，那摩托时速至少40迈。回学校讲给大家听，谁都不信，说我荷尔蒙超标，闷骚得不可救药，编个段子来泻火。我写了一篇稿子投给报社，报社信了，发表在显眼位置，文章的标题——《路口飞车热吻，激情惊煞路人》。语文老师在课堂上没表扬我，只字不提，背后满校园神吹：“我发现了一棵文学苗子。”他说那篇文章文字简洁、情节生动、风趣幽默、耐人寻味。我人生的伏笔埋在了这里，高考结束后，买来十本稿纸，立志成为作家。

我爹对我拿回去的2000块钱表示惊讶，对我终于回到学校表现出难得的高兴，当初他就相当不支持我“弃文从医”。“你好像安心跟鲁迅先生对着干！”他说。我爹只接受了800块，剩下的1200块给我在格瓦拉做生活费。

格瓦拉中学的补习班有个不成文的传统：向课堂要质量，该学的时候拼命学。“只要学不死，就往死里学！”班主任这样对我们说。该休息的时候换着花样玩耍。“不会玩的人绝对不会学，还绝对学不好。”这话也是班主任说的。也只有在格瓦拉中学才有老师鼓励学生拼命玩，当然前提是学习的时候必须“拼命学”。

校园里的刻苦学习每每都是一样的，而课余的玩耍却各有各的不同。周末，余弦和何娅他们总是相约到处玩耍。如果我不回家帮父母干活，他们就约我一起去。我们去野炊，或者顺着格瓦拉镇边的小河逆流而上，去探寻河的源头。他们在一起的时间总是比我跟他们在一起的时间多，我能感受到，他们之间除了同学关系还有比同学关系更密切的关系。格瓦拉的大街小巷，包括田野上，到处都曾留下过他们的身影。他们骑着单车在路上飞奔，两个人一辆，男同学骑车，女同学坐车，一边飞奔一边唱歌。所经之处，田野里弯腰干活的农民都会直起腰来，抹一把额头上的汗水说：“格瓦拉中学的疯子又来了！”格瓦拉中学补习班每年都会出这么一帮学生，他们见怪不怪，说完埋头继续干活。

在格瓦拉中学第45届校运会上，从这里毕业的两个国家级体操教练亲临运动会现场，跟李苏启校长一道为校运会开幕剪彩，其中一个还做了个简短的发言，让全校同学真切地感受了一回格瓦拉中学“文武兼备”的优良传统。

我报名参加 5000 米、1500 米、800 米和接力赛。同学们都用异样的眼光看我，大家都认为我是在哗众取宠。“一拖三”他们相信，参加四个项目比赛他们也相信，但他们对我能取得名次不相信。我体质单薄，走路几乎听不到脚步声，不仅相貌不像个长跑运动员，而且他们也从来没听说过我擅长跑步。余弦连单口相声都懒得费力气说了，直接对我报以怀疑的目光。只有何娅说：“李苏启，你一定是个硬汉！”为此，余弦跟何娅打赌，筹码是输的人得不定期替我买红烧肉，总共十份。我在心里笑得嘴巴都歪了。要知道，我肠胃里的锈，生得不是一天两天了。

到参赛那天，我出尽风头，1500 米我拿了全校第一，800 米预赛第一，决赛也是第一。然后是 5000 米，起跑时有 31 个同学，跑到 2000 米的时候还剩 17 个。起初，跑道两边的啦啦队为各自班上的参赛选手呐喊助威，到后来，我无论跑到哪个啦啦队前面，他们都喊：“李苏启，加油！”我跑得太快了，第一个 400 米，我就把队友甩到后面，我的优势在于大步流星、匀速向前。400 米一圈的标准跑道，我跑完 8 圈的时候，跑得第二快的才刚刚跑完 5 圈。李苏启校长在办公室里听见全校同学都在喊“李苏启”，以为发生了什么大事，跑到操场上来，见是另一个李苏启在跑马拉松，破天荒地站在跑道边当啦啦队。当我经过他身边的时候，他热切地连喊了三声：“李苏启，加油！”哈，李苏启给李苏启鼓劲，成了这场运动会最大的看点，远远超过两个国家级体操教练来为这场运动会剪彩。将来写进校史，一定要在两个名字后面将各自的身份标注清楚，否则可能会被后人当病句删掉。同学们平时对“李苏启”这三个字讳莫如深，是不敢随便喊的，今天好歹逮了个合理合法狂喊的机会，于是“李苏启”三个字被喊得惊天动地、响遏行云。我两只耳朵像冬天里裸身的树枝，被风掣得呜呜作响。奔跑真是爽快啊，我想象自己像匹草原上的骏马，正跑向一望无垠的天边……

就在我想象跑到终点全场沸腾的景象会不会把操场掀翻的时候，我感到胸口发紧，像被谁一下子用绳子绑了，最初是一根两根，很快就是十根八根，后来越来越多，数都数不过来。绳子在我离终点还有一圈半的时候开始收紧，而且越来越紧。刚才均匀的呼吸像被谁中途钻了个洞，肺里面急待补充，鼻腔里却跑冒滴漏，我的脚步就乱了，踉跄起来，几乎要摔倒。何娅最先发现我不对劲，她拽了一下还在热烈喊着加油的章鹰，跟她说了几句什么，两个人冲到跑道边上来，在我身边跑起来。何娅问：“李苏启，你怎么啦？”我已经没有力气回答她，冲她摆了一下手，继续往前跑。行百里者半九十，我不能输在这最后的几百米上，否则，依我自己都感觉有些变态的自尊心估计，我终生都不会原谅自己。咱是来格瓦拉中学实现梦想的，不是来丢脸的。

何娅愣了一下，突然转身拉起章鹰的手向医务室跑去。

我至今已不记得跑向终点的情景，我甚至不敢肯定我有没有跑到终点，模糊记得我前面出现了红色的带子，不是一根，是好多根，乱糟糟挡在前面，我胸腔的塞子就在这时闭合了，“腾”地在胸口上爆出一团火，想要爆燃出来，却被塞子堵得严严实实的，顿时，大脑一片空白，全身没有哪一处还听我指挥……

六

苏醒过来已经是第五天，我躺在病床上，有两根管子插在左胸侧下。神智恢复后，我爹告诉我，我患了化脓性肺炎。这毛病在我身上已经潜伏好长时间，五天前找到个合适的机会突然爆发出来。两根管子连着两台机器，负责从我肺上抽取脓液。

我爹憔悴得拍一巴掌就可以贴到墙上，这么多天几乎没合眼。我爹告诉我，好在我的几个同学轮流替他照顾我，尤其是两个女同学，那些沾满血污的衣服，都是她俩洗出来的。李苏启校长借给我爹一口电锅，她俩就用那电锅给我熬粥。我的住院费学校垫支了一部分，剩下的部分我不晓得我爹是向谁借来的。那两个女同学回学校上课之前，还手把手教会我那只会使用农具的老爹操作电锅。

不用说，“那两个女同学”一个叫何娅，一个叫章鹰。

护士每天上午来挂水，大大小小一共五瓶，叫得出名叫不出名的消炎药、抗生素一大堆。每天上午十点左右查房，医生都要重复一个问了一万遍的问题：“昨天多少毫升？”

“200左右。”我爹说。医生是指一天一夜抽出的脓液量。

“少，太少了！”医生说，“要是今天还达不到500cc（毫升），得考虑把胸腔打开。”

我父亲已经历过五十多年的世事，还是被吓得脸刷一下变得比医院的墙壁还白，他声音哆嗦：“不开行吗？”

“不行，他肺上的脓液越积越多，机器抽都抽不出来，这样拖下去，只有一个结果，那就是……”医生没把话说完，三岁孩子都听得懂。

“是不是打开来，”我父亲没有力气和勇气把问题一口气提出来，“就能解决问题呢？”

“手术上的事情，都是有一定风险的，谁敢打包票？”

医生说完。实习医生把我床头上的床牌换成“备皮手术”的牌子。

“手术在什么时候？”我爹叹了口气，声音不再哆嗦，尘埃落定，他反倒定心了，我从他声音里听出了绝望。

“明天下午。”医生说，“最迟不能超过明天下午。”

我是清醒的，他们的对话我听得清清楚楚。拖下去只有死路一条，打开胸腔也可能死，嗐，我才刚满 20 岁，好多事情还从来没有经历过呢，如今多半也来不及了。大家都说我不该参加那么多项跑步竞赛。事实上他们不知道，即使不跑步，这病迟早也会光顾我的。半年前，我还在跟师父学医的时候发了一场高热，师父诊断为肺炎。师父只用了三味草药，煎水给我喝下，然后用药捻子烧灸穴位。我感觉像揭了一层纸一样，半个小时之后体温就恢复正常。师父嘱咐我两天之内不能沾凉水，还建议我脸和脚都不要洗，哪怕用热水。这些我都做到了。谁能想到，第二天在跟师父出诊的路上，我们遭遇一场突如其来的大雨。我俩都没带避雨工具，从路上跑到最近一家人家屋檐下，都没挽回衣服被淋湿的命运。病根就是在那时候落下的。最近两个月，我总感觉气急、胸闷，前几天还发现血痰。我知道我的身体一定出现状况了，什么状况我说不清楚，也没跟半年前那场高热联系起来，要是有师父的本事就好了，可惜才学了点皮毛。

我让爹给师父打电话，请他来救我。接到电话，师父当天下午就来了。师父见我已成这样，就说："苏启，你这个病已经超出师父的本事范围了。"

我一听，心里顿时凉透了。师父在我心里是神医，他都说无力回天了，这世界谁还有本事？我叹了一口气对师父说："师父，徒儿不孝，半路改行，还望您老人家原谅！"我口气平静，语调平稳，在场的人都听出来，这像是我对师父说着临终遗言。

师父很难受，他伸手在我头上摸了一阵说："若得贵人相助，徒儿能跨过这道坎。"

"贵人？是师父您吗？"我的口气依然平静。身边机器毫无表情地响着，我肺上的秽物正有一滴没一滴地被抽到容器里。肺泡里的脓液越积越多，像塞了些石头，每天都在往里面塞，胸腔被一天天撑大，可供我呼吸的地方越来越狭小。呼吸那么简单的事情，现在变得越来越困难。

师父摇头："不会是我。"

"是医生吗？"

师父没有肯定回答，也没有正面回答。他说："平心静气，顺其自然。"

我想，师父这是在宽慰我。行到水穷处，有这份宽慰总比没有好。我感念师父对我的好。跟他学医近两年，从来没有骂过我。总是鼓励我说，他只有高小文凭，我这高中生一定能超过他。冬天降温的夜晚，我窝在被窝里不吱声，他半夜进我房间来替我加被子。我有胃寒的毛病，他指导我比照《药性歌括四百味》，从《汤头歌诀》中找到相应的药方，再根据我自身的身体状况加减配伍，确定每样药的剂量，煎服一剂，效果非常明显，两剂就根除。这让我充分体会到中医的神奇，也算我治好的第一例疾病。为此，我很有成就感。他的教学充满实践和探索，化枯燥为有趣。话说回来，这跟学校学习比较起来，那又太枯燥了。师父曾经告诉我，要练就把脉知病的本领，大概需要20年。20年啊，我觉得太遥远，那时我都近40岁了，20年的探索和研究，有多少人能坚持下来呢？这期间有多少人的疾病，我根本没本事凭借他脉象提供的内在信息，而是靠自己的主观判断来诊治？在我对脉象大彻大悟之前，这些人都是我的实验对象。这太荒唐，甚至算得上残酷。

如果要找出我最终重返校园的原因，这可算一条。我担心在没有练就把脉知病的本事前，稍不留神就把人杀了，比杀鸡还简单。对方落气之前，还会冲着你这一身白大褂千恩万谢。

这一天剩下的时间我一句话没说。在我们乡下有一句话叫“该死則球朝天”。意思大致跟师父说的差不多，一切顺其自然，是福不是祸，是祸躲不过。我甚至什么都没想，连我父亲有没有替我筹备好手术费我都不问：要是能活过来，父亲借再多的债，都不是债；要是活不过来，这些问题我了解得再详细，都没机会再替他分担一分。

我永远记得，这是 12 月份的最后一个星期五。

第二天，也就是星期六，天刚亮，我听见何娅和章鹰的声音从医院廊道的另一头传来。她们在门外遇到我爹。隔着门，我看不见她们，但听得见她们说话。她们一定给了我父亲一样什么东西。我父亲推辞说："孩子，不要这样，你们来看看我儿子我就很感动了！够多了，你们不能再这样做！"我父亲声音哽咽。何娅说："叔叔，这是公共场合，推来推去不好看。这是我和章鹰的一点心意，请您务必收下！"说着打开病房的门。我爹躲在门外抹眼泪，他没进来。

两人在我床前这这那那问了一阵。何娅问我："想不想吃点东西？我替你熬点粥去。"

我点点头。医生昨天的医嘱说今天一早开始限量喝水，不能进食任何流质和半流质的东西，要等术后打了屁才能进食。可是，谁知道我还有没有机会下了手术台打屁呢？我想：管他妈的，饱鬼比饿鬼强！我总不能瘪着个肚皮跑到阎王爷那里讨烧饼。

两人走出病房的时候，何娅又回头问我："要不要放盐？"

我吃不进任何蔬菜，只能放盐在稀粥里调味。

我摇头说："不要。"嘴巴里又咸又潮，只想喝点淡粥，淡到只剩下米香最好。

大概过了一个半小时，章鹰端着李校长家的电锅，何娅拿了碗和勺子进来。她俩已替我把粥凉好，稀稠适中。我心里很感激。我后悔开学第二天就跟何娅来气。人到这时候，犹如落到井底，别说从井口探下一根麻绳，就是飘了一根南瓜藤下来，都会觉得是温暖，是恩赐。

“现在吃？”何娅问。我点点头。我爹大概上护士站做什么准备去了。章鹰把床摇起来，让我坐直身子。章鹰声音好听，可病床不会因为她声音好听就主动降低摇起来的难度，等她埋头把床头摇直站起来，我看见她的额头和鬓角上渗出一片细密的汗珠。

我要自己舀来吃，何娅偏要用勺子喂我，我犟不过她。她舀了一勺喂进我嘴里，温热的粥果真散发大米的清香，自己煮的就是不一样。这些天我跟我爹吃医院食堂，两素一荤，咸得吃不下不说，那素菜我敢肯定从来没洗过。前天我从炒青菜里挑出一片纸，上面赫然有六个字：护舒宝（夜用型）。分两排，上排大，下排小。荤菜则是红烧鸡头鸡脖子，天天如此。米饭稍好，稍好的意思是看不见异物，可硬得巴不得在牙床上装台粉碎机。

舌头刚接触到粥，味蕾立即表示强烈不满，喉咙马上反抗：米粥是放了盐的。我“噗”一下喷出来，接着剧烈咳嗽起来，才咳了四五下，我就感觉到不对，赶紧示意何娅把床底的大面盆拽出来。何娅吓慌了，把手里的碗和勺子丢到床头的小柜子上，拽出面盆，我喉咙底下憋足的咸腥的东西冲口而出，喷到盆里，是脓和血，赤橙黄绿青蓝紫，各色俱全，腥臭异常。我已顾不得斯文，面子暂时塞到裤裆里去，跟醉酒的人强烈呕吐那样，我止不住呕吐。脓，血，脓，血，脓脓，血血，血脓脓，脓脓血。吐到半盆的时候，感觉胸腔里的石头少多了，到这会儿，不用上手术台我都知道有两种结果：死亡，或者有救——有救的可能大于死亡。章鹰站在床脚发抖，连尖叫都不会了。我爹不晓得什么时候站在门口，也吓得动弹不得，张起个无助的嘴巴，木然地望着我呕吐。我爹真有先见之明，医院发住院用品的时候，我爹嫌面盆小了，再说也怕是别的病人用过的。他正处在一分钱恨不得掰成两半来用的艰难岁月，竟耗资10元替我买了一个大面盆，看，真派上用场了。何娅吓得把那盆赤橙黄绿青蓝紫盯得死死的，我吐一下，她向后面退一下。邻床的病友大声提醒他们：“快去喊医生！”何娅最先醒过神来，冲出病房。看见何娅的背影消失在房门外，我眼前一黑，再次失去知觉。

再次醒来的时候，首先进入眼眶的是我爹兴奋的表情。他的胡子已好久没刮了，他兴奋的表情在他长满胡子的脸上波涛汹涌，最后涌到眼角，变成两行热泪奔腾而出。我妈和我的三个弟弟也在。

“大哥醒了！”最小的一个弟弟喊了起来，气势跟站在天安门城楼上向世界宣告一样令人振奋，“我大哥醒了！”

我在一家人中间找何娅和章鹰的身影，我爹告诉我，她俩回学校上课去了。我爹还告诉我，周末两天她俩不离我左右陪护我。

“今天星期几？”我问。

“星期三。”三个弟弟异口同声回答我。

我摸摸胸口，胸口好好的。我爹说，我被推进抢救室后，仪器检查，胸部的阴影消失，医生把我推出抢救室，对我爹说，已经没有必要进行手术了。然后继续给我用抗生素和消炎药。昏迷中又吐了几次，跟第一次比较，都是象征性的，且一次比一次少。过了一天，生命体征平稳，医生对我爹说：“你家孩子活过来了。”后来科室主任来查房的时候说：“真是奇迹，机器都抽不出来的，这小子竟自己吐出来了！”

一切都因那口盐粥。我不晓得，是何娅把我的话忘了，还是阴差阳错听错了。

“贵人！”我想起师父说的两个字。

七

再返格瓦拉中学的时候，格瓦拉中学迎来期末考试。我身体依然虚弱，可我战斗的信心一丝一毫不减。学校发给我三本好大的运动会获奖证书，还有好几百块钱奖金。这一次没人喊我买糖，我买了喔喔奶糖，从同学到老师，每人一份。当然，我那同名同姓的校长大人也不例外。李校长对我说：“李苏启同学，要是不出这状况，我们可以向武汉体育大学推荐你。”我告诉他，出院医嘱第一条是：康复之后三年内不得从事剧烈运动。医生在向我宣读这一条的时候，特别叮嘱，绝对不能从事跑步竞赛，长跑短跑都不允许。“否则，还要你老命！”他说。

考完英语，情况非常糟糕，真应了一句话：理想很丰满，现实太骨感。这学期来，我除了生一场大病外，业余生活太过于丰富啦，野炊、骑自行车环游格瓦拉湖、合唱比赛、运动会，等等。如果不是这场考试，我早就忘记我还有个死穴，也忘记了我需要提高英语成绩，否则，我将成为砸格瓦拉中学补习班牌子的人。人家会怎么说？“看，这就是当初获得

2000 大洋奖金的超级种子选手！”老天爷，这无异于掀掉我家的祖宗牌位。

全部学科考完那天，我独自坐在座位上发呆。我为我的外语焦虑：非动真格不可了！英语作文来不及搞了，我至少要在选择题、完形填空和阅读理解上搞到点分数。可我实在无从下手，我是该背单词呢还是学语法？有没有什么捷径？有没有人愿意做我的小先生替我补课？找英语老师是不可能的，她正跟一个男人热恋，每天折磨她男朋友都忙不过来。

何娅哭哭啼啼进来，陪她一起进来的还有章鹰、余弦、郭庆等人。

何娅最近牙龈肿痛，一颗蛀牙在下岗前夕攒足劲发炎，折腾得她撞墙的心思都有。考试结束，一帮人陪她去拔牙。出门的时候还没想好是上格瓦拉镇的卫生院，还是民营诊所，还是别的什么流动摊。在格瓦拉镇口，他们看到许多人里三层外三层地围观一白大褂给人补牙换牙，也围了上去。那白大褂身材魁梧，身后有一大条红横幅扯在两棵香樟树间，横幅上红底白字：祖传秘方，无痛拔牙。见几个被他医治的人带着满意的表情离开，何娅就动心了。游医自称姓何，何娅上去就诊，立即跟何娅认了本家。他对何娅说："何本家，这是我们何家的祖传秘方。不用老虎钳，不用吊索，更不需要钻子铁锤。不需要手术，更没有痛感，咳嗽一声虫牙下岗。包你满意，不满意不收钱！”何娅心花怒放。游医的治疗手段果然简单，他让何娅闭上嘴巴，用指头按压何娅的牙床，不断问："这里吗？是不是这颗？”得到确切回答，他用指头按压一下蛀牙部位，嘱咐何娅继续闭嘴 5 分钟，然后咳嗽。

5分钟后，何娅张嘴咳嗽，从嘴里吐出一颗牙齿。游医把牙齿从地上捡起来，指着牙齿根部一根白色线状物对何娅说：“看，这是牙虫！”等何娅付了钱，往回走了一阵，牙痛突然犹如刀绞，她伸了指头到嘴里摸索，惊骇地发现，上牙第五颗蛀牙仍然好好地立在牙床上，相对应的下牙却被拔除了。这还了得，一干人回去找那游医，余弦说单口相声的本事派上用场。面对凌厉的攻势，游医岿然不动，这家伙江湖道行够深，什么场合没见过，还怕几个毛都没长全的学生？他等余弦嘴巴讲酸歇气的当儿说：“你们刚才谁没看见牙虫？都看到的是吧？那就好，那就是一颗虫牙。牙痛有对称性，病灶在下面，往往痛在上面。看来你上下牙都有问题，要根治，得把上面那颗也拔掉。”何娅肯定她的下牙是无辜的，蛀牙的凹槽在上牙，刚才看到那下牙饱满光洁平滑，哪像蛀牙呢？她向游医索要牙齿，游医说你没要求我保存，早丢啦。可余弦、章鹰等人包括何娅本人见游医正要补到一个四十岁上下的秃头嘴巴里的牙齿，怎么看都像何娅刚下岗的那颗。秃子满嘴烟熏的黄牙，哪来那么光洁的牙齿？我呸，拿他一点法子都没有。何娅的蛀牙还在岗在编，一日不除就只有撞南墙。游医表示再拔一颗可以，子儿一个也不能少。何娅想想这亏吃大了，被拔一颗好牙得不到赔偿，还反多出一倍的价钱，转身气鼓鼓地回来，路上越想越气，忍不住掉下眼泪来。一帮人除了安慰她，什么办法都没有。章鹰建议把他摊子砸了，余弦第一个就不响应，他除了一张嘴巴好事，动拳头的事从来没做过。

我问：“他按压你牙床的时候，有没有换过指头？”

几个人都说没在意。

我决定去会会游医。看来天底下拥有那本线装古药书的人不止我一个，当然也不止他一个。

我挎上书包，摸摸那小药瓶，小药瓶还在。

对里面的东西我过去一向心存敬畏，发誓不轻易用。可事情发生在何娅身上就不一样了，何况问题已交到我这里来，我自愿铤而走险，再说他的伎俩跟我的办法，从结果来看，应该就出自那本书。

游医还在那里。对我们的到来并不感到意外。他送走一个刚经他医治的病人。他说："回家去多用盐水漱口，若还有不适，随时来找我。"他拽了条毛巾拍打一张塑料凳子，凳子很干净，没有灰尘，但他还是要拍打几下，谁都看得出来，他是在我们发难之前猜我们会用哪句话开头，他好用一句话给我们来个一剑封喉。

我说："医生，你真是神医。同学都说你隔着脸皮摸几下牙床就能把蛀牙取下来。"

这话超出游医的预想。我根本没有问他，他无须回答。不仅没有问，我还表扬他呢。

我说："你的手法我也会。用的是气功。"

游医一笑，他说："哦，气功？练练？"他的意思是让我练给他看。我嘴唇上已经长了一层小胡须，但怎么看都不像是从金庸武侠小说里走出来的，何况我大病初愈。他完全可以眯起眼睛看我，他脸上挂着嘲笑。他在拍打过的凳子上坐下来，跷起二郎腿，抽出一支香烟，准备点上。

"请您坐好了，香烟待会儿点，让我试试看，"我说，我抱了一下拳，动作搞得古色古香的，“讨教了！”

游医没把我放眼里，所以拿谁做实验他根本不在乎。

我用食指摸他的牙床，在何娅缺牙的部位我的指头停下来，我说：“医生，讨教啰！”说着，我换了个无名指顶在刚才食指的位置，轻轻揉了几下。我说：“医生，嘴巴闭好啰，过 5 分钟咳嗽一下。”

我退后一步，游医的脸上写满不屑和嘲笑。要是我不能把他的牙齿取下来，那他这神医就当定了，何娅就活该丢颗牙齿。不少逛街的围在四周，有个老太太问：“牙医今天收徒弟了？”谁也没回答她，这问题太滑稽了。我又退后一步，笑眯眯看着他。我把刚才伸进书包在小药瓶口抹过一下的无名指放到街边的香樟树上擦了几下，确认擦干净了才停下来。

这小药瓶里的粉状物是我去年春天自制的。那时我刚找到那本线装古药书，里面有几行字：“以河滩净沙上白丝鱼和马尿置瓦上焙干研磨成粉即为滑骨丹。”曾听长辈说，从前有一侠客，专修太极，行侠之时不用刀剑，而是贴身用手捏拿对方关节，顷刻对方关节脱落，若 24 小时内不能接上，即落下终身残疾。我不晓得那本书上记载的奇方是不是真有神效，有心配制一试。白丝鱼和马尿都是平常易得之物，我就做了一瓶。到夏天抓回一只螳螂来，于指尖蘸少许滑骨丹轻抹螳螂关节处，转眼螳螂脚爪功能尽失，吓得我一身冷汗。好在我学过生理卫生，之前只敢用指尖触碰滑骨丹，指尖上没有关节，否则后果不堪设想。

5 分钟到，他主动张嘴咳嗽了一声，他张嘴的时候，脸上嘲笑的表情一点不减。随他咳嗽声音在喧闹的格瓦拉镇上空响起，一颗牙齿从他嘴巴里飞出来。他大惊，用穿风漏气的声音问："这是怎么回事？这是怎么……"

何娅、章鹰、余弦等一帮同学和看热闹的群众也惊呆了。

我捡起地上的牙齿，指着牙齿中间的线状物对他说："看，这是牙虫！"

游医脸色铁青，暴怒道："放屁，这是牙髓！"

我不怕他，我有那么一帮同学撑腰。我相信如果江湖郎中揍我，哪怕余弦这样只有嘴巴发达的家伙都不会袖手旁观。我指着何娅问他："在你身上是牙髓，在我同学身上就是牙虫？"

他已经没心情跟我争辩，提起两个大拳头就要揍我。我伸出食指，再伸出无名指在他面前晃晃，说："小心这个！"

他本来以20迈的时速向我奔来，见到我的指头，突然刹车，嘎一声停在离我一米不到的地方。他因愤怒把自己一张还算过得去的脸搞得像涂了变质的番茄酱，可他还是垂下了拳头。他算明白了，他所拥有的我也有，如果撕破脸，把老底摊出来，自己把自己饭碗砸了不说，不知有多少跟何娅有同样遭遇的人都会来找他。他以手心揉揉被取掉牙齿的部位，换一种方式答我话："小兄弟，感谢你把我的虫牙取掉。"什么是江湖？这就是。在《聊斋》里，妖精变形起码要喊一声"变"，川剧变脸还需要一个遮脸的假动作，他什么都不需要，眨眼就跟我称兄道弟，那表情和口气整得跟真的似的。

"承让！"我不动神色，不卑不亢。

"只是你手法不熟，弄痛我了！"

我说："有机会再来向你讨教！"

八

没出院，我就悄悄喜欢上何娅和章鹰。不仅因为她们善良，是我的“贵人”，还因为漂亮。我心头的道德底线在责备我：怎么可以一齐喜欢两个呢？可没办法，我努力过，也尝试过，我没法只喜欢一个不喜欢另一个。

返校第二天晚上，余弦对我说：“鱼塘要翻塘了。”他所说的鱼塘，在校园靠近厨房的水池边，十几亩水面，里面的鱼是厨房的剩饭喂大的。每年放寒假前夕都要翻塘，捕上来的鱼大部分出售，全校教职工各购得几十斤，剩下的免费让全校学生吃两天。

真是莫名其妙，学校还没有动手，皇帝不急你太监急啥呢。我问他：“什么意思？”

他说他刚才在指头上夹了点面包干，有大鱼来吃，像狗一样把他指头咂得啧啧有声，他迅速把指头弯成鱼钩状，竟把那条大鱼拽了上来。他脸上的表情是：我这行为算不算偷啊？他一向会说的嘴巴像被谁涂了 502 胶水。看来这小子以前多半没干过坏事。

鬼才相信呢，指头能钓鱼！我问他：“鱼呢？”

他从我床下拽出我在医院里吐过的盆子，里面有一条六七斤重的草鱼在徒劳地张嘴翕鳃。

我感叹："啧啧，本事啊，指头钓鱼！"

"怎么办？"他的意思是问怎么处置这条大鱼。总不能拿来供神龛上，我说："煮来吃了。"

"到哪里去煮？"

"上李苏启家。"

"你胆真够大的。偷他'统治区'的鱼，还用他家的锅来煮！"

我想起李苏启借给我爹的电锅还没还，于是弯腰从床下拽出电锅。余弦高兴地喊来郭庆、何娅一帮人。何娅和章鹰将来必是优秀的家庭主妇，几样简单的调料，就把一条草鱼煮得鲜美无比。何娅的体力明显没有章鹰的好，忙乎一阵，她坐下来歇气，气喘不均匀的样子。我见她的脸比平时白，颧骨上的红晕比平时更深，我想多半是在往返于医院和学校照顾我期间累着了。我心里很感激。大家都很开心，就没在这上面多想。

何娅建议，李苏启家的电锅暂时不要还了。

我问："为啥？"

她说："放你这里好煮鱼。"

"啥时候还呢？"

"啥时候鱼塘里的鱼煮完，啥时候还。"

何娅的俏皮话把大家逗笑起来。

这时，宿舍门上响起了敲门声。郭庆去开门，进来的是校长李苏启。李校长往一堆鱼骨上扫了一眼。我们都不晓得他要说什么。学校规定，严禁在宿舍使用电器，防止发生火灾，否则罚款，并通报全校。这已经不得了了，况且刚才没经过他同意把他辖区的鱼煮了。这条条罪状，够我们吃一壶的。我们谁都不开腔，谁都不敢开腔。李苏启说：“你们在给李苏启补身体？”

一帮人“嗯”一声，嗯得很轻松，像在长辈面前撒娇。大家明白，李校长已经自己下了几个台阶了，大家心里都明白，问题不会像我们想象的那么严重。

“李苏启现在还不能吃鱼。”校长说，“容易复发。”

这一说，让我想起那个星期六的早上盆子里被我喷射的赤橙黄绿青蓝紫，我差点“哇”一声吐出来。我爹花巨资替我买的盆子正好在面前，已经空空如也，刚才他们连最后一滴汤都没舍得放过。

李校长端起他的电锅出门去，谁也不再提宿舍煮鱼的事。

九

期末考试结果公布，何娅第一，余弦第二，章鹰第五，高三年级前50名我们班占31个，我英语34分——又是34，这数字跟我前世有仇，差不多等于缺考一门，排在32名，混进非补习班队伍中。我知道自己英语差，没想到因为英语，我差到这个地步。从前在我毕业的那所名不见经传的学校读书，这种差距不明显，如今在高手云集的班上，我数学成绩哪怕考满分也无济于事。我真担心以后李苏启在招补习生的时候，会增考英语。

英语老师找我谈话，她说最简单的办法就是背诵所有课文。“通过背诵，从中体会语感，具备语感，你就能解决听力和完形填空，甚至连阅读理解都可以靠语感来解答。比如‘我让你听音乐’里的‘让’，换成‘煮’或者‘偷’，都不通。”

作为名校格瓦拉中学的教师，为早一天从开发商手中拿到某套房子的钥匙，英语老师在跟男朋友约会之余，还在两所民办学校兼课，我要把提高英语成绩的希望寄托在她身上，好比我要美国总统来给我写毕业鉴定一样，不现实。

我请何娅指导我英语语法和句法，何娅爽快地答应。跟何娅交往是件非常愉快的事情，我问她去年高考结束干的第一件事情是什么。她说：“我在本子上写了9个字：离高考还有362天。”她幽默风趣，擅长把简单平实的话，说得让你喜笑颜开。随着一个个英语山头被消灭，我渐渐喜欢上英语，当然也把何娅跟章鹰分离开来了，我发现我内心深处是如此喜欢何娅。到何娅帮我把初中课本上的语法、句法和高中课本上的大部分语法、句法基本搞懂的时候，我青春恣肆的荷尔蒙催得我不立即对何娅表达我的爱意，我就无法再继续学下去。这世界，男女恋爱的结果只有那么几种，过程却千差万别，短的一个眼神、一句话，长的几年十年，甚至一辈子。校园恋爱就简单多了。在明确表白之前，两人都处于朦胧状态，这种状态很美好，彼此都能感受得到它的存在和美好，却都不去挑破，放在心里，交给眼神，含在嘴里不说出来，让人一辈子回忆起来，都忍不住激动。关于我跟何娅在这方面的细节，可参照琼瑶阿姨的《几度夕阳红》《月朦胧，鸟朦胧》的前半部分，也就是男女产生好感，彼此倾心的那部分。为节省笔墨，恕不赘述。我把珍藏多年的一块脸谱石送给她，蚕豆那么大，她没客气，收下了。她大概认为这只是一块石头而已。后来有一天，她问这块石头的来历。我说，这块脸谱石是我小时候家里请的一个石匠从一块火山石中间敲出来的，那石匠见了这块带红蓝花纹的石头说："可惜了，缺了点火候！"然后随手将它送给我。那时候我爷爷还在世，他给这块石头取名"花旦子"。我嫌不好听，给它取名"脸谱石"。我把它当玉，一直随身带着。她说："既然是你的随身玩意儿，怎么可以拿来送人呢？"我说："好马配好鞍，男孩子身边的玩意儿迟早都是要送给某个女孩子的。"何娅的脸顿时红红的，我想她是懂我的意思了。这样的招数，古代评话中俯拾皆是。可她并没有明确表态，该干啥还干啥。我见她没反应，就写了一封信塞到她文具盒里。我词情恳切，真诚至极。我想我的文字虽不能让石头开花，但至少能让姑娘动容。我想不管是拒绝还是接受，她都会回答我的，就像我问她英语问题一样。这大半年来，磕磕绊绊，从没见她讨厌过我，她对我重话都没说过一句。要是她不在乎我，当初不会替我买糖，更不会牺牲自己的时间替我补习英语。我想她答应我应该是件顺理成章的事情。没想到，她选择沉默。也不是不说话，她就像什么都没发生，每天跟章鹰嘻嘻哈哈进进出出。

这比拒绝或者接受要折磨人一千倍。我晚上总睡不着，上课恍恍惚惚。我毕竟学过医，在师父黄世伟身边待过两年，我知道我的病在心头，心病还需心药治，我的心药，是她的回答。

这天，何娅和章鹰来到我面前。章鹰说："从今往后，你得靠自己的本事把英语提起来。"

"何娅不帮我啦？"我大吃一惊，连忙问。我没想到等来的竟是这一出。

章鹰说："你已经入门了，可以自己提高。何娅还有自己的功课，不要因为帮你把自己耽误了。"

这话是我没想到的。是的，时间对每一个高考补习的学生都是珍贵的。我在陶醉于何娅的美好的时候，竟然忘记了她也是补习班学生。"我是不是太自私了？"我责备自己。事实上，当我背完初中六册英语课文，在何娅的帮助下把高中英语除虚拟时态和被动语态之外的大多数语法基本搞懂，进而把高中课文背掉一大半的时候，英语这门学科的大门徐徐向我打开了，英语老师的课我基本可以听懂，五个问题我至少能正确回答两个。

"我能行吗？"我心头没底，不自信。

"能行。"何娅笑盈盈地说，"你一个爷们儿，没什么不行的，只要你有恒心和勇气。"

她不笑还好，她一笑，我方寸大乱。对于大多数人来说，高考不是实现人生目标的唯一途径，可对于格瓦拉中学补习班的同学来说，谁不打算进大学里去淬火呢？似乎也只有这样，我们才有跟这个世界对话的底气。

刚刚打开的情感之门，就这样咣当一声关闭了。

"要是何娅拒绝，她绝不会这个样子对我说话！"我暗自庆幸。她透露给我的信息是她可以爱，但不是现在。我想起农村里老人对孩子的警告：莫采青果，才等得到成熟的美味。话虽这样说，难言的心绪还是过了好多天才慢慢消退。

投入更紧张的学习是解决情感问题的最好良药。不仅英语，其他各门功课，我都投入了百分之百的精力。不用考试，我都能感受到自己每天都在进步。

何娅给我一本《高中语法归类列举》，扉页上是她写的一行字：鸡蛋从外面打破是食物，从内部打破是生命；人生从外面打破是压力，从内部打破是成长。与李苏启同学共勉。何娅。

成长？我确实需要，这无关年龄和身体，是心理。从此一切看似平静，又确实不平静。我跟何娅继续是最好的朋友，但已无关风月。多年以后我悟出，我之所以猴急着表白，跟我的出身大有关系。我出身农村，农村人进入社会，哪怕别人给予的一点点关心和爱护，都会在心里被无限放大，就急着“投桃报李”。这说得好，叫感恩；说得不好听，叫过度戴德。而县城孩子，比我们经历的世事更复杂，他们多一些理智。就像何娅，她也许认为，帮我买几颗糖，帮我补习英语，那不过是举手之劳，做之前就不曾考虑是否能得到回报，做完就不再放在心上。十年之后，当我路过廊坊，遇到一收了50元假币的卖茶叶蛋老太太放声大哭的时候，我用50元真币把她那50元假币换了过来，老太太感激得差点给我跪下。我迅速离开，找一个僻静的地方，把假币撕成粉碎，丢进垃圾桶。那时我已是一个孩子的父亲，我爱我老婆。但那一刻，我又想起何娅。

在我疯狂进攻英语而感到倦怠的时候，我就会打开那本书，把扉页上那句话读两遍。我经常想象有一双赞许的眼睛在不时看着我，令我须臾不敢懈怠。

到第二个学期期中的时候，我的英语成绩已经不会低于45分，为此，我摇摇晃晃拱进班级前十。余弦隔段时间就替我买一次红烧肉，声称这是当初他跟何娅的约定，我坚决不要，他就把买来的肉分一半给我。“大家吃肉大家香。”他夹一筷子肉塞进大嘴说，“李苏启，你的肉，香！”

十

拜会江湖郎中之后，要是没人结伴同行，我不随便上格瓦拉镇。不清楚江湖郎中想清楚没有，出来混，欠下的债早晚是要还的。余弦说：“这话对你同样适用。”

同学们都以为我懂气功。“李苏启，你收不收徒弟？”郭庆想做我徒弟都快想疯了。停电的日子，大家点上蜡烛在宿舍复习功课。余弦总是等到窝进被窝才喊：“李苏启，请运口气，帮我把蜡烛吹灭，谢谢！”可足足有两张床的距离！连章鹰失眠都来找我。她说：“最近老睡不着，请你用气功帮我治治。”我说：“别瞎说，你得先搞清楚为啥睡不着，心病还得心药治。”余弦开她玩笑说：“一躺到床上脑子里就跳出个气功大师，自然睡不着。”章鹰嗔怒：“欠揍！”余弦抱拳，学我古色古香的腔调说：“承让了！”周围的同学哄笑。章鹰还是不依不饶，非要我发功，她说：“你重色轻友，只替何娅打抱不平，就不替我等小民解决小疾小苦。”被他们逼急了，我大声宣告：“我只学过中医，没学过气功！”话说到这地步，他们还是想不到中药上去，弄得我恨不得把他们挨个儿拉出去，勒令每人读三遍《上林赋》，遇上那些恨不得把江河湖海，甚至传说中的“鱼”都一网打尽的“鱼”字旁的字串儿，一定看仔细，一个都不许读错，错一个加一遍。

一天，何娅趁教室里没几个人，悄悄问我：“你真没学过气功？”

我点头。

“那么，”她有些迟疑，“那郎中真有蛀牙？”

“不知道。”我说。何娅摆出一副求证的面孔，我又说：“我真不知道。”

“你是怎么……”何娅说，“这样说吧，他是怎么把病人的牙齿取出来的？”

“药。”

“你用的也是药？”

我转了个小弯回答她：“以其人之道还治其人之身。”

“噢。”从她混着鼻音的话里，我听出某种释然，我相信她听懂我的话了。

隔一周星期二午休的时候，从校外进来的同学告诉我，学校大门口传达室有一个 40 多岁的妇女点名找我。

我以为是我妈。心想我妈怎么会来呢，她老人家闻到汽车尾气就头晕，上了汽车不晓得东南西北，她最远到过县城，那还是她年轻的时候参加了一次全县性的运动会，项目是 3000 米，因为晕车，她上了跑道都还在呕吐。我喜欢长跑，大概是从她那里遗传的。我给她说我在格瓦拉中学读书，乘车到县城，再转车行 20 多公里，她以为我到了天涯海角。

果然不是我妈，是个不认识的中年妇女。两只手上套着两条超长的布袖套，看起来她的手跟刘备那“长臂猿”有一拼。她面善，说话有东北口音，我估计她是从县城来的。

“阿姨，您找我？”

“听说你是神医，我请你帮我看看。”她面相和善，样子相当诚恳。我相信她真是病急乱投医了，我刚刚学了一点皮毛，入师的时候，师父跟我约定学五年，我两年都还不满，《药性歌括四百味》和《汤头歌诀》才背了一半，我懂什么呢。

“阿姨，您弄错了，我是高三补习班学生。”

黄世伟师父在我入师的第一课，对我说，为医之要，是仁心，哪怕病人只剩一口气，你都要给他百分之百活下去的信心，然后才是望闻问切。我有些恐慌，不就是取了江湖郎中一颗牙齿吗？难道我真跟金庸小说里的人物一样，一招之后，威震江湖？那件事之后，既无电视报纸来采访报道，同学间也没怎么谈起，这阿姨怎就封我为“神医”呢？

她略有些浮肿的脸上是落水者渴望获救的神色。我警告自己，不能装神弄鬼，否则，我跟街头那江湖郎中是一路货色。我说：“阿姨，我只学过两年中医，两年都还差两个月……”

她眼角蓄满泪水，随时都可能滚下来，她说：“我是何娅的妈妈，何娅回家说她有个神医同学……”

原来是何娅的妈妈，难怪刚才觉得面熟。可仔细看，何娅好像没有遗传她的信息，只是眼神、动作和语气有些相像。既然这样，胆气就上来了，我突然改变主意。不管怎样，我愿意试试，我甚至希望自己扁鹊再世，华佗现身，能药到病除。就在我决定答应的时候，我对自己一点底都没有。没有底气也要试试，弄不弄得好那是能力问题，出不出手相助，那是态度问题，事关仁心。

“那好吧，”我说，“我试试。您是哪儿不舒服？”

何娅的妈妈背对门卫，取下袖套，露出一双满是紫黑色疙瘩的手，手背上居多，指头上也有，手腕以上无。何娅的妈妈说，疙瘩起于半年前，半年来看遍大大小小医院，求救于各种各样的游医，只要听说谁有点本事，她都去请人家看。各种治过敏的药都用了，膏也涂了，甚至用激素——她那脸，典型的激素脸——用药的时候不痒，停药复发，比先前更厉害。光那些医生给疙瘩取的名字，就五花八门，收拢来可以装好几箩筐。女人是靠手吃饭的。干活要用手，操持家务要用手，待人接物也要用手，如今沾上点洗洁精就发痒，甚至水温过高或者过低都会引起反应，全家的生活乱套，出门就怕别人看见了恶心，从此不敢登别人家的门。“日子真没法过！”何娅的妈妈说，“我不指望你能药到病除，请你试一试，给我个机会，治不好我不怪你。”

“阿姨，是您给我机会呢。”我仔细观察她手上的疙瘩。一般疮毒都有疮头，也就是有尖尖的顶儿，里面有黄色或者白色的脓，她手上的疙瘩顶部不尖锐，疮体颜色黑红、浑浊、不透明。我看了看她的舌苔，让她把舌头翘起来，舌底的颜色也看了。我在师父那里最大的收获，是学会舌诊。师父学医的文化基础是高小，即高等小学，大概也就是现在的小学毕业；我学医的时候是高中毕业，我学过生理卫生，还接受过其他看似不相干却对中医学习绝对有用的知识，所以，我对舌诊的领悟速度和程度都令师父刮目相看。何娅的妈妈舌苔上透露的信息是肝肾脾郁热、臃毒不清。

“阿姨，您让我思考一天行吗？”我惭愧地对她说，“您知道，我是半路出家的。”

“行，我等你的消息。”

送走何娅的妈妈，我返回教室，利用下课时间，我翻遍了那本线装的古药书，没有找到关于这种疮毒的药方，《汤头歌诀》也无相应的方子。我一直在念叨仁心仁心仁心，可仁心不能替我开方子。古书真是本奇书，记载的都是奇奇怪怪的方子，医治的也是些奇奇怪怪的病。我以前只粗略通读过，大多数奇方看过也就看过，没往心里去。这一遍我算是看进去了，也不知道方子有没有效。比如，验证女人是否是处女，不需要上医院用什么扩阴器之类，只需扯一把妃子草和王公藤合一起揉碎，取汁于丝巾上，在女人面前抖动丝巾，闻之打喷嚏则已开瓜破处。再如，男人疲软，无须伟哥伟弟，以铁线草煎水当茶饮，一剂即能立竿见影。“坚如钢铁，持久不疲。”书上是这么写的，但疗效有待考证。这算是一本用最简单的方法解决复杂问题的医方集成。这样的医方，在古代讲究君臣佐使的中医时代，是不入流的，只有两三味药，甚至只有一味，无君无臣，亦缺佐使，因此归于偏门。我相信编这本书的人一定是个奇人，心眼子长得跟一般人不一样。

何娅只知道她妈妈要来找我，没想到她今天来。何娅说：“如果没办法也不怪你，华佗还会遇到没见过的疑难杂症呢！”

我说："你先别给我找台阶，你越给我找台阶我心理压力越大。你知道不？我都后悔只学了两年中医了！"

缓了口气又说："还后悔，当初不该去学医。"

"为什么？"

"不学啥都不知道，也就无须担什么心思。像这样学成个半吊子，二百五郎当的，你们不怕我失手，我还怕我搞出来的是毒药呢。"

"给你添麻烦了！"何娅不好意思地说，"因为她是我妈。地老天荒海枯石烂也只有这么一个。"

她这话让在场的人动容。这话于我来讲，就像解数学难题时的一个提示，使我接近解题思路，只差一条辅助线或者一个暂时遗忘的定理。

失眠一个晚上，快天亮时稍微眯了一会儿，醒来发现：因为是"贵人"的母亲，因为我对"贵人"的那种意思从来没有消减过，我揽下这瓷器活。可事实上我完全是在徒劳挣扎，我不是金刚钻，也不是"银刚钻"，不具备钻子的条件，什么钻都不是。我要对何娅说对不起，请她妈妈另请高明。

何娅向我走来。她脸上的微笑不晓得是与生俱来的，还是家庭教养的关系，给人感觉亲切、信赖。在隔我两三米远的地方，她一定看清楚我脸上抱歉的表情了，见我没主动上前说话，就什么都明白了。就在我懊悔学艺不精的时候，我突然想起我的师父。因为想把功劳全部揽在自己身上，我竟忽略了我的师父。在何娅离我只有一米，我估计她正考虑如何用一句转移话题的话来做开场白的时候，我建议她妈妈去找我的师父看看。我把师父的地址写在一张纸上交给何娅。

两天后，何娅的妈妈带回一张字条，是师父的字，上面只有三个字：四素夹。这是黄世伟师父从他师父——也就是我永远不可能见到的师公那里传下来的暗语，非本门师徒看不懂。师父的意思是：注意45、46页夹层。我翻看《药性歌括四百味》和《汤头歌诀》，这是两本现代出版的书，没有夹层。那就应该指古代线装书的折页夹层，答案也许就在45、46页夹层里面。我拿出那本封面残缺的线装古书，指头触到泛黄荆川纸的时候，我不禁慨叹古代造纸术的精良，几百年的古书，纸张仍旧绵软光亮、富有弹性。翻到45、46页，轻轻挑开夹层，里面果然夹有一张书页大小的纸条，同样为荆川纸，纸上的字为手写体，共载有十四个药方。第一个方子叫“败毒洗”，方后所载适用症状，正巧跟何娅妈妈的症状相同。

我说不清是该大喜还是大悲。喜的是，我终于找到方子；悲的是，一切都没逃过师父的法眼。我以为藏掖得很好，师父其实早就清楚这本书在我手里。

方子只有三味药：苦葛、油桉叶、漆木。煎水擦洗，一日数次，消透为止。这三样药材，在我故乡都是易得之物。

三个星期后，何娅的妈妈来学校，伸出一双光洁的手说：“李苏启是神医！”

“神医”的名头从此叫响在格瓦拉中学上空。他们越是这么叫，我越是恐慌，我不晓得还会有什么样的疑难杂症找上门来。我对中医的理解和掌握就像我农村人的“装”一样，是不能登大雅之堂的。我有仁心，但无仁术，盛名之下，我将彻底背离医学和真理。经过这事，我彻底认识到中医的神奇，更体会到中医的博大精深。可惜这些年来中医越来越边缘化——自从引进更便捷的西医之后，有多少人还把中医当回事儿呢？我是中医的门外汉，我再也不能装了，否则害人害己。我发誓不再行医，如果将来不做医生，对谁也不会说自己学过医。我很庆幸到格瓦拉中学补习，如果不遇到何娅、余弦，谁敢保证我就不会变成给何娅拔牙的江湖郎中？

我愧对师父。师父是因年纪大了长出灵性，还是因精通中医，料事如此之神？我始终迷惑，既然他说“我知道你迟早还会返回学校的”，他师兄也说“此后生济世无须悬壶”，为何还收我为徒呢？

章鹰在课堂上无精打采。整天抱怨说：“我离毁灭不远了！”确实，此时离高考还不到一个月时间。何娅对我说：“你有没有办法给她治治？”章鹰白天像只病猫，到晚上，越是深夜，眼睛越是贼亮。脑子整天昏昏沉沉，要记什么记不住，要想什么想不起来。

每到这样的事情摆在面前，我就犯怵。我说：“上医院让医生看看。照这样下去，我也可以扯上横幅到处替人拔牙了。”

“医生说她有高血压。”何娅说，“现在更重要的是有焦虑症。”

我两手一摊，无能为力。焦虑症是现代社会紧张生活所致的特有毛病，跟冲锋枪一样，在悠闲的古代，连个概念都没有。若硬要摊到我身上，麻沸散你敢不敢吃？也就是曼陀罗子加生草乌、香白芷研磨成粉，吃下去比安眠药劲大，剂量掌握得不好，包你一觉睡下去，永远醒不来。

“章鹰没说要摊在你身上，她提都没提过，是我自作主张要问你的。”

何娅的声音一向温柔，说这话的时候，她脸上写着歉意。她的口气那么亲近，就像我妈在征求我爹意见的时候那个样了，每一句话都给人以“自己人”的感觉。可我确实不能再扮演，也没本事扮演“神医”角色。“我的身份是学生。”我告诫自己，否则从今晚开始，患上焦虑症的就不止章鹰一个了，否则，说不定哪天真有谁会死在我手上。

十一

高考前一段时间，大家都学得非常刻苦，课余的玩耍早就停止了。再糊涂的人到这时候都知道该忙什么，何况在格瓦拉中学高三补习班。也没什么疑难杂症找上门来。倘若就这么坚持到高考结束，这篇文章基本没有写作价值。人生的大喜似乎都能预见，而大悲多半是在人们毫无准备的时候悄悄降临的。

照老传统，考前先后有三个大活动：体检、模考、填报志愿。

整个高三年级被拉到县医院体检。就在大家嘻嘻哈哈排队出入于相关科室的时候，何娅被查出心脏六级杂音。六级，心脏杂音分级中的最高级。难怪我第一次看见她，就感觉她颧骨上的红晕那么扎眼。早就写在脸上的，我从来没往这上面想。据说去年高考前，她就被查出心脏杂音，二级。二级属于健康带病级，如果不是特别的专业限制，大多数学校都能报考。听诊结束，何娅还增加了胸部彩超和心电图，结果都一样，属于器质性病变。按招生管理条例，何娅已经没有参加高考的必要，没有哪个学校敢录取。

何娅的妈妈不甘心，带着何娅到县招办和省招办咨询，得到的回答都是：不会有学校敢录取何娅。他们建议何娅的妈妈让何娅立即住院治疗。“除了住院，没有别的办法。还得上大城市的大医院。”领导说，“这不是一般的大病，心脏就是人体发动机，歇火一秒都要出大事情。”

何娅走得不声不响，没跟任何人道别，像被一阵风吹走的微尘，教室里的书籍、宿舍里的生活用品，突然之间消失得干干净净。那一阵，班级里弥漫着伤痛和无助的气息，人人心头都有种说不出的痛，像被谁打了冷拳，表面上好好的，内里却痛得要命。余弦表示，何娅是永远的第一名，他绝对不会夺位。章鹰带着我和一帮同学找遍了县里大大小小的医院，不见何娅的影子。我们找到她家里，防盗门上插的小广告都攒了四五十张了。章鹰要我想办法：“李苏启，我晓得你有绝招，你一定能治好何娅对不对？”我摇头：“我没有这本事，真的。”体检回来那天我就翻过书包里的所有药书，一本都没跳过，没有。我打电话给师父，师父说：“偏方焉能治大病？”章鹰哭了，她说：“难道一点办法都没有吗？”我说：“她妈妈不是带她去治病了吗？我想现代医学那么发达，一定能治好她的病的。”章鹰说：“我说的是参加高考。

等她治好病，我们早就……”章鹰继续哭着，她说一个月前，何娅感觉身体不适去检查，还是三级杂音，没想到才一个月的时间就……她的话让我产生不祥的预感。章鹰还说，就因为心脏上的毛病，何娅自小就被她的亲生父母抛弃，她被她现在的妈妈捡来养大。她妈妈是东北人，为了她，一个人留在南方。她妈妈曾跟李苏启校长在一个生产队插过队，听人说，他们似乎曾经是恋人，为了何娅，她至今单身。

那一刻，我决定报考医科大学，我还决定爱何娅。等高考完毕，我想她已经没有必要绕过弯子让我一门心思搞好学习，我们都没有必要。“爱她，哪怕只有一天，一个小时，一分钟。”我这样对自己说，“她是我生命中的‘贵人’。”我相信，有的生命就是为了让别的生命的存在而诞生的，比如母亲、同学、朋友、爱人，比如眼前的我跟何娅。

模考过后，因为外语试卷给面子，考了59分，我的总分名列第四。老实说，这出乎我预料，我想有个50分就差不多了，没想到比期望还多了9分。填报志愿的时候，我把西安一所医科大学放到第一志愿，把武汉另一所医科大学放到第二志愿。前四个志愿我填的都是医科大学。李苏启校长审核每个学生的志愿草表，每年都这样。他看了我的志愿对我说：“李苏启同学，你这志愿填得有点悬呢，全都押在一类学校上。要知道，全是同类学校的志愿最有可能让你丢掉最好的志愿。”在李校长的建议下，我把第二志愿改成师范大学。这是我爹的希望，也可以说是我们一家包括我在内的倾向性意见，定向培养类师范大学每个月有一定的生活补助，大学期间还可以利用课余时间做家教，以减轻我爹我妈的负担，毕竟我还有三个弟弟在读书，他们成绩都比我优秀。人生不如意事十之八九，我才摊到这么一次两次呢。

高考结束那天下午，我们七八个同学去找何娅，回答我们的仍然是插满广告的铁门。一干人在大院门口的小餐馆各要了碗面条，算是分别前最后的晚餐。大家都在说何娅的事，她成绩优秀，她聪明，她细心，她善解人意……章鹰红着两只眼睛对我说："李苏启，我们中间最该想念她的，就是你了！你当她真的不知道你喜欢她？在英语上把你'逼上梁山'的主意是我出的。我不想你们两个最后都落空，她也是个重感情的人……可是，我们现在谁都跟她联系不上！"

余弦替我用餐巾纸擦了一下眼角。我问章鹰："稀饭里是谁放的盐？"

"我他妈怎么知道？"我第一次听到章鹰爆粗口，她也许在责怪我到现在还提这个，"谁知道是不是天意！"

一本录取结束，我没收到录取通知书。余弦和章鹰同时被北京一所综合大学录取。我外语考了个 67 分，对我来说已经顶天了，对名牌综合大学来说，我这样的学生相当于英语白痴，瞅都懒得多瞅一眼。得声明，那时候我们需要考六门功课。二本录取刚开始第三天，我就收到师范大学中文系的录取通知书。我这辈子彻底跟医生无缘了。开学前夕，几个铁哥们儿再次聚到一起，仍旧没有何娅的消息。余弦刚开始接触网络，他在天涯论坛上发了一段话：格瓦拉中学第 21 届补习班的何娅同学，请看到这则文字与李苏启（学生）、章鹰或者余弦联系，你的同学想念你。余弦把我的名字放在最前面，特别注明"学生"，他的用意谁都理解。我在心里呼喊：何娅，你在哪里？不管天涯海角，我都要把你找到！

上大学的前一天，我去向师父道别。师父拿出一块脸谱石对我说，这是手上生过毒疮那妇女拿来的，她说她女儿用不着了，托我交还给你。看到这块石头，我泪流满面，师父已猜出怎么回事。我赶车到何娅家，房门仍然紧锁，门上贴出一张纸条：本房出售。四个字下面是中介公司的联系电话。何娅当初不辞而别，也许早已料到会是这个结果。我突然意识到，一切都结束了，有一句本该说给何娅的话，永远都没有机会说了。师父似乎早已料到一切，刚才从他家出来的时候，他扬扬手叫我快走，冲我的背影喊了句："徒儿，忘掉一切！"

靠脚飞翔

每年早春时节，道斌家都要养十多只鹅。道斌从脱下开裆裤，就是个牧鹅少年。这群鹅跟道斌一起穿过夏，经过秋，直到冬至前后，才不得不分开。肥壮的鹅在市场上陆续找到新的主人，道斌的鹅群越来越小，直到肥壮的鹅一只不剩。很快又有一群小鹅出现在他牧鹅的竹竿底下。这样丰富而单调的日子周而复始，一年又一年。后来陆续成为他帮手的，是他那两个相继出生的弟弟。

三个人和一群鹅，把持了一片田野。云在他们头顶上飞，一会儿白一会儿灰，一会儿浓一会儿淡。拂面的微风带着庄稼和野草的气息，钻进鼻孔，挂在耳朵上。唱诗一般的鸟儿躲在不知名的角落，远一声，近一声。蛰伏一冬的青蛙，在浅水里谈情说爱，产卵生子。花朵在村子周围的树枝上，粉的粉，红的红；蒲公英、三色堇、鸢尾在青草丛中，撑起各种各样的小伞，有的撑得端正，有的偏偏斜撑。阳光均匀地从天空中泼洒下来，赐予万物生长的激情和快乐的本钱。在春天，不快乐都不行。天是高的，云是白的，空气是湿润的，万物都在萌动，道斌带着他的两个弟弟在田野上奔跑，脚步轻快得像在地面上飞翔。

跟在道斌兄弟仨屁股后面傻乐的，是他们家那一群小鹅，穿一身黄色或者白色绒毛外套，蓬蓬松松，既干净又柔软。它们的叫声像小孩子的欢笑，又脆又清澈；肉色的红掌柔软宽大，经过湿泥地面，一踩一个漂亮的脚印。小鹅性格温顺，不怕人，会跑到主人身边来，开心地叫着，用嘴触碰主人的腿或者手掌，然后围着主人转圈，再用嘴触碰主人的鞋子或者裤子。小鹅主食嫩草，放在水草丰茂的沟渠边，可以从日出一直吃到日落，还永远没个饱的时候。绿色的小草转眼就变成小鹅身上的肉，早上撵出去只有拳头大，晚上收回来竟比拳头大了一圈。

那是个星期天，风跟往常一样拂面吹来，阳光明媚。在跟倒春寒无数次较量之后，春天终于坐稳了属于自己的那把交椅。一句话，暖和了，而且越来越暖和。道斌带着他的两个弟弟在小村外面一条清澈的水沟的沟沿上玩。沟沿上是一条连通两个村子的乡村便道，也就是田埂。东一个西一个的小村子，各自散落在田野尽头，安安静静地圪蹴着，偶尔从村子里不知名的角落传出几声狗吠，让原本安静的村庄，更加安静。十八个刚孵出一个月的小鹅在河沟里欢快地吃着嫩草。

马格带着他的弟弟从远处走来。马格背后是他家所在的小村庄。道斌所在的村子没有马格家的亲戚。马格这样无缘无故走在田埂上，只能说明一个问题，他是想无端生事了。他一定是远远地看见道斌和他的弟弟们，手就痒了，觉得不过来揍道斌几下，就对不起眼前这明媚的春光，对不起这美好的日子，更对不起他一身蛮力和全身上下无处不在的杀气。

道斌有强烈的预感：不好的事情就要发生了。马格是道斌的同班同学，比道斌大五岁，仗着自己的老爹是民兵连长，在班级里胡作非为、横行霸道，全班五十三个同学全都不在他眼里，他看中什么就要什么，看谁不顺眼就打谁，没人敢惹他，连顶撞他都不敢。他一年级读了两遍，二年级也读了两遍，现在读三年级，明眼人不用看都知道，再读多少遍三年级都没用，别说乘除法，连 6 加 7 他都算不正确。他还偷老师的粉笔在墙上写字骂人，但能写的字太少了，每一次都闹笑话，比如：他骂人家龟儿子，写在墙上成了“归儿子”；骂某某同学不老实，他写成“不老十”。

马格痛恨成绩好的同学，比如道斌。马格为了表现他的聪明，揪住道斌的头发教育他：“一二怎么能等于二呢？一二应该等于三。”道斌对他说：“我做的是乘法，你说的是加法。你看，符号都不一样，一个侧着身，一个是竖起的。”马格给了他一个响亮的耳光：“谁在教谁？听你的，还是听老子的？”然后他把全班同学的本子翻了个遍，凡是一二不等于三的，都吃了他一个耳光。

道斌的爷爷经常被马格他爹带上人拉出去批斗。马格见天上学就扯开嗓门儿吼道斌是“四类分子”的孝子贤孙，还动不动跟他爹对待道斌的爷爷那样，随时随地用粉笔在地上画一个圈，让道斌站在圈里不许出来，连上厕所也不允许。道斌只要表现出不满，或者告诉他“我夹不住了”，他立即警告道斌：“你敢给老子动！你再动，老子回去告诉我爹，下次开会把你爷爷往死里斗。”被他打耳光、揪耳朵、背上踢上两脚，都是家常便饭。弄得有一段时间，他每天不给道斌两下，道斌都觉得这一天过得不完整。

道斌的爷爷自然是不敢反抗的，那么多背步枪的民兵跟在马格他爹屁股后头，根本没有反抗的机会。道斌他爹被他们拉去跟道斌的爷爷陪斗，道斌他爹也不敢反抗。不但不反抗，他爹回来还经常教育他们：“忍字头上一把刀，遇事不忍祸先招”，不管发生什么事情，只要忍一忍，就过去了；没有必要跟人家对抗，胳膊拗不过大腿，鸡蛋碰不过石头，反抗的结果，是给人家把刀子插进心脏的机会，轻则重伤，重则“哦豁”掉；人一旦“哦豁”掉了，啥都没有了，别说翻本，连捞回成本的机会都没有。

马格越走越近。想起爹浸透痛楚的叮嘱，道斌下定决心，不管马格怎么挑衅，他都不搭腔。只要他不搭腔，马格骂人多难听，都不至于一上来就拳脚相向，等马格骂到没词儿了，就等于拿他道斌没办法，到那时候马格不走，也觉得待在这儿无趣。只要马格和他的弟弟离开，自己的两个弟弟不挨打，再大的事情都不算什么事儿。

道斌不惹马格，马格偏偏惹道斌。马格走到跟前来，脸上堆积起类似杀父的仇恨，这仇恨虽是花了好大力气装出来的，看上去还是挺吓人的，道斌像过年前即将被宰杀的猪，惶恐地看着屠夫提着刀向他走来，一点拯救自己的办法都没有。道斌不敢跑，马格长得牛高马大，几步就能够追上他；再说他跑了，遭殃的是比他更小的两个弟弟。道斌觉得自己挨打便罢了，不能让两个弟弟受委屈。

“你这孙子，谁让你上这儿放鹅的？”马格的腔调跟他父亲一模一样，个个字都可以把人吃下去。

道斌说这里不是庄稼地，不但可以放鹅，还可以放牛。道斌的两个弟弟后来告诉道斌，他回这句话时，声音瑟瑟发抖。当时说完这话，道斌后悔了：自己干吗搭腔啊？不是想好不搭腔的嘛！不能因为他这句话不全骂人，就理睬他，一个人要找你麻烦，你说的任何一句话都可以成为他收拾你的理由。

“小杂种还敢对嘴！”马格提起醋钵儿大小的拳头，照道斌头顶就是一拳。后来看过武打片，道斌知道这一招叫泰山压顶。道斌本来就比他矮，吃了他这一拳，感觉比他更矮了。随即马格又扇了道斌两个大大的耳光。武力打击，来得比雷阵雨还快。之前，拂面的微风中带着田野清甜的气息，四野空阔，天高云低，风是香的。两个大耳巴子吃完，风中只剩下血腥味，一股温热的液体从他嘴角冒出来。道斌没有感觉到疼痛，心里只有害怕，他害怕马格用这种毒辣的手段对付他的两个弟弟。

还好，马格在道斌身上又踢了一脚之后，带着常胜和满足的表情，拍了拍手，准备离开。

两只小鹅偏偏这时候从沟里爬到路上来，围着马格的脚嘎嘎嘎地叫着。小鹅是分不清好人坏人的，它们叫得好欢快，不仅叫得欢快，还伸出脖子，准备用嘴去触碰马格的脚。马格飞起一脚，把走在前面的一只小鹅踢到半空中。他的残暴并没有对走在后边的一只小鹅造成恐惧，后面一只小鹅仍然嘎嘎地叫着，向他走过去，脖子伸长，准备用嘴触碰马格。马格又踢出一脚，脚尖起高了，踢了个空。马格立即改变了手段，趁脚还在空中，顺势从那只小鹅的背上踏下去，只听脚底下一声惨叫，那只小鹅的五脏在他粗糙肮脏的胶鞋下迸出，摆了一下头，脖子瘫在地上，死了，水晶般透亮的眼睛，仍然水汪汪地睁着。

“大哥，揍他！”老三只有四岁，他捏起小拳头站在道斌背后。这些鹅是他们一家人的希望，是一家人过年的新衣服，一年到头的油和盐。马格这是要让道斌一家人没有活路。被马格踢到半空中的那只小鹅，重重摔到几米外的青草丛中，晕了过去，到现在还站不起来。

“你个小狗日的找死啊！”马格听到老三对道斌说的话，大骂一声，两步蹿到跟前，一拳打在老三的鼻子上，老三被他一拳揍出去好几米远，鲜血从老三的鼻子里喷涌出来，像一串串红色的玛瑙，热气腾腾地落下，碎在春天苏醒的土地上。

马格的弟弟比道斌岁数小一点，胖胖的，小眼睛闪亮，淘气中透着几分可爱，他在努力跟他哥哥学坏，但火候还没有到，整一个半成品。他哥在揍道斌的时候，他站在一边幸灾乐祸，没有动手，也没有骂人。道斌猜他是不敢动手，道斌的个头比他大。现在见道斌的老三弟弟被揍成这个样子，马格的弟弟觉得一显身手的时机成熟了，纵身一跃，向老三冲过去，像一条穷凶极恶的饿狗把老三扑倒，拳头像雨点般落在老三身上。

一向温良的老二愤怒到了极点，他扑向马格的弟弟。老二一般不发脾气，一旦发起脾气来，就说明他已经忍无可忍了。三个人扭打起来。马格的弟弟下死手，掐住老三的脖子不松手，老三憋气憋得眼睛都要鼓出来了。老二用膝盖顶住那家伙的背，双手抱住他的脖子，拼命往后拽，很快那家伙的眼珠也憋得快鼓出来。马格大跨几步冲上去，揪住老二的头发，把老二扯离地面，头发被扯掉了许多，老二顾不上疼痛，仍不松手。马格的弟弟卡老三脖子的手已经坚持不住，松开了，老二还拼命地勒住他的脖子。老三从地上翻爬起来，加入到收拾马格弟弟的队伍中。马格急了，松开老二的头发，用脚去踢老三。

此时道斌再不出手，就不配做大哥哥了。道斌别无选择，必须出手。但他出手之前是动了一番脑筋的，他知道自己围上去跟两个弟弟一起收拾马格的弟弟，毫无意义。现在马格在逞凶，他就得抓住这个重点，只有打倒马格，才不至于让老二和老三继续受欺负。还有，道斌算看出来了，马格是一个蠢笨的家伙，在这时候要是换成他道斌，就会集中火力对付老二，老三毕竟只有四岁，再怎么着都不会形成威胁，可马格偏偏奔老三而去。马格打老三，老三是道斌一家人都宝贝的小老幺，道斌和老二是会跟他拼命的。

道斌从来没有打过架，道斌的两个弟弟也从来没有。但是此时，兄弟仨要是不奋起还击，他们就会被马格兄弟俩打趴下，甚至就像那只小鹅一样，死于非命，连叹息一声的机会都没有。怒火烧遍了道斌的全身，他感觉愤怒是从脚心开始的，火苗一样，呼呼呼就蹿过了胸膛，蹿上头顶，使他再也感觉不到害怕。

道斌本来要用拳头揍马格，想想拳头太轻了，不够表达他的愤怒。他向马格冲过去，冲到离马格只有两三步的时候，把身子侧过来，双手抱拳，双肘平抬，亮出坚硬的右手手肘，借助奔跑的惯性，手肘重重地打在马格的背上。这过程很短暂，脚步飞快，犹如飞翔。这是一个抗日老兵在道斌家演习过的，道斌学会之后从来没有用过。紧随砰的一声之后，是马格哎哟一声惨叫，他的惨叫第一个字重，第二个字轻。道斌高兴坏了，他为自己终于不恐惧打架感到高兴，为自己终于敢反抗感到高兴，为自己能让马格感到疼痛而高兴。

受到鼓励，趁马格没有回过头来，道斌又一次重复刚才那个动作。这次马格除了惨叫之外，重重地摔到地上，身子蜷缩，如同一只躺在地上的虾，扭动着身子叫唤。道斌想，马格真的被他打痛了。

二弟已经松手，退了几步，站在一边，愤怒还没有从他的脸上褪去。二弟和三弟看着道斌，不清楚大哥哥是用什么招数把马格放倒的。躺在地上的马格同样不知道。马格的弟弟躺在地上，身子一抽一抽，好一会儿才哭出声来。哇哇哇哇，这家伙前世多半是个哭丧的，那声音真叫一个鬼哭狼嚎、阴风惨惨。听到哭声，马格强忍疼痛爬起来，想继续恃强凌弱，捡着谁揍谁，做最后一搏。兄弟仨连眼神都没有对一下，不约而同冲上去，对马格又是一顿胖揍，直到把他重新打倒在地。十四岁的马格也哭起来了，他跟他弟弟真不愧是一个妈生的，也是哇哇哇哇，哭得像大白天撞到了鬼。

兄弟仨知道今天闯祸了，说不定接下来道斌的爷爷真要受罪。道斌心一横，他想好了，从此以后，只要马格他爹斗道斌的爷爷，道斌就打马格一次，道斌相信能把马格打倒一次，就能把他打倒第二次。多年以后，道斌还感叹那时候的想法多么原始，却又多么实用：只要找到一个平衡点，你无奈我何，我也无奈你何，犹如乾坤相对，阴阳相生，这世界才会相对太平。

兄弟仨摘了一片倭瓜叶把那只被马格踩死的小鹅包起来，如果今晚马格家上门来讲理，这就是罪证。被马格踢到天上的那只小鹅在地上趴了一阵，缓过劲，活过来了，趔趔趄趄地回到鹅群中。

兄弟仨把那只死去的小鹅带回家，埋在房子前面的菜地里。回到家，谁也不敢跟大人说下午发生的事情，也不敢说那只小鹅怎么死的。兄弟仨商量好了，只要马格家的人找上门来，或者当夜就拉爷爷出去批斗，那时候再把下午发生的事讲出来，都还来得及。兄弟仨觉得，即使被长辈责罚，他们也愿意，毕竟他们打赢了，还让一个无恶不作的小坏蛋尝到了疼痛的滋味，他们没有给一家人丢脸。

那天晚上，马格的家人没有来登门评理，也没见马格他爹把道斌的爷爷拉去批斗。多年以后道斌才明白，这是马格一家为马格输了这场毫无悬念的打斗而顾面子，没有立即声张。道斌当时天真地认为，马格和他的弟弟是被打怕了，才不敢来的。受此鼓舞，道斌的战斗意志更加高昂起来。那天晚上在梦里头，道斌都还在欢呼雀跃，见人就呼喊：“我把马格打到地上啦！我把马格打到地上啦！”

第二天早上，星期一，道斌在两个弟弟的鼾声中醒来。道斌的爷爷和爹妈都下地干活去了，道斌的奶奶在为一家人做早饭。道斌穿上薄棉袄到灶旁替奶奶烧火，灶孔里的火苗给了他一身温暖。在跳跃的火光中，道斌异常冷静，他知道马格一定不会服输，一定会在学校或者什么地方组织人报复他，将来两个弟弟进入学堂，马格还可能欺负他的两个弟弟。他只有再一次把无端生事的马格打倒，以后他们兄弟仨才可能风平浪静。

吃过苞米和红薯混合的早饭，道斌早早上学，逢人便讲昨天下午发生的事情，尤其强调他把马格打倒在地上。有人不相信，道斌就对他们说：“不信？不信待会儿马格来了你问他。”那些平时像道斌一样遭受马格欺负的同学，从他脸上扬眉吐气的神情中获得了信心，他们都说：“我也早想教训这小子了，只是一直怕打不过他。”道斌告诉他们，马格仗着他老爹是民兵连长，狐假虎威，仗势欺人，其实根本不经打，只要你真正跟他打起来，他就只有挨揍的份儿：“我们团结起来，组成一个反抗马格压迫兄弟伙，只要马格再敢欺负我们，我们就一起出手，一起上去揍他，不把马格弄服帖不收手。”道斌绘声绘色的描述，不时引得同学们哈哈大笑，同学们向他投来赞许的目光。道斌的周围迅速团结起十多个同学，连几个长期遭受马格欺负的女同学，也勇敢地加入他们中间。

就在这时，马格出现在学校门口。在没有看见道斌时，马格仍然是凛然不可冒犯的样子，走在路上，两个手臂只差要横着摆。当他看到道斌时，骄横跋扈的神情自减了三分，两个手臂摆得没有那么夸张。他在向道斌走来，脚步是一贯的横冲直撞的那种，但是越走越迟疑。他身后原本跟着他的弟弟，走着走着，他弟弟撒腿跑掉了。马格转身不见自己的弟弟，自信心立马就不足了，脸上已经没有骄横跋扈的神情。道斌知道，马格那是怕他马上就冲上去两拳把自己打倒，马格还怕站在道斌背后的同学冲上来，一起收拾自己。马格到现在还没想明白道斌昨天收拾自己，用的是什么招数。

这下轮到道斌神气活现了，在两人距离四五步的时候，道斌冲着马格大吼一声：“马格，你还想挨打吗？”道斌的声音用得上“义正词严”“气壮山河”这两个修饰语。周围看热闹的同学从没有见过道斌用这种腔调跟马格说话，“哄”地笑起来，不需要更多的语言，他们已经相信道斌一大早跟他们讲的故事，绝不是编出来的。马格没有料到道斌会这样吼他，要换到别的时候，道斌或者早转身跑掉了，或者他冲上去对道斌一阵拳打脚踢。此时，马格为了维护所剩无几的一贯蛮横的威风，对道斌说：“我向你下战书，咱们约好时间和地点，再分胜负。”这句话一出口，又引起了一阵哄笑。所有同学都明白，道斌一大早没跟他们吹牛，全班一大半的同学都站到道斌这一边。

道斌没有冲上去打他的意思。在学校里打架，既不文明，又不能充分发挥，还不能赢得更多的支持。既然马格下战书，说明马格也没想今天就一决胜负。既然这样，道斌告诉马格：

"你开什么席我就吃什么席，摆哪碗我就吃哪碗。"

离开的时候，马格还不忘撂下一句："你能够喊来的人都只管喊来，欢迎你们全家一起上！"说完转身就走。

时间是六天以后的星期天下午，地点在野猪湾前面的那一片稻茬田上。

在横断山区的安宁河两岸，约架是不常有的事情，一旦约了，绝非儿戏。既然那么多同学站在道斌这边，道斌就要把这些同学组织起来——就马格的人缘，道斌估计，他能在学校其他班级找到十个帮手，就已顶天了。

道斌看着支持他的同学，心想：如果就他跟马格单挑，站在他这一边的同学就是他道斌的啦啦队；如果打群架，咱这头的力量不能少。

放学后，道斌把十四个长期遭受马格欺辱而自愿加入他这边的男同学召集到学校西面的一个草垛下，他们唱起了"起来，不愿做奴隶的人们……"，每个同学心中都涌动着屈辱、愤怒和即将扬眉吐气的慷慨激昂之情。后来有三个女生闻讯也加入了他们，加上道斌，一共十八个，他们自称"伏魔十八罗汉"。

道斌希望他的父母支持他，想来想去，不敢跟他们说，万一他们不同意，不允许他前去应战，到了约定那一天，他要是不能出现在野猪湾，就等于在所有同学面前宣布他服了软，不是马格的对手，甘愿过从前被马格肆意凌辱的日子。从此以后，马格将继续骑在他和他的两个弟弟头上作威作福，不仅他道斌和弟弟没有出头之日，从前受马格欺负的那帮同学，也将继续受苦受难。对于约架这件事，道斌也不敢告诉两个弟弟，他们年纪太小了，不能参战。只要告诉他们，父母必然知道。为了自己、弟弟和同学们，道斌只得选择豁出去，他必须应战，而且得做好必胜的准备。

道斌专程登门请教那个教他肘子手的抗战老兵。老兵参加过南京保卫战和远征军，道斌得临时抱佛脚学上几招，决不能打无准备的仗。老兵跟道斌的爷爷是一起受批斗的难兄难弟，马格的爹如何折磨道斌爷爷，就如何折磨他。老兵坐在自家屋檐下编背篓，细白的篾条着了魔一般往背篓上顺。他是个好篾匠。听说道斌用肘子手对付马格，老兵大吃一惊，他说这样的狠手，只拿来对付东洋鬼子，倘若够狠、够准，只需一下就能把对方打倒在地；要是当胸一肘子手，十有八九心脏破裂。道斌对他说，马格就是他们班的东洋鬼子，不，是他们学校的东洋鬼子。道斌把马格在学校的种种劣行告诉老兵。道斌告诉老兵，不把马格收拾下来，他们没办法读书，马格是他们学校的恶霸，马格对他们的欺压比他爹还直接，马格比他爹还坏。老兵被道斌说动了，他说："那些一招制胜、下死手的招数，我就不教你了；可能会伤筋动骨的，也不教你；只教那些让人疼痛的，只要让他知道疼、吃到苦头就行，你看要不要得？"道斌心花怒放，头点得像小鸡啄米，多一招是一招，何况他不可能只教一招。

远踢、近打、贴身摔，老兵放下编了一半的背篓，在屋子前面的空地上，拉住道斌的手亲身示范，直到道斌掌握每个动作的要领。几个下午之后，道斌终于明白，打架原来就是这么回事儿。老兵说："短兵相接，一对一单挑，不在于个头高，力气大，而在于迅猛及时，毫不犹豫，声东击西，攻其虚弱，在运动中下手；要是打群架，先找到挑头的最讨厌的那个，合力围攻，以最快的速度把他打倒在地，然后围敌打援，把最铁杆的那几个打倒，对方立马溃不成军。”

一转背，道斌把这些招数教给其他十七个“罗汉”，那十七个“罗汉”也想多学点本事，可是怎么努力，效果都不理想。关键是道斌不是老兵，没有资历，也就没有说服力；其次还在于道斌没有实战经验，对招数的拆解模棱两可，前言不搭后语；再说了，同学们以前也没有见道斌打过架，他们学起来懒散不上心，尤其是三个女同学，荷花、腊梅和秋莲，用手抓或者用嘴咬还行，道斌教给她们的招数，一招都学不会。令道斌蛮感动的是，她们特意剪短头发，打起架来，头发太长可不是好玩的，马格对她们的欺辱令她们一想起来，剃个大光头都愿意。不管怎么说，几天下来，效果还是有一点的，练过的跟没有练过的完全两样，他们至少自信心更足了。

三月的野猪湾仍旧一片空阔，去年割掉稻茬的田野上，洒满了金色的阳光，那里即将是他们的战场。风从河湾口子那边吹过来，让人感觉阵阵温暖和舒爽，倘若不是来打架，他们在这里玩一场游戏，该是多么有趣的事情。野猪湾的两头，各有一个小山包，一个在湾口，一个在湾里。马格他们从湾口进入，道斌他们要进入，须翻过湾里的小山包。

道斌带着十七个同学走到小山包的背后，小山包隐蔽了他们，也遮住了他们的视线，他们不知道湾里的稻茬田上的情况。道斌派三个女同学先翻过小山包前去侦察。道斌说：“荷花、腊梅、秋莲，你们仨装成打猪草或走亲戚的样子，看看马格他们有没有到，有多少人；如果稻田上没有人影子，你们继续往前走，翻过前面那座小山包，看看他们是不是藏在小山包后面。”旁边一个男同学说他也去，道斌说：“王多木你别去，你一去就暴露了。他们绝不会想到女同学也是来收拾他们的。”大家都觉得道斌说得有道理，道斌有脑子，他们跟道斌，没跟错人。

三个女同学揪了几把猪草捏在手上，翻过小山包，没有走几步就回来了，不等她们说话，从她们脸上的表情，道斌就知道情况不妙。荷花说有三四十人，基本上是成年人，连马格他爹都来了，那些人应该是马格他爹请来的。看来恶人真不是偶然产生的，惹着一个，就牵出一窝。道斌这十八个人再长十年，也不可能是他们三四十人的对手。

“有没有我们学校的同学？”道斌问。

“仔细看过了，没有。”三个人回答。

果然人缘差，没有一个同龄的崽子，道斌早就料到了。可道斌没有料到他爹会喊那么多亲戚来帮忙，要是道斌把他父母也叫来，岂不正好被马格他们一次性收拾干净！马格的爹早在马格下战书的时候，就已经计谋好了，谁会想到，道斌并没有把这件事告诉父母。

“打还是不打？”王多木声音颤抖，他希望道斌说不打，反正他们这会儿一个人都还没有被对方发现，立即撤回去，以后至少还有一个说词，比如说：“不就同学之间发生纠纷吗，犯得着把整个家族都抬出来？”“我们压根儿没去野猪湾，谁瞧得上跟你们这帮野蛮人计较！”如此等等。

要是真那样，马格会变得比以前更加猖狂，刚刚被磨损掉一点的劣行，将变本加厉，要让他们加倍偿还，从明天开始，道斌和他的小伙伴们又将生活在水深火热之中。

道斌不甘心，也不打算退缩，不到山穷水尽，绝不自甘失败。道斌问荷花："他们都站在什么地方？是在对面的山坡上，还是在田野里？"

荷花说："在田野里。"

道斌又问："他们是站着还是坐着的。"

"有的站，有的坐。"

"马格和他的老爹在哪个位置？在队伍的前面、中间还是后面？"

荷花说："我没在意。"秋莲和腊梅想了想，也说没在意。就在道斌又要让她们再去侦察一下的时候，秋莲很肯定地说："马格和他的老爹站在队伍的后面。"

"真的假的？"

"我敢肯定！"秋莲说。

这个情况出乎道斌的预料，却让道斌看到一丝丝希望。一个仇主居然不能身先士卒站到队伍前面，而是龟缩在后面，就别指望他的那些亲戚会替他实心实意地拼命，你当别人的命不值钱啊，甘愿给你当炮灰？这种分析，老兵不曾教过道斌，是道斌凭直觉推断的。后来道斌把这事儿告诉老兵，老兵对他说："完全正确。你小子当年要是跟我一起打东洋鬼子，说不定也能活到现在。"

道斌把自己的人又数了一遍，不错，十八个，确实太少了。道斌还是很紧张，紧张得不得了。道斌心想：来都来了，上去肯定是要上去的，至于怎么上去，我得琢磨琢磨。为了缓解自己的紧张，道斌突然冒出一句："他们有没有抄家伙？"

哈哈哈，十七个"罗汉"都笑了。在安宁河两岸掐架，靠手和脚拼出来的，那才叫本事。有古话说："用拳脚分输赢，抄家伙定生死。"除非报杀父之仇，否则，只要抄家伙，就算输。安宁河两岸流传着这样一个笑话：牛贩子跟杀猪匠发生矛盾，两个人约好到杀猪匠家门口一决胜负。那天牛贩子如约去找杀猪匠，在迷蒙的夜色中看见杀猪匠手持一根棍子站在屋檐下，转身就喊："杀猪匠耍无赖啦，打个架还用木棒！杀猪匠太不要脸啦！"杀猪匠急得要上吊，这话要传出去，再也没人跟他做朋友，连亲兄弟都不会认他，活到老死，都娶不上媳妇，人人见了他都会竖起小拇指，放到嘴边，呸呸呸吐三口。杀猪匠打架的心思都没有了，也不怕牛贩子突然袭击他，急急慌慌冲上去把甘蔗塞到牛贩子手上，哀求牛贩子说："你好好看看，这哪里是木棒？我刚才在吃甘蔗啊我的仙人板板！"

伙伴们的笑声让道斌绷紧的神经恢复到原状，脑子又好使了。道斌说："我们绕到他们的后边去，打湾口的小山包翻过来，从背后给他们突然袭击，只要打倒马格父子俩，我们就撤退。"

王多木说："这个主意好，这叫声东击西。"说完便跟其他几个同学一道坐在坡地的枯草上，不站起来。他说："人还是太少了，没信心！"另一个同学说："他们那么多人，纵使我们能打倒他们父子二人，接下来我们怎么撤退呢？只有那么一点点距离，人家一转身就把我们撵上了，赢了一点点芝麻，丢掉的是整个西瓜。"其他同学听他俩这么说，都坐了下去。道斌不由得恼恨起来：要是我的兵，临阵脱逃，立马枪毙；可他们不是我的兵，他们是义士，能够陪我走到这里已经不错了。

道斌心想：也罢，事儿是我挑起来的，就得由我来承担，不管是打群架还是单挑，干脆我一个人上去。他们三四十个对我道斌一个，不单挑也得单挑。要不然一起上，说出去，这一家子人将来只能把脸抓来塞到裤裆里，才好在安宁河两岸生活。

道斌说："我一个人上去，你们都别去了。"

王多木说："你这是去送死！"

"要送死我一个人送，不能把你们搭上。"道斌心头没底，不知道即将发生什么，谁知道马格他们会不会讲规矩，"我们这头人没有他们多，纵使允许我们抄家伙，我们也没办法一个人对付他们两个，毕竟他们有那么多成年人。"

道斌对伙伴们说："你们就躲在这小山包后面，装作看热闹。如果马格跟我单挑，只有两个结果，赢，或者输。这都简单，清晰明了。要是马格的那些亲戚帮忙，你们帮我看清楚打我的都有哪些人。冤有头债有主，要是我不死，这辈子总有跟他们算账的时候；要是我死了，你们一个细节都不要漏掉，全部告诉我爹，我爹会替我清算这笔账的。"

多年以后，每每读到"风萧萧兮易水寒"，那天下午的场景就会在道斌的脑子里盘旋，他多么像易水河畔的荆轲，不用脑子都想得到，此去真可能会"壮士一去兮不复还"！

腊梅建议道斌在口袋里装几块石头，险要关头派得上用场。

道斌说：“我这时候恨不得把衣服脱掉，让他们马家人看看啥叫汉子，啥叫有种，三四十个人欺负一个只捏了两个拳头的少年，他们马家本事真大！”

说这话的时候，道斌的眼泪水都快出来了。他也许真的是去送死的，他用一个人的死证明他们马家有多么孬。想想自己这就没得活了，道斌也为自己感到惋惜，可事情都到了这步田地，已经没办法回头了。好在道斌还有两个弟弟，他们会替他好好活着，替他好好孝敬长辈，甚至还能把他爹没有清算完的账，接着清算完。

道斌在每个男伙伴儿的额头上顶了一下，跟三个女同学一一击掌，算是跟他们告别，然后紧了紧自己的裤带，顺着小山包上弯弯曲曲的小路，向那片田野上的稻茬田走去。

道斌大步向前，山路上的坑坑洼洼似乎都不见了，风扬起他的衣襟和头发，阳光在天空中明晃晃地照着，有鸟儿从空中飞过，它们在这季节里谈情说爱；山路两边的坡地上，是春草迫不及待秀出来的一片绿茵；一棵棵松树从草丛中窜出来，矗立在天地之间。风里带着山草和松节油芳香的气味，太美好了。可再过一会儿，谁知道这一切还属不属于他道斌。

道斌多么希望他身后也跟着三四十人，要真是那样，道斌必须冲在最前面，倘若马格选择一对一单挑，老兵教给他的手段正好用上，迅猛、果断、专打虚弱，在跑跳腾挪中，让马格再次领教什么叫疼痛。要是打群架咱也不怕，毕竟两方人数相当。老兵说过，先找挑头的马格和他爹，合力围攻，以最快的速度把他俩打倒，然后围敌打援，各个击破。

可现在，人家三四十人，道斌就一个。道斌那时已经忘记了自己的年龄，只觉得自己是个顶天立地的汉子。现在推算起来，道斌那一年还不满十一周岁。他后悔事前没有告诉他爹，打小他就知道“上阵父子兵”一说，遇上事竟忘得一干二净。道斌心存侥幸，要是老兵向道斌爷爷报告了情况，或者这十七“罗汉”中有个同学向他爹透露了风声，那也许情况都不一样。这样的侥幸念头只在道斌心头一闪而过，不可能会有的，要是他爷爷、他爹提前知道这件事儿，他们一定会把他叫到跟前问个究竟的。这一阵他们都被生产队长派出去，整天忙地里的春播，一点知晓的迹象都没有。

马格家的亲戚看见了道斌，准确说，看见道斌只有一个人，一齐“哦”了一声，似乎是吃惊，似乎是嘲笑，在吃惊和嘲笑中，夹杂着赞许的声音。道斌心里明白，这群人中并非个个都坏，并非个个都想把他打死打残废。既然这样，道斌也许还有生还的可能。

道斌一边走，一边观察那一群人的举动和表情，他得随机应变。道斌在等待时机。他们中不管哪个人说第一句话，做第一个动作，都会决定这一场对峙的走向，都可能决定他是死还是活。

道斌看清楚了，马格和他的亲戚零零散散地横向排开，中间靠后的地方是马格和他爹，他们前面是马格的舅和叔。中间的全都站着，靠两边的亲戚坐的坐、站的站、斜躺的斜躺，像一群看热闹的人。去年秋天留下的稻茬田干燥平整，田埂是最惬意的凳子，金黄的干草下面是绿茸茸的春草，铺满田埂，在阳光下，既温暖，又柔软，随便你直坐还是斜躺，想摆什么姿势只管摆，怎么摆都舒服。刚才赞许的声音就是从这头发出来的。显然，这个队伍每个人所站的位置不是马格和他爹安排的，他们根据自己与马格和他爹的亲疏关系，自然选择了站位。这些人中，至少有一半在来之前心里不愿意，只是碍于马格他爹的面子，勉强前来捧个人场。现在见道斌只有一个人，明摆着杀鸡用不上牛刀，显然他们派不上用场，自然高兴地舒了一口气，说不定还为道斌的英雄气概而感慨。

远远隔着一段距离，马格扯开喉咙喊："不是让你把你全家都喊来吗？"

道斌一听这话，心里乐了，心想这头猪，这时候你不说话会憋死啊！这句话让道斌看到了希望，道斌答他："对，你是说过这个话，但我答应了吗？我没答应！小孩的纠纷，小孩自己解决。"道斌本来还想说"请那么多大人来帮忙，算得什么本事？"，但话到嘴边道斌改了口："马格，有本事我们一对一单挑！讲道理还是对拳脚？二选一，随你选，本人行不改名坐不改姓，就这么一个人，全摆在这儿了！"

不待马格应答，道斌转身对马格的亲戚说："你们都是长辈。既是马格的长辈，也算得是我的长辈。要打要杀是接下来的事情。先听我说几句话。"

道斌见马格他爹的帮手们注意力都在他这里，他知道，这帮人原本就是来凑人场的，现在既然用不着他们动手，总不能一甩手就走，好歹来了就得陪到最后，这是一段可长可短的时间。不管这段时间是长是短，道斌既然愿意说，就让他说罢，有个人说话，好打发时间。再说，道斌从小山包上跑下来，老早就看见他们几十个人候在这里，这小子不但不逃跑，还只身一人前来，有胆子，有种，不妨看看他能说出啥道道来。道斌说："你们看马格那么高，那么大，我要两个身子才赶得上他一个。我承认我不是他的对手，我从来就不想跟他有任何过节。是他先惹我的。他故意跑到我们村子踩死我们家一只鹅，还打伤了我的弟弟。我们家的鹅既没有吃庄稼——即使吃了庄稼，他一个别村的人，也轮不到他管——也没有招他惹他，只因他对我看不惯，就一脚踩死我的鹅。"道斌眼前飘过那只死去的小鹅，定格在春天青草丛中透明的眼睛，觉得有必要把要说的话都说出来。他说："他打了我，踩死我家的鹅，还不足心，又打了我弟弟，打得鼻血长流。我本来没有打算还手，眼见他欺人太甚了，我再不还手，他说不定会把我弟弟打死。天底下有没有只准他马格欺负别人，而别人却不能还手的理由？有吗？没有！"

听道斌说话的人一个个认真得像在听讲课，不，听说书。他接着说："你们知道他为什么一年级要读两遍，二年级也要读两遍吗？他在学校里整天不打男同学就打女同学，全班同学几乎个个都被他揍过；看上什么霸占什么，霸占不到就甩到地下砸掉。心思全在欺负人上了，到现在三年级读了一个学期，6加7都还要扳起手指头算半天。你们不要不相信，你们马上问他9加5等于几，保定他不扳手指头答不上来。我说这话可以指天发誓，谁要不信，可以到我们学校去打听，或者现场验证，要有半句假话，以后你们见我一次打我一次。"

长这么大，冲着一群人说那么一大堆话，还是头一次。从此以后，道斌懂得，光靠拳头，是不能把道理说透彻的，有时候口头宣传比拳头影响更大。这话果然管用，不仅马格那些站在两边的亲戚脸上露出松弛的表情，连马格的叔和舅脸上也挂不住了。道斌想马格的亲戚内心多么尴尬，他们没有想到，他们要帮的竟然是这样一个又蠢又笨的无耻混蛋；道斌甚至想，马格和他爹在动员他们来捧场的时候，一定对他们撒了谎，编造了道斌和道斌家多少不是，比如在马格家的祖宗牌位上拉了屎，比如挖了马格家的祖坟。

事情要是能够到此为止，有人站出来接着道斌的话说几句公道话，把剑拔弩张的气氛缓和下来，那再好不过，道斌毕竟只有一个人。

可是没有一个人站出来说话。

马格脸红脖子粗，握紧了拳头，除了愤怒，早就哑口无言了，站在那里一动不动。道斌说的全是事实，他无法反驳。他那点德行，村子里的人多少都晓得一些，他家的亲戚也不可能全然不知。

马格他爹却不答应了，他也脸红脖子粗，眼神像两把寒光闪闪的匕首，射过来两道青色的凶光，把道斌严严实实地罩住。他让马格继续站在人群后面，自己朝前来，破口大骂："你爷爷是富农，'四类分子'，你是'四类分子'的孝子贤孙，全家没有一个好人！既然你爹你妈舍不得教育你，就让老子来教育教育你！"说罢，提起两个铁锤一般的拳头向道斌冲来。

马格他爹三十四五岁，身材魁梧，骨骼健壮，把他从中间剖开，半个都比道斌一个要高大一倍。看架势，马格他爹肯定会下死手，这是个以整人为乐的家伙。道斌心里顿时很害怕，后悔刚才贸然一个人前来，这哪是个讲道理的家伙，仗着自己是民兵连长，作威作福，为所欲为。这些年，马格他爹已经习惯了横行乡里，想抓谁就谁，想打谁就打谁。

道斌往旁边跳开几步，避开他的锋芒。这一跳，道斌发现自己比马格他爹灵巧。这时候辩解或继续吵架，那是万万来不及了，但道斌觉得有几句话非说不可，他叫喊起来，让马格家的每个亲戚都能听见："有本事让你儿子上啊！我一个人，你们三四十个，说出去都笑得死人。这都不说了，你还仗着你是大人，欺负我一个小孩！有本事你等我再长五年看看！"

马格家站在两边的好几个亲戚在马格他爹的背后劝他："娃娃们的矛盾让娃娃们自己解决，你出手要不得哦！"

马格他爹也顾不上那么多了，愤怒冲昏了他的头脑，他一步不停，继续向道斌扑来。道斌又往边上跳了几步，发现自己真的比他灵巧。道斌心想：如果马格他爹继续扑来，跳无处跳、躲无处躲的时候，迫不得已，要利用自己的灵巧做最后一搏。

道斌还没有站稳，马格他爹再次扑过来，他右手握拳带风，向道斌横扫过来，道斌很灵巧地从他打过来那只手臂的腋下钻过去，老兵教他的那些招数，远踢、近打、贴身摔，半招都用不上，情急之下，只有肘子手道斌还能记得起来，成功过一次，再次用起来，得心应手。道斌已经闪到马格他爹的背后。道斌迅速双手紧握，露出手肘，以最快的速度向马格他爹的背上顶过去。个子小确实有优势，行动如风，脚步轻健，不待马格他爹转过身来，道斌的手肘已经打到马格他爹的背上，砰一声，轻轻的，好似叹息。这一招对付东洋鬼子的肘子手一点没有达到预期的效果，不仅没有，道斌反倒被马格他爹背上肥厚结实的肌肉给弹了回来，向后至少退了两步。老兵说这一招只需一记就可以把人打倒，可道斌跟马格他爹比起来，个头确实太小了，力气更是小得在这个庞然大物面前，挠痒都不如。道斌心想：怎么办？脑子里顿时一片空白。

道斌还没有想出办法，马格他爹已经转身过来，越发恼怒。他没想到，在他说了算的地盘上，一个孩子，居然敢跟他对抗，不仅对抗，还闪到他身后袭击他。马格他爹恨不得一把将道斌撕成两半。不容道斌多想，马格他爹又一拳打过来，正中道斌的面门，结结实实地打在道斌的鼻子上。道斌顿觉面门坍塌，痛得撕心裂肺，整个天空一瞬间变得五颜六色，眼前无数礼花迸射，鼻孔里滑下两股热辣的鲜血，太阳穴上全是星星，天旋地转。只要马格他爹再补上几拳，刚才所看到的天空和树叶，只怕就是道斌这一生最后看到的景象。道斌转过背去，眼角的余光迅速扫过马格他爹的亲戚，只见他们全都睁大眼睛，目不转睛地看着这边，似乎没有想到马格他爹对一个孩子居然下得了如此重的手。

就在这时候，道斌听到他身后有一群人的声音。道斌脑子昏昏沉沉，脚步不再灵巧，只能借助打击的惯性，往后又退闪了好几步，侧身站着，一只眼留心马格他爹，另外一只眼观察身后的情况。道斌看见自己的爹带着他们家的五六十个亲戚，往他这边奔跑过来。他们奔跑的路线，就是道斌刚才沿着小山包上的小路下来的路线，队伍中还有其他十七个“罗汉”。他们全在奔跑，一边跑一边发出各种各样的呐喊声。这支队伍不仅人多，还明显比马格家的亲戚精神多了，雄壮得像一群狮子奔过来。

马格家的亲戚见势不妙，纷纷站起来，往身后的小山包逃跑，连马格都跑掉了，收割过后的稻田里只剩下马格他爹，像一头落单的大笨熊，孤零零地站立着。他也听到了呐喊声，待转身看时，道斌他爹和他家的亲戚已赶到跟前，一帮亲戚见道斌被打成这个样子，谁还管马格他爹是不是民兵连长，围上去就揍。拳头、脚尖、膝盖、手肘，凡是能用出来的，全派上了用场。整个战斗，三分钟不到就结束了。马格他爹趴在地上，身上没有一处干净的地方，好一会儿才爬起来坐在地上，灰头土脸，眼神儿木了，头发凌乱，脸上的神光被褪了个干净，望着一旁发呆。过了一会儿，他用手捶捶腿，再捶捶手臂，确信四肢还在，才有了一点点活气。

道斌他爹和他们家的亲戚后退十步开外，也一字排开，个个精神。作为战场的稻茬田再次空旷起来。马格和马格家的亲戚见道斌这头的人并不追赶，便重新从小山包上下来。马格他爹没有流鼻血。除了马格他叔和舅，其他人都假装马格他爹没有受伤，谁都不愿意开腔。这些亲戚要不是碍于马格他爹的面子，早就走掉了，今天这算什么事儿，说出去太丢人啦。

道斌他爹站在人群前面，道斌知道他要说话了，这时候谁第一个说话都不合适，除了道斌他爹。他站在离道斌四五步的地方，声音不大，但在场的人都能听见，而且能够听得出他强压住心头的怒火。道斌以为他会谴责马格他爹仗着自己既是干部，身后还有那么多人，打一个娃娃，多么无耻。没想到他只说了一句：“马连长，娃娃们的事情娃娃自己解决，两边的大人谁也别掺和，让他们两个自己搞，搞赢搞输都就此一次了结，牛打死牛填命，马打死马遭瘟！”

道斌没有想到一向温良谦让的父亲会说这样的狠话。这个时候，道斌正想歇一会儿，哪知道他爹一句话，把他再次推向前线，一丝一毫的退路都没有。听了他爹这话，道斌扭了扭脖子，脑袋恢复清醒，鼻血还没有止住。他用手抹一下鼻血，向前走了几步，身体没有大碍，尤其是，这时的道斌是亢奋的，他感觉自己是有实力的，有靠山的，没有什么能影响他的斗志，便大声冲着马格和他的亲戚们喊：“马格，有种的你上前来！我就站这儿不动，你只管放马过来！”

吼出这一声的时候，道斌仔细听过，自己的声音依然鲜亮，底气十足。很好，他只是流了一点血，鲜血刺激了他的斗志，既然为此流了血，那就应该为此战斗。道斌摆开了架势。

马格缩在人群后面，不敢出来。他叔和他舅急了，急切地对他说：“马格，你上啊！上啊！”马格他爹从地上爬起来，全身上下都是泥土和灰，像从土里钻出来的土行孙，冲着他儿子怒吼：“你他妈的是不是长鸡巴的男人？是就给老子上！”所有人都把希望寄托给马格的时候，他越发不敢出来了。马格他爹气得快疯了，他向他儿子冲过去，拳头紧握，看样子要揍他儿子。马格的小舅舅拉住马格他爹：“姐夫，你疯了？”

这阵势把道斌乐开花了，他扯开嗓门学马格他爹般吼叫：“你他妈的是不是长鸡巴的男人？是就给老子上！”

道斌这边的人都笑了，马格那边也有人嘻嘻嘻悄悄浅笑。

马格他爹真疯了，转过身来，愤怒地瞅了道斌一眼，随即飞奔到马格面前，不待站稳，一个大巴掌打在马格的头上：“你这个没用的杂种！”马格他爹的声音在声嘶力竭中变了形，像扛了一盘石磨之后的吼叫。马格顺势一屁股坐在地上，呜呜呜地哭起来。他的哭声具有极强的表现力，一会儿工夫，整个野猪湾都被他的哭声渲染出灵堂的气氛。

道斌这边的人又笑了。

道斌又抹了一把鼻子，鼻血自己止住，手上沾的血是早先的。道斌回头看了一眼他爹，他爹正用鼓励的目光看着他。道斌既明白又不太明白他的意思。明白的是，此时绝不服软；不明白的是，一向严厉要求他们几兄弟忍耐、绝不可以参与打架的父亲，怎么会鼓励自己的儿子打架？今天的事情他们又是怎么知道的？那么多亲戚在那么短的时间集中起来，真不是一件容易的事儿。这几个问题让道斌好生费解。

马格家的亲戚发话了，道斌一看是王多木的爹。他们父子两个倒是好玩，一个受马格他爹邀请，站在他们那边，一个自个儿站到道斌这一边。后来道斌问王多木：“要是那天两边真打起来，你到底揍不揍你爹？”这问题把王多木难倒了，他想了一会儿说：“我不揍他，我揍别人！”说罢两个人都躺在草垛上笑起来。后来学到成语“为虎作伥”，道斌指着成语和成语旁边的插画对王多木说：“看，这就是你爹！”王多木立即跳起来狠狠地在道斌屁股上踢了一脚，道斌笑得气都喘不过来。这家伙估计自始至终没有跟他爹说过马格是如何欺负他的，要不然，他爹不会那样说话。

王多木的爹摆出一副主持公道的样子冲着道斌吼了一声：“道斌仔儿，跟马格认个错，这事儿双方谁也别再计较，就算了结啦！”

一听这话，道斌不干了。有那么几秒钟，道斌怀疑王多木是打入他们队伍的奸细。道斌说：“哦，这是什么弯弯道理？马格平白无故踩死我们家的鹅，是我错啦？马格先动手打伤我弟弟，也是我错啦？看，他爹先出手把我打成这个样子，还是我错啦？算了，我不想跟你们多说了。”火苗装满道斌的胸腔，道斌气得连空气都想砸两拳，道斌冲着马格喊：“马格，你长得山长树大的，比我高，比我壮，比我年龄大，瞎子瞅一眼都知道，我打不过你，我就是送上门来挨你打的，你快来呀，你快来呀！”道斌用了一种循循善诱的声音，喊到后面，道斌自己都觉得像哄小孩吃糖。

马格终于抹着眼泪从人群中钻出来，指着道斌这边的亲戚说：“你们不许帮忙！谁帮忙谁认输。”

道斌这边的亲戚都笑起来，王多木说：“我们都是来看热闹的！”

王多木他爹见他儿子在道斌这一边，大声吼他儿子：“你怎么在这儿？”

“看热闹！”王多木的声音又干脆又甜，又引起了一阵小小的哄笑。

日头已西斜，几只归来的燕子在倾斜而透明的光线里飞舞，老鹰在空中飞翔，凌厉的叫声传得很远，从湾口上吹来的风拂在脸颊上，像一块冰凉的毛巾。直到多年以后，那天下午的景象都还在道斌脑子里盘旋，要是没有那一场争斗，那里该是多么理想的游乐场，打滚、摔跤、捉迷藏。

道斌在心头复习老兵教给他的招数，远踢、近打、贴身摔。这下，单单对付马格，道斌就不用肘子手了，跟菜肴一样，已经让马格吃过一回了，要给他换换口味。道斌还想：通过这一次较量，他要让马格服帖，让马格听他的；如果这一次不够，那还有下一次，还有下下次，随便哪次都行，直到马格彻底服帖。道斌的老师那时也是被批斗的一员，从来就不敢管马格。将来说不定他道斌比他们的老师还厉害——这一天眼看就要盼到啦！

马格直奔道斌而来，道斌他爹看出马格的袖筒里藏着匕首，道斌没有看出来，道斌他爹想喊道斌，已经来不及了，道斌他爹拼命冲向道斌。在马格冲到道斌面前，匕首凌空向他刺下时，道斌他爹一把把道斌推倒，自己扑到道斌身上……

马格的匕首插到了马格他爹的屁股上。

道斌他爹扑到道斌身上的同时，马格他爹也扑到了道斌他爹身上。马格他爹对儿子演的这一出，事先并不知道，差不多是在道斌他爹发现马格手上的匕首的时候，他也发现了，情急之下，自己扑了上来。他不是良心发现，而是害怕人家将来嘲笑他儿子耍无赖，将来被众人嘲笑和鄙视——比对手高出那么多，大出那么多，约个小架，居然用匕首，老天爷，还有比这更无赖的吗？

马格一家终究还是被大家嘲笑了去：老子打儿子，儿子杀老子，天底下如此精彩的故事，一辈子遇不上几次。这都是后话。

回家的路上，道斌他们十八“罗汉”唱起一支歌，这首歌真是了不得，越唱越精神，越唱越斗志昂扬：“起来，起来，起来，我们……”

春天，薄薄的暮霭笼罩的田野上，各种各样的花朵在草丛中，在枝头上，在小溪边，在崖畔，策划着一场盛大的开放。

道斌的父亲和他的亲戚们悄无声息地走在田埂上，没有人说话，没有人跟着他和他的伙伴儿们唱歌，甚至连脚步声都没有。就因为连脚步声都听不见，直到多年以后，道斌都还怀疑，那天下午他父亲和亲戚们是否真的在野猪湾出现过。

哑巴的天空

一

寨子里有两个哑巴，一个姓刘，一个姓李。姓刘的，大家喊他刘哑巴，姓李的喊李哑巴。干脆利落，全寨专指。换一般人，指不定要跳起来给你两个窝心脚。可两个哑巴的家人丝毫没有抵触情绪，他们知道，大家并无恶意，这样便当直接，还相当于先下了矮桩，一字不着，给大家打了招呼：两个哑巴既已低到了尘埃，就让他俩好好待在尘埃里。以后几十年，恳请满寨子的人别跟他们太计较，不要太为难他们，能给他们一滴水就一滴水，能予他们一束光就一束光，让他们平平顺顺无声无息地来，一无挂碍悄无声息地走，一辈子没有麻烦世界，世界也没有给他们增添麻烦。

两个哑巴从生到死，都不知道别人喊他们“哑巴”，更不知道他们在家谱里都有跟常人一样的大名。他们说不出，也听不见，更没有读过书、识过字，连哑语都没有学过。他俩也能简单比画几下，但那不能叫哑语，那只是简单得不能再简单的生活模仿。比如：左手摊到嘴巴前面，右手伸出两个指头，像筷子那样往嘴巴里扒东西，代表吃饭；比出大拇指，代表夸奖、表扬；伸出小手指，表示不行；如果还冲小手指啐一口，表示差爆了，猪狗不如。你要让他俩回答“今年几岁了”“寨子叫什么名”，他们一辈子也想不出相应的手势告诉你，大约寨子里也没有人能用手势向他们提这样的问题——事实上，跟不知道自己在家谱上叫什么名字一样，他们根本不可能知道自己的年龄和住地。他们跟世界的交流，主要靠眼睛，别人的面部表情和手势，决定他们的态度和行动。

同样是哑巴，李哑巴沉默本分，一辈子跟姐姐一大家人生活，几十年就做两件事：放牛、割牛草。他整天埋头苦干，不招谁惹谁，无声无息。他不看别人的眼色，也不会冲着别人打手势，来便来，去便去。要是他姐姐不替他换衣服，他能把过年的棉衣穿到火热的仲夏，能把衬衫穿到雪花飞舞的时节。别人都认为他既不怕冷，也不怕热。只有他的姐姐知道，她的哑巴弟弟已经痴到了不知冷热的地步。连冷热都不知，自然不知道人间冷暖。等到他的姐姐做了祖母，李哑巴就成了无人关顾的人，他仍旧给姐姐和姐姐的孩子们放牛、割牛草，牛从一头变成四头。幸好他能从太阳的升落中，知道早晚，早晨把四头牛牵出牛圈，放到草坡上，晚上背回满满一背篓牛草，把牛撵回牛圈来。人生几十年，没有谁见他伤悲过，也没有谁见他喜悦过。因此，从出生到死亡，不曾有人替他惋惜过，也不曾有人替他思考过，一辈子不曾结婚，自然不会有一儿半女。一辈子据说只生过一场病，之所以说是唯一，是因为这一次太明显了，一病不起，针还没来得及打一个，药还没来得及吃一粒，说结束，便结束了。

刘哑巴则是个热情的人，走到哪里，都能搞出响动，讨人喜欢。虽然口不能言，但在路上不管见到谁，他都咿咿呀呀、比比画画招呼人家，一张笑意流淌的脸，配上两排洁白的牙齿，天真无邪又和气的模样，让人想讨厌，都找不到理由。他还特别勤快，肯帮忙，舍得花力气。谁家有红白喜事，不用邀，不用请，他腋下夹一把斧头自己上门去，不喝茶，不抽烟，用手势跟主人交流，确定柴火堆放的位置，在院子里找一块空坝，抡圆斧子，替主人家劈柴。红白喜事持续几天，他就劈几天。刘哑巴劈出来的柴火好烧，易燃而熬火，负责烧火的人和炒菜的师傅，都喜欢他劈的柴。但凡寨子里有红白喜事，主事的人是不用考虑劈柴火的人的，也不用分派人去邀请，刘哑巴会在需要的时候，不早不晚，出现在门口。

刘哑巴的父亲是木匠，家底殷实，对刘哑巴兄弟俩从不厚此薄彼。父亲去后，刘哑巴跟他哥哥一家生活。刘哑巴人缘好，又聪明，到二十岁挂零，他的哥哥嫂嫂做主，替他从别的山寨娶回一个哑巴女人。哑巴女人说不上好看，也说不上难看，老实本分得跟李哑巴差不多，每天只关心手头的活计，任劳任怨。刘哑巴的哥哥有四个儿子，加上刘哑巴两口子，八口人。一大家人的三顿饭和猪圈里十几头猪的猪草，全由哑巴女人包干。

刘哑巴眼巧，手上的活计，他看一眼，就知道大体，看上两眼，就能够动手，多看几眼，便学会了。打草鞋、编苇席、磨刀、砌墙，甚至穿针引线、缝补衣服，刘哑巴都做得像模像样。

可有一件事情，他学了十多年，竟没有学会。

起初，他的哥哥通过比画手势教导他。前面交代过，在僻远的山寨，刘哑巴的手势是自创的，跟刘哑巴交流的人的手势，自然也都是自创的。刘哑巴的手势还算固定，跟刘哑巴用手势交流的人，他们的手势则带有强烈的随意性和不确定性，经常临场发挥。可刘哑巴哥哥在这件事上教导刘哑巴的手势，具有确定性和目的性。几十年后，当手机普及到偏远山寨，小视频里播放的表达那个意思的手势，几乎跟刘哑巴哥哥的手势一模一样。刘哑巴哥哥在比画这些手势的时候，神情庄重，理直气壮，不苟言笑，态度认真得像用毛笔蘸红油漆描他们老爹的碑文。

毫无疑问，刘哑巴哥哥手势很下流，不堪入目，但为了刘哑巴的未来，他哥哥觉得自己责无旁贷。刘哑巴的哥哥嫂嫂不是下流，他们都不是下流的人，他们有他们的愿景和担心。他们希望两个哑巴好歹有个后人，免得自己两口子和两个哑巴都老了，四个如狼似虎的小子都成了家，有了自己的婆娘和娃娃，谁愿赡养两个不会说话的老家伙？只怕到见阎王那天，连个披麻戴孝的人都没有。

他哥哥在比画的时候，都选刘哑巴的几个侄子不在场的时候。毕竟他们兄弟俩一起长大，再难为情的事情，都还好交流。这样的事情刘哑巴哥哥也不好向弟媳妇比画。

如此辛苦启发了几次，每次启发之后都等上大半年，刘哑巴的哥哥嫂嫂发现，刘哑巴根本没开窍。没开窍的证据是，刘哑巴女人的肚皮，从进门至今，没有发生一丝一毫变化。

一个季春夜晚，发情的野猫在不知名的角落里尖叫成一片，刘哑巴哥哥起身抽了五锅旱烟，第二天牵了两头发情的水牛，让刘哑巴站在一边，示意他认认真真学习。公牛和母牛都显得有些着急。尤其是母牛，过了那几天发情期，就得等上几个月或大半年。刘哑巴的哥哥死死拽住牛绳，不允许两头牛太着急，他还有重要的事情要跟弟弟交代。拽住牛绳的哥哥，好不容易腾出手来，把下流手势对刘哑巴又演示了一遍，才放开绳子。两头牛像干柴遇上烈火，扭捏都没扭捏一下，就开始办起传宗接代的事情。刘哑巴嘿嘿嘿傻笑，裤裆前面的凉棚搭得老高。到公牛喘着粗气从母牛背上滑下来时，刘哑巴的哥哥又对自己的亲弟弟把下流动作比画了一遍，千嘱咐万嘱咐刘哑巴，要想有个孩子，就得这么办。

刘哑巴的哥哥以为，这下成了。

等待的过程是漫长的，但再漫长人们都愿意等，原因是等待的尽头，有人们希望的东西在那里。

又过了一年，就像庄稼种在水泥地上，仍旧不见一点动静。

他哥哥别无选择，夜里到弟弟和弟媳妇的房间门外听动静。这事情是年轻下流胚的专利，哥哥嫂嫂还没有下流到这个地步。为了父亲临终的交代，为让弟弟将来有人养老送终，哥哥嫂嫂自我宽慰：我们下流是有神圣的目的的呢，谁敢打包票自己一辈子没下流过?

刘哑巴本来就无话。经过哥哥嫂嫂侦察，刘哑巴两口子天黑就睡觉，整个夜晚悄无声息，床板都不会响一声。据好事者传说，刘哑巴的哥哥跟嫂嫂还亲自在两个哑巴面前做过几次示范，最终，仍以失败告终。

又过了几年，刘哑巴的哥哥嫂嫂才弄清楚，问题出在刘哑巴的婆娘身上。

哑巴女人在三岁以前是个正常的女娃，三岁那年，一场持续半个月的高烧，就把她烧成现在这个样子。她的娘知道一切无法改变，趁着她还没有彻底糊涂，连比带画告诉她：你是个女娃子，女娃子的命在裤带以下，给人摸不得，看不得，否则就要死掉；要是人家摸你看你，你抓得上什么，就用什么收拾他，往死里捶。小哑巴问，镰刀好不好使。她娘告诉她，镰刀好使。一刀把男人多出来的那一截割掉，他就只能跟你一样蹲下来撒尿。哑巴女人从小到大，经历无数挑战，都有惊无险，还击的本事越来越大，她那裆下一脚的无影腿，精准无误，让想讨她便宜的男人，一辈子不敢从她面前贴身经过。她的老娘还没来得及告诉她应该如何对待丈夫，就去见了阎王，刘哑巴的女人以为刘哑巴也是防范对象。刘哑巴的哥哥的启发是有效的，可光光刘哑巴醒悟不管用，不仅不管用，甚至是吃亏遭罪的根源。唇焦口燥的刘哑巴刚刚摸到门道，迎接他的，不是擀面杖，就是无影腿。在吃过若干次亏后，上了床，刘哑巴连身子都不敢翻一下。

二

找到了问题根源，事情就好办多了。兵来将挡，水来土掩，总有一种方法，能让刘哑巴的女人怀上孩子。个中细节，是很具有诱惑力的，要是普通人，这就是一桩值得拿出来反复打闹嬉笑的故事，可对两个哑巴，大家觉得拿他俩的愚钝不堪谐谑开涮，相当于成年壮汉挥舞老拳，胖揍啥也不知道的婴儿，这种傻事，谁都不会干。

刘哑巴的女人明白男女之事的时候，刘哑巴的几个侄儿，最小一个都能遗精好几年了。刘哑巴的女人像突然进入春天的花蕾，天天晚上缠着刘哑巴要，两鬓开始花白的刘哑巴已力不从心，起势慢，结束快。刘哑巴的女人得了势，不管刘哑巴还有没有本事，就是要，停不下来，这样两口子在床铺上的动静就更大了。动静再大，他两口子听不见，几个侄儿倒是在墙的另一边，听得嘴干舌燥，快要飞起来。

寨子的夜晚变得暧昧而骚动。这桩事情，如果大家一开始就拿出来开开玩笑，犹如火山不时喷发一下、地震带不时晃动一下，能量获得释放，就不至于像水库光蓄不泄，发作起来，山呼海啸，势不可挡。每个人都在想象喜乐于男女之事的哑巴婆娘，会用什么方式表达喜悦和高潮，经历多少奇山异水，才能风平浪静。

刘哑巴女人的肚皮一天天凸出来的时候，寨子里的人开始南下广东发财了。见过世面的人把外面的信息带进山寨，人们从他们出门时肩上的蛇皮口袋和过年回家的牛仔包上，看出了走出山寨的意义。于是，年轻的小伙子和大姑娘一批一批走出山寨。

寨子的老人说："这帮杂种进了城，莫不是要把寨子忘掉了！"

刚刚跷脚走出寨子的青年回答："只要寨子不被你们几个老家伙背去卖掉，纵使被城里人砍掉两条腿，我们爬也要爬回寨子来。"

寨子是好寨子，千百年蹲踞在一脉舒缓的山梁上，东靠大河，西倚大山，一年四季都有山泉在穿村而过的溪涧里流淌。山上绿树覆盖，鸟鸣满林，各种小兽出没其间。每条山路上，都有歌声、口哨穿越林梢；每一间黑瓦屋前，都能听见孩子们顽皮的欢笑和尖叫。寨子周围，梯田环绕。农闲，溪上的石桥就是会客厅；农忙，满寨人都扑到农田上。寨子里的人都朴实友善，一家有事，满寨人相帮；一家有喜悦，满寨人分享。经年累月生活在寨子里，察觉不出这种美好，一旦离开寨子，山寨就成了最令人挂念和怀想的地方。

那个春天的上午，桃花在屋前的水渠边像着了火，桃花底下波光粼粼的春水中，无数黢黑的蝌蚪在飘荡着桃花的波浪间成群游走。刘哑巴的女人躺在床上大口喘气，痛，她说不出来，胀，她也说不出来。身上的汗水湿透衣服，下面一摊水打湿了被褥，羊水破了，孩子不出来，眼看要难产。刘哑巴急红了眼睛，嘴巴咿里哇啦不知道吼些啥，站在房间门外，哪儿也不去。

刘哑巴的哥哥光着脚板去请医生。乡下的赤脚医生没接生过孩子，再说产妇又是哑巴，你喊她使劲，她听不见，你喊她莫使劲，她也听不见，好歹是两条人命，人命关天，万万不可冒险，因此打死不敢出诊。

刘哑巴的哥哥只得光着脚板又去请寨子里的兽医。兽医跟刘哑巴的哥哥拌过嘴、打过架，几十年来见面不打招呼。刘哑巴的哥哥本不想去请兽医，这是多么掉价的事情。可为了亲兄弟有个后，他只得把面子揣进裤裆里，下矮桩不死人。兽医前一段时间上山打柴崴了脚，今天早上起来，拄着根拐杖刚刚替一头难产的母牛捡回两条命。他没有忘记跟刘哑巴哥哥的不快，抹了一把额头上的汗水，对刘哑巴哥哥说："我一个兽医，只经管牲畜的事情。别让我这双整惯畜生的手，辱没了你们刘家耕读传家的良好家风。""耕读传家"是一块挂在刘家大门上的牌匾，挂了三代人，尽出耕田的，没有挂出半个读书人。兽医的话，相当于抓起大便抽刘哑巴哥哥的耳光。事到如今，哪顾得上这些，权当听不懂或没听见，只要兽医愿意动身，刘哑巴哥哥连下跪磕头都愿意。刘哑巴哥哥铁了心不再请别的医生，他认定兽医有办法，兽医日常给牛马接生，牛马是不说话的；不但不说话，还不一定听得懂兽医的话。

兽医还要叽叽歪歪，刘哑巴哥哥上前抱住兽医的两条腿，把兽医捎到肩上，拔腿往回跑。兽医像头猎物，两个拳头擂在刘哑巴哥哥的背上："你这不是活抢人吗？拐杖！拐杖！"刘哑巴哥哥边跑边说："还要啥子烂球拐杖？我就是你的滑竿儿和轿车，待会儿还原封原样把你扛回来。”

“照我说，你弟媳妇肚皮里的崽子又不是你的种，你焦躁个卵啊？”

“你懂个锤子，我那老弟这会儿半步不愿意离开我那弟媳妇，我不来，难道还能托条狗来啊？”

“哦，你现在是替你们家的狗来请我的？”兽医说罢哈哈大笑。

刘哑巴哥哥猛然加快脚步：“你个狗日的要再不咸不淡，看我不把你颠出屎来！”

两个奔五的中年男人，在乡间的田埂上一路斗着嘴，笑得像一对活宝。这一笑，多年的别扭，笑没了。

刘哑巴哥哥的选择没错，兽医把刘哑巴的女人当一头牲口，不发声，听不见别人说话没关系，只要是个怀了崽儿的母的，兽医就能让她把崽儿生下来。

经历生娃痛苦的哑巴女人，似乎明白了她老娘当年跟她说的话，从此对夜晚不感兴趣，不愿让任何人挨身，包括刘哑巴，否则，无影腿伺候。

三

刘哑巴哥哥给这孩子取名刘家旺，刘家旺的名字跟他爹“刘显贵”的名字一样，满月那天便被写上了家谱。刘哑巴夫妻两口，跟不知道自己的名字那样，也不知道自己儿子叫刘家旺。他俩喊孩子的时候，只有一个音，“啊”，念去声。刘家旺从小习惯了这个“啊”，这是他在他爹娘那里的另一个名字，无论他们在寨子哪个角落“啊”一声，刘家旺就知道，这是他的爹娘在喊他。

刘家旺是个健康的孩子，不但能爬善跑，关键是会说话。不但会说话，还说得特别好。具体讲，嘴巴甜，这表叔那表婶，这表哥那表妹，喊得你神魂颠倒。寨子里的人都说，刘哑巴两口子把说话的福分，都打包交给刘家旺了。别的孩子，说不过人家，拿拳头讲道理。刘家旺纵使没有道理，也能找出不挨打的理由。因此寨子里，没有他刘家旺说不过的人。大家都说，听刘家旺这小东西讲道理，嘴巴能翻到天上去。还有人说，这小把戏说话，能把天上飞的麻雀哄下来。

刘哑巴夫妇并不知道这些，两口子的耳朵只是两对摆设。寨里人在他们面前竖起大拇指，向他们夸刘家旺的时候，两口子欢喜得一脸不好意思。谁表扬了刘家旺，刘哑巴帮谁家的忙帮得更欢实。有时候，刘哑巴觉察到夸过刘家旺的人家好长一段时间没事麻烦他，便悄悄走到人家门口，从敞开的大门朝里望望，或上门来担一缸水，或劈一堆柴。

刘家旺为刘哑巴夫妇赢得了口碑，刘哑巴为刘家旺结下了不少人缘。

寨里别人家的孩子都在附近的小学读书，刘哑巴的哥哥却让刘哑巴把刘家旺送到河对岸读小学，河对岸小学的老师教得好，升学率高。刘哑巴对学校与学校的区别并不清楚，但他相信他的哥哥。于是，每天早上天不亮，就见刘哑巴送儿子去渡口乘船，无论刮风下雨，从不间断。夏季河水暴涨，刘哑巴主动上船帮艄公摇桨。送走儿子，刘哑巴继续帮艄公摇几个来回，才往自家赶，吃过早饭，上庄稼地去。

刘家旺读到小学三年级，刘哑巴提出来要跟哥哥一家分开过。他分家有两个理由：第一，不分家，刘哑巴天天放牛，他的女人顿顿做人和猪吃的，两人只要闲下来，他们的四个侄儿就分派他们做这做那，忙得脚后跟打屁股，两口子都顾不上照看刘家旺；第二，他哥哥的那四个儿子整天不是打牌就是抽烟，庄稼不好好经管，稻田里的稗子比水稻多。用刘哑巴哥哥的话说："你们这帮不成器的杂种，好人你们学不会，坏人学不到家，龙不龙，凤不凤，我看你们这辈子吃啥！"刘哑巴怕自己的儿子也变得跟他的几个侄儿一样。刘哑巴不知道"孟母三迁"，他只是朴素地想，让刘家旺跟他的几个堂哥隔上点距离。

这两点理由，一般人两句话就表达完了，对于刘哑巴，却是极其复杂的事情。他差不多用了十天时间，临时创造发明了几十种手势，终于让他哥哥嫂嫂看明白了。中途好几次，刘哑巴哥哥都没耐心看他比画了，架不住刘哑巴坚持，只好继续看刘哑巴比画下去，头天没比画明白，第二天接着比画。

这两点，刘哑巴哥哥不是不懂，他知道，他的弟弟虽不能说话，但是心头明白，只是怕长期放牛的刘哑巴办不好庄稼，起初并不同意，后来到底拗不过刘哑巴坚持。分出去没半年，刘哑巴哥哥发现，自己的弟弟不但庄稼办得巴适（指很好、妥帖），他的四个儿子在没有无条件服从他们使唤的两个长辈之后，变得勤快了，老二和老三拎起蛇皮口袋跟在别人屁股后面进城去打工，磕磕绊绊，年底还能拿回几千元钱。分家分出劳动力，这是令刘哑巴哥哥感到快慰的。

刘家旺有样学样，手跟刘哑巴一样巧，男子做的活儿，他瞄一眼就会，女人做的活儿，比如绣鞋底、织毛衣、缝缝补补，不消几分钟就能学会，做起来比女人还巴适。大家评价，这小子真是有种。遇上红白喜事，要是刘家旺正好放假在家，一家三口都去帮忙，刘哑巴劈柴，哑巴女人烧火，刘家旺则在大厨中间穿梭，见啥学啥。到上小学五年级的时候，他已经能独立炒五六个菜，味道不比大厨炒出来的差。人们经常见到这样的情景：灶背后一个瘦精精的少年，站在一张凳子上，手上操着比他手臂还长还粗的炒菜勺，在热油翻滚的锅里像模像样地翻炒，本该掌厨的大师傅嘴里叼着半截烟屁股，站在一边看热闹。要是夏天，这个站在凳子上的炒菜少年，上挂背心，下着裤衩。

掌厨的大师傅说："刘家旺天生是块主厨的料！"

旁边有人搭腔："这小东西师徒礼都没有行一个，莫非你就把这个徒弟收下啦？"

刘家旺正在炒一锅猪肝。炒猪肝最讲究火候，老了，嚼不动，嫩了，不好吃。前后就翻炒那么七八锅铲。

刘家旺一听这话，从凳子上跳下来，咣当一声就跪在大师傅面前，甜丝丝地喊了一声："师傅！"

话音才落，刘家旺翻身爬起来，跳到凳子上，锅铲翻了两下，一锅猪肝火候刚刚好。

农村里做厨，都是十桌一锅。大师傅和旁边的人连连叫好，没有敬一杯酒，没有上一壶茶，刘家旺就跟大师傅结下了师徒情谊。

“刘家旺比孙猴子还聪明！”寨子里到处这样传说。

四

刘家旺还是块读书的料，从小学一年级到初中毕业，个个学期都是全校第一。从前寨里长辈骂儿孙不成器，一脸无奈：“日你仙人板板！牛教三遍都晓得转弯弯，老子手把手教你，竟教不会你个憨猪！”“你脑壳儿是方的啊，要用大扳手来扳才能把你扳过来？”刘家旺出现后，就变成了咬牙切齿地咒骂：“好歹你爹你娘都会说话，你竟连个刘家旺都赶不上！”“同样吃下去的是饭，人家刘家旺长的是脑髓，你个杂种长的全是乌龟蛋！”

外人的夸奖，让刘家旺的大伯很不服气。他想：好歹我比哑巴耳聪目明，自己婆娘也不差，四个儿子却一个比一个更没有出息。老大老二老三，每娶一个媳妇回来，就修一幢房子，在一个锅里舀不上半年的饭，就闹着要分家。每分一次穷一次，分到第三次，屋里已经一穷二白。如今老四也快结婚了，家里连泡菜坛都分不出一个，更别说修房子。刘家旺的大伯心里堵得慌：这一帮狗日的，自己挣不到钱，单单巴望着两把老骨头，实在不行，看老子不把老四撵出去做上门女婿。在山寨，只有穷到吃不起饭的人家，才会让自己的儿子出去做上门女婿。

刘家旺的大伯经常一个人叹气：要是还年轻，我这把老骨头怕也得进城打工去！有时候看着四个不成器的孩子，让人毛焦火辣，刘家旺大伯这样宽慰自己："我这辈子真是来还债的！"

对刘家旺的态度，自然越来越丢一个做大伯的人的份儿了。刘家旺上小学发蒙的时候，大伯常常给他买铅笔橡皮什么的，家里有好吃好穿的，也一定要留给刘家旺一份，过年过节走亲戚，也愿意带上刘家旺。小学四年级之后，刘家旺成为学霸的趋势越来越明显，刘家旺的大伯，就越来越和刘家旺生疏了。有时候刘哑巴为凑刘家旺的学费，去跟他借钱，他哪怕头天才卖了肥猪，也双手一摊，没钱。

只有刘哑巴对自己儿子的爱，一如既往。为了多攒下点学费，农闲时他跟寨子里的一帮人去水泥厂打工，水泥厂派他们上山炸石头，报酬可观。刘哑巴力气大，舍得使劲，别人用翻斗车每车搬一百斤，还搬得走走歇歇，刘哑巴每车搬一百五十斤，中途不歇气。一起干活儿的人，个个竖起大拇指夸刘哑巴，刚开始还有人这样想：既然你气力大，就多使点——反正得到的报酬是平均分配的。时间久了，大家又觉得占一个哑巴的便宜，太没出息，用手势告诉刘哑巴，他每车只需要搬一百斤，刘哑巴不听，继续每车搬一百五十斤。他们哄刘哑巴说："你要是再搬那么多，就不给你工资了。"刘哑巴才照他们的话做。有一天，开石的炸药包埋好，导火索点着，别人听到信号口哨，都躲起来，刘哑巴听不见声音，还在搬石头，同寨子的人给他打手势，他没看见，拼命喊他，他听不见。整个炸石场谁也不敢去救刘哑巴，轰一声巨响，满山石头飞滚，别人都以为刘哑巴"哦豁"掉了，待烟尘散尽，发现刘哑巴被爆炸的气浪掀翻在一块石头后面，从头到脚都是灰尘和碎石，翻斗车被新炸下的石头砸扁了，躺在半崖上，破烂的轱辘还在转动。一帮人赶上去，打算为刘哑巴拍拍碎石和灰尘，刘哑巴却从灰尘中间睁开明亮的大眼睛，眼睛里全是惊恐。从地上爬起来，大家把他全身查看了一遍，毫发未伤。刘哑巴正好站在爆炸的空当里，真是万幸！拍干净身上的灰，刘哑巴说什么也不在炸石场干了。他比手势说，他不能死，他要活，他要看到刘家旺把书读出来，娶上媳妇，如今刘家旺读书，还靠他活着挣钱供呢。

有人说："刘哑巴额骨头高，大难不死，必有后福。"

另一个说："刘家旺也就只能靠他爹了，他那老娘，除了做饭、喂猪，别的啥也不会，人情世故，一概不懂。"

旁边人说："那婆娘也不容易，一个人经管三头母猪，一年出栏六窝猪崽儿，就是六十多个猪娃儿。换到我那婆娘，经管一头母猪都呻唤要累死。为了一个聪明儿，这两口子只差做牛做马了。"

一帮人望着刘哑巴微微驼起来的背，只恨上天没派一个聪明的刘家旺给自己，要不然哪怕忙碌辛苦到晚上不睡觉，都是值得的。

寨子里年轻人走得差不多，开始有中年人进城挣钱了。刘哑巴一身气力，按说是该进城挣钱的，可刘哑巴不敢，他不知道如何乘车进城，上了工该找谁吃饭。这些问题，他用手势请教别人，对方根本看不懂。这些手势是刘哑巴临时新创的，别人回答他的手势，更令他摸不着头脑。

一条路走不通，另外找一条路试试。刘哑巴上了一次集镇，很快发现挣钱的路子：编蛐蛐笼子卖。离寨子十多里有个黑河集镇，每逢三六九赶集，刘哑巴提前一天把笼子编好，篾青的十个，篾黄的十个，只少不多。上了市场，不一会儿就卖完了。别人对他讲："既然好卖，你每次多编几个。"刘哑巴比画说"谢谢"，依然每次不会超过二十个，他不懂商业营销上的"饥饿销售"，但他似乎明白少贵多贱的道理。

春节前夕，该歇的都歇了，别人没生意可做，刘哑巴的蛐蛐笼子卖不出去，杀猪匠缺帮手，招呼刘哑巴一同杀猪，刘哑巴扛上杀猪匠杀猪的整套工具，便跟在杀猪匠屁股后面走乡串户替人家杀猪。农村到了过年，家家都要杀过年猪，他们每天至少有两桩生意。刘哑巴的活儿最没有技术含量，却是绝大多数人干不下来的：吹猪。也就是在猪被杀死之后，在猪的后腿处割开一个口子，用一根长铁钎捅进猪的身体，经腹部、背部、两侧等一直捅到猪耳处，然后，刘哑巴开始从割开的口子往里吹气。这是个力气活儿，也是苦活儿。没有力气，气吹不进去；忍受不了猪脚上的猪屎猪尿臭和生猪肉的腥味，也不会从事这活儿。鼻孔进气，嘴巴吹气，中途不能歇气，一歇气，就会漏气，直吹得人面色酱紫。把猪吹胀，用麻绳把猪后腿开口处扎紧，再用木棒在猪周身敲打，使得吹进去的气分布均匀，稍后烫毛、刮毛，就便当多了。这事本来可用气筒替代，但杀猪匠坚持说，人工吹的猪肉好吃。杀猪匠人不坏，事实上，他是见刘哑巴供孩子太苦，过年前让刘哑巴多替儿子挣一笔学费。

为了儿子，刘哑巴什么苦活儿、脏活儿、累活儿都干。刘哑巴本就面相老，这些年过去，看上去更老了。

五

初中毕业，刘家旺以全校第一的成绩考上第一中学，就在大家准备向他和刘哑巴夫妇表示祝贺的时候，他却选择不读了。刘哑巴夫妇没有意见，孩子不管多优秀，他们除了得到数不清的大拇指，就是一年比一年高昂的学费。他们完全不懂刘家旺要是考上大学、考上公务员意味着什么。这样的甜头，上辈子也许有过，这一世从一投生，就把上辈子的事情忘记得一干二净。这几十年来，也没谁告诉他们，孩子要是考上了大学，将来谋得一官半职，是件光宗耀祖的事情。因为他们听不见，耳根清净——自己声称“耳根清净”的人，其实内心都是翻腾的人；只有哑巴耳根彻底清净，他们的耳朵压根是摆设。

倒是刘家旺的大伯不答应。“好端端考上第一中学，谁不知道第一中学是重点中学，上了这所中学，一条腿就跨进大学校门了。你是哪根筋不享受了要退学？”刘家旺的大伯责问刘家旺。刘哑巴夫妇不懂的事情，他懂。他认为，多半是刘家旺中考前夕，连续一个月在学校补课，刘哑巴去给刘家旺送生活费，让刘家旺在同学面前暴露了自己的父亲是个哑巴，丢了面子，所以他不愿意继续读书了。

事情倒是真有。刘家旺的学校在黑河镇边上，刘哑巴熟悉。那天正好上体育课，刘家旺看见刘哑巴在学校大门口，知道门卫不会让刘哑巴进大门，便向体育老师打了声招呼，飞奔到门卫那里把刘哑巴接到宿舍，中午还留他吃了顿午饭。刘哑巴热情肯干，一会儿工夫就替睡上铺的舍友修好了梯子，又找来瓦片把高低铺的床脚塞平稳，从此床铺不再咣当咣当响，也不再半夜冷不丁吓人。他还替全宿舍的人牵起两根晾晒毛巾的绳子，解决了困扰这帮孩子多年的毛巾馊臭难题。同学们都觉得，刘家旺的老爹除了不会说话，其他的都很好，满脸笑嘻嘻的，对刘家旺和颜悦色，比他们的老爹强多了。他们的老爹嘴巴虽然好使，但张嘴就骂人，为了维护父亲的权威，也从来不给他们一个好脸色，好多时候当着同学的面都不给他们面子。

刘哑巴离开的时候，全体舍友都给他送行。他们喜欢这哑巴老爹。

问题也出在这次探望上。刘哑巴离开后，一个舍友对另一个舍友说："要是单看面相，刘家旺不是他老爹的儿子，一点都不像！"

另一个开玩笑说："你莫非非要跟你爹长得一模一样啊？那你将来的女朋友要是分不清你们父子俩，麻烦事儿就大了！"

两个舍友打打闹闹跑远了，刘家旺的心事却有了。回到宿舍，他自己照镜子。从前年幼，天天都在长身子，过一段时间变一个样子，没发现这个问题，再说自己也没在意过。进入青春期，长开了，对着镜子仔细比对，问题来了，无论从哪个角度看，他都跟哑巴爹长得不像：哑巴爹塌鼻子，他高鼻梁；哑巴爹卷头发，他的又顺又直，像一垄春草；哑巴爹是断头眉毛，他的是卧蚕眉。尤其要命的是：哑巴爹娘都是柿饼脸，他是瓜子脸；哑巴爹娘都是单眼皮，他一生下来就是双眼皮，还带着两行上翘的长睫毛……

“我是从哪里来的呢？”刘家旺细细琢磨，自己的娘是个不会呼救、不会表达的弱女人，会不会……他越想越不安：我是谁的孩子？我是我妈生的这个毫无疑问，可是我是不是我爹的儿子呢？

刘家旺曾在报纸上看到一个判决，一个号称什么关爱的组织，免费替聋哑女人和精神病女人切除子宫，声称这样一来，能够使那些没有自卫能力的女性在受到侵害后，不至于受到更大的伤害，但法院认为他们侵犯了人权，构成人身伤害。刘家旺当时脑子里的第一反应是，如果不这样，又该怎么办呢？

自己的娘好歹没有被这个组织关爱过。问题的关键在这里，既然没有被关爱，自己的娘就有被伤害的可能……

刘家旺不知道他爹他娘为了怀上他，经历了多少折腾；更不知道他那从未见过面的外婆，当年是如何教导他娘的。

关于长相，刘家旺没法向谁打听，也不敢问谁。

面对书本，面对学习，他永远是自信的；面对自己面孔上的秘密，他惶惑不安。这是一枚地雷，谁也说不清会在什么时候，在什么情况下爆炸。

此后多少个夜晚，刘家旺都会从噩梦中惊醒。他梦见跟别人发生口角，就在他要用三寸不烂之舌击败对方时，对方来一句：“不跟你扯闲篇了，一个连爹都不晓得是哪一个的杂种！”或者听见旁边劝架的说：“人家的爹是哪个都不计较，你还跟人家计较啥？”

中考完毕，当噩梦再次把刘家旺惊醒，他就不再准备读书了。他给自己的理由很充分：亲爹为自己吃苦受累，这是一种责任；而让一个不是自己亲爹的爹给自己当牛做马，是做人的耻辱。好歹我刘家旺也是个血性男儿，一米七五的个头，难道还不能自食其力？

这理由他对谁都没说，他用手比画对刘哑巴说：“我要到城里去做厨师，自己挣钱自己用，以后你们不用为我的学费发愁啦！”

刘哑巴正在编蛐蛐笼，看明白儿子的手势，高兴坏了，嘴里咿里哇啦，用手势把儿子表扬一通。还用手势说，等挣下钞票，砌了新房子，便替刘家旺娶媳妇。刘哑巴相当看好儿子的前程，因为兴奋，比画完毕，酡红色的柿饼脸竟露出少有的羞涩。

刘家旺的大伯听了刘家旺的决定，一句话没讲，心里说，一块好地，给猪拱了！转念又松了一口气，刘家旺这下终于跟他的几个堂哥平起平坐了！

六

关于刘家旺的长相，寨子里的人也曾有过短暂的议论。话题刚起，寨子里的老人便端起脸对扯起这个话题的人说：

“有本事你让刘哑巴耳朵听得见！再扯这些没根没据的话，欺负一个聋哑人，你不觉得丢人？”另一个老人的拐棍把石板地戳得笃笃响：“谁是谁的亲骨血真那么重要吗？只要刘家旺喊刘哑巴一声爹，刘哑巴这十多年含辛茹苦供刘家旺吃饭读书，就是真父子！”还有个喜欢说古的老头说：“周文王姬昌的第一百个儿子雷震子，我曾跟你们讲过，你们还记不记得？面如青靛，发似朱砂，眼睛暴湛，牙齿横生，出于唇外，身长二丈，力大无穷，肋下生‘风雷双翅’。两个大翅膀一飞冲天，好生了得，难道你也怀疑雷震子不是他爹周文王的儿子？”几句话，消灭了流言蜚语。

三个老头跟山寨里其他上了年纪的人，早就看出刘家旺的长相跟他爹不一样，正因为不一样，每一个上了年纪的人早就在心头备下了消灭流言蜚语的说辞。人家只要活得好好的，你就别管他打哪里来。英雄不问出处，富贵当思缘由，这是山寨人千百年的规矩。

听说刘家旺要去做厨师，每个人都在心头替刘家旺勾画了一个“刘大厨”的形象。这些年，半个寨子的人都外出打工，他们带回寨子的不仅是财富，更有观念。这些观念，说起来倒也简单，那就是不管你文化水平多高，不管你长得多好，倘若不能自食其力，都等于养了个造大粪的生物；只要靠劳动吃饭，干哪个行当都不丢人。再说刘哑巴两口子为供刘家旺累得像牲口一样，他们看不下去，却帮不上忙。刘家旺要是把厨师学成，辛苦半辈子的刘哑巴好歹能过几天舒心日子。

当年的大师傅已经不再掌勺，年纪大，勺子拿不动了。他唯一的徒弟在县城一家大饭店做厨师长。他对刘家旺说：

“我给你师兄打了电话，他那里可以收留你，从学徒做起，做三个月学徒。从入师的早晚上论，你才是大师兄，你给我磕头的时候，我那徒弟连菜刀都不会用呢。你师傅我是乡下厨师，乡下厨师对付乡下的四盆八碗还将就，进了城就不一样，菜品不一样，花样不一样，做法也不一样，你得从头学起。你称呼我那徒弟，叫大师兄也可以，叫师傅也可以，随你高兴。”

刘家旺掂量掂量，回答说：“还是叫师傅吧，我真的需要他教。”

大师傅带他们父子进城。刘家旺把书包腾空，带上几件换洗衣服。大师傅是个细心的人，在哪儿上车，多少钱的车票，在哪儿下车，出了车站朝哪个方向走，穿过几条街到达饭店，他都一一对刘家旺和他的哑巴爹交代好。城市真够大，街道、行人、红绿灯、各种穿梭的车辆、模样相近的高楼，令刘家旺眼花缭乱。每一处他似乎都记住了，又似乎都没有记住。好在以后要有很长一段时间生活在城市，他有足够的时间搞懂脚下伸向远方的不知名的道路，从哪里赶车回家，他终究是能够找得到的。

倒是刘哑巴的脑子空，他听不见大师傅说什么，但每到一个地儿，他从房屋的形状和大师傅的手势中知道大师傅这是在交代他们父子俩。他特别用心，周围有几棵树，对面是什么广告牌，甚至街道的样子、行道砖的样式和颜色，都印在他脑子里。返回的时候，刘哑巴故意走在前面。每到一个地儿，刘哑巴比画一阵，示意这是什么地方，大师傅会意，冲他竖起大拇指。大师傅心想，莫非这个又哑又聋的老家伙，以后会经常进城来看儿子？

大师傅没有猜错，刘哑巴确实会上城里看儿子，不过不是经常，总共就那么两次。

刘家旺自从做了学徒，一个休息天也没有，起早摸黑，细心揣摩，勤加练习，进步神速。一年之后，便接掌大勺。大师傅当年没看错，刘家旺就是一块做厨师的料，配料、火候、分寸，说起来很复杂，其实都有固定的套路，重要的是要有自己的“独门暗器”。刘家旺的“独门暗器”：第一招是合理用盐。好厨一把盐，北方人偏咸，南方人偏淡，同一道菜，随来客不同增减用盐，落口味，客人叫好，你手头的勺子才捏得稳。第二招是利用食物的本味，交叉配合，配出味精或鸡精的味道，客人回家不会口干口苦，回头客会越来越多。第三招是宁可多一盘，不可少半碗。有的厨师炒菜为讨好老板，食材缺斤少两，上了桌，几筷子就没有了，一来二去，等于把客人撵到别家去了；稍微多一点，主人有面子，客人可吃尽兴，过不了几天就是回头客，多给的都赚回来。第四招是不该说的，绝对不说。比如饭店的老板是个胖子，人还没到跟前，浑圆的肚子先抵达，天天在各个包间忙前忙后。老板娘是个半老徐娘，经常待在后厨，说是照应厨房，其实是照应刘家旺师父的。有一天上午九点，刘家旺提前一个小时上班，包间和厨房里没有人，唯有厨房发出案板撞击墙面的声音，还有老板娘类似跑步的喘气声。循声走进去，师父把老板娘按在案板上，两大块运动起来白花花的肉，真比猪肉、牛肉鲜活多了，让人眼花缭乱。事后老板娘对刘家旺说，就当什么也没看见，加你一个月工资。师父倒是没说什么，他给师父买了两盒六味地黄丸，师父笑得蹲到地上。从此两人好得跟兄弟似的，许多重要的宴席，师父都让刘家旺独立担纲。

平凡的日子一天天过着，四年时光转眼过去。刘哑巴还编他的蛐蛐笼子。如今买蛐蛐笼子的，拿回去不一定装蛐蛐，书房、闺房、客厅、酒柜，只要挂上，一瞬间就有了乡野气息。这是日渐城市化的人们深深怀念的气息。刘哑巴的蛐蛐笼子，每次比以前多了十个，篾青、篾黄各半。刘哑巴的收入是可观的：地里产的，门前果树上结的，哑巴女人每年六窝猪仔，所有收入，一分钱都用不着开销出去。日子久了，刘哑巴开始怀念供刘家旺读书时，恨不得一分钱掰成两半使的日子。那时候挣钱，是有意义的，现在挣下的是一堆纸。刘家旺经常寄钞票回来。刘哑巴把刘家旺寄来的钞票整整齐齐地叠好，放在粮食柜子底部。

一年年过去，屋后的竹林，青了黄，黄了青。屋前刘家旺出生那年还在开花的桃树，早已走到生命尽头，取而代之的是一颗核桃树，如今核桃树长得比屋梁还高了。

山寨人过的日子，是重叠的，今天是昨天的复制件，明天是今天的翻版，一天天过着，不觉得时间在流逝，翻过年坎儿也感觉不出，除非心头有念想和牵挂。到第五个年头，刘哑巴就开始想刘家旺了。刘家旺读初中的时候，一周回来一次，每次回来，总给爹妈买点糖块或者糕点。吃上刘家旺买的小点心，刘哑巴满心幸福，一身的劳累烟消云散。如今，刘哑巴只记得好久以前刘家旺背着一书包换洗衣服，从火辣辣的热天出门，经过了好几个秋收，都没回过家。刘哑巴能识钞票，不会算日子。入冬以后，便是农村的闲日。手头没事，刘哑巴就特别想儿子。穿上棉袄的刘哑巴，决定进城看儿子。

进城的路刘哑巴记得，哪儿上车，哪儿下车，穿过几条街道。他带上秋天收的几个大黄梨和一马甲袋干花生就去了。进了城，下了车，见汽车站上的班车不及从前那么多，有的房子已经拆掉了门窗，楼房外面搭起了脚手架。很明显，车站在拆迁，刘哑巴不懂拆迁，也没有多想，去寻儿子要紧。这些情况，后来送爹上车站回山寨的刘家旺也没注意到，他沉浸在跟他爹愉快的“交谈”中。

父子相见，彼此悦然。刘哑巴见儿子长高了一个脑壳，嘴唇上秀起了两撇浅浅的八字须，面孔也变白净了，滋润了。刘哑巴知道，儿子这是长开了。衣服也光鲜得很。随便站在城市的哪个角落，儿子刘家旺都是最好看的。刘哑巴的脑子里没有“帅哥”这个词，但刘家旺确实是个不折不扣的帅哥。刘家旺见到爹，爹老了，头发更白了，长期没有洗，像一丛被秋雨浇淋过的芦花。但看面部表情，舒展从容，不愁不哭，喜笑盈盈，看起来似乎更年轻了。掐指一算，五年没有回家了，算起来，自己算不上是个孝顺的孩子，看，转眼就那么多年没有回家看爹娘了。回家探亲，对饭店厨师来说，是件奢侈的事情，捏上菜勺就没个清闲的时候，做五天休息一天，好不容易才盼到一天，就窝在宿舍睡大觉不想动。到了过年过节，比平时忙两三倍。幸好每隔两个月，他给刘哑巴寄一次钞票。每次在汇款单上写上“刘显贵”三个字的时候，刘家旺都感慨一回汉字了不起，谁也不会知道这三个汉字后面是他又聋又哑的爹。这三个汉字让他的爹，跟普天下孩子的爹那样，不分残疾还是健康，不分高低贵贱，平起平坐。

刘家旺给他爹做了两菜一汤，刘哑巴第一次吃饭店里的菜，滋味好得眉毛都快飞起来。刘家旺把梨和花生分给师父和同事，大家才知道，刘家旺有个聪明又不会说话的爹。几乎所有人都曾读过一个在城里读书的孩子不认前来探望自己爹娘的故事，他们看到刘家旺对自己的哑巴父亲那么好，都觉得刘家旺是个有良心的人，可交。刘哑巴的衣着实在不像话，穿了七八年的棉袄，夹层里的棉花收缩，聚集成东一个西一个据点，看上去到处是疙瘩，凹凸不平。乡下人重视上衣，上衣都这个样子，裤子和鞋子更是不堪言说了。

刘家旺请了几个小时假，带哑巴爹上超市买了两套羽绒服，爹一套，娘一套，都是耐脏的颜色，还买了毛衣和棉毛衫，从头到脚给爹换了。人靠衣裳马靠鞍，刘哑巴穿上，轻便暖和，人立马精神了，年轻了许多，也自信多了。“话”也多起来。他告诉刘家旺，他跟刘家旺的妈每天都在家挣钱，挣下的钱只往屋里跑，跑进屋就安安生生躺在装钱的柜子里不出来。刘哑巴把右手拇指和食指张开，意思是：看看，十块一张的都那么厚了！刘家旺知道，他爹最喜欢十块一张的，卖蛐蛐笼和猪崽儿的钞票，无论大小，统统换成十元一张的攒起来。一拃十元钞票是多少呢？五千？八千？刘家旺想：最多不超过一万元，农村里攒几个钱不容易，要是给爹看看我这几年挣下的钱，保准把他吓得跳到半空中。

父子俩的手势是乡下自创的，城里的普通人看不懂，城里的聋哑人也看不懂，他们热烈“交谈”的情绪感染了路人，大家都以为，这两个聋哑人是不是嗑错了药。

刘家旺喜欢自己的爹。跟同龄人比较起来，别人的爹不是管孩子这样，就是管孩子那样，好像无所不能，还动不动骂孩子。不像他的爹，虽然不会说一个字，只要面对面，就只有笑脸，就只有夸奖，不会唠叨，更不会骂他，他觉得他是天空中自由飞翔的鸟。如果说，当初退学进城，是为了逃避长相差异带给他的苦恼；在城里混了那么四五年之后，刘家旺觉得自己当初好幼稚，长得跟爹像不像算个屁啊，只要爹认我这个儿，我认这个爹，我们就是亲父子。

这个念头从脑海闪过的时候，刘家旺倒是有点想念在学校读书的日子了。

七

寨子里的人见刘哑巴带着一张笑得稀巴烂的柿饼脸和一身新衣服、一个大包裹回来，就知道刘家旺这小子在城里混得不赖，纷纷给刘哑巴竖起大拇指。刘哑巴没有告诉他们，他儿子从银行里取了五千元钱，全部换成崭新的十元给他，这是刘哑巴这辈子见过的最多的新钱，每一张都可以当刀片用，一拃厚。儿子说，让他跟娘想吃什么只管买，但他怎么舍得呢，他打算把所有的钱都攒下来给儿子娶媳妇。

早些年家里有出去打工的人家，也有像刘家旺这样赚到钱的，不过他们的孩子赚到钱，只顾自己在城里潇洒，他们既捞不到几件衣服，更得不到几张钞票。在家千日好，出门时时难，孩子们在城里活得也艰难，什么都要钱，他们能理解。更多的，比如刘家旺的两个堂哥，则因为没有文化和技术，只能下苦力挣点辛苦钱，钱没挣到几个，落下一身毛病，城里待不下去，只好回农村。刘哑巴的样子，使他们相信，读书好的孩子，干啥都能多挣一份报酬，脑子好使嘛。

刘哑巴还编他的蛐蛐笼子。他从人家院子的铁栅栏上的花纹上获得启发，在蛐蛐笼子上添些图案，每只价钱提高了五元，拿到街上，人家都抢着买。刘哑巴让自己的女人少喂两头母猪。哑巴女人任劳任怨，做饭、喂猪，这些年做下来，头发白了，背驼了，面相更老了。跟刘哑巴更关心儿子刘家旺比较起来，刘哑巴的女人更关心她的猪。哑巴也有哑巴的烦恼，对自己的老婆，刘哑巴很是不满。一起生活了几十年，就没见自己的婆娘笑过，也没见她哭过。她只认做事，别的什么也不管，连他拿回儿子买的一堆新衣服和一拃厚的钱，也没有见她欢喜过。说到钱，刘哑巴更加遗憾，他的女人一张钱都不认识，不管多与少，不管面额大与小，对她来说，不过几张纸。

刘哑巴想起儿子，喜不自禁，想到老婆，又觉美中不足。不过总的说来还算好，三个人不吵不闹，和和睦睦过日子，哪像他的哥哥，四个儿子陆续结婚，把两个老家伙弄得一穷二白，每个月一分钱不上供，七八个孙子天天在两个老家伙屋里，要吃，要经管拖带，弄得哥哥反过来要向刘哑巴借钱。这都还没完，几个弟兄妯娌之间，为点鸡毛蒜皮的事儿，大吵三六九，小吵天天有。刘哑巴看不下去了，把四个侄子招拢来，用一根筷子和十根筷子给他们讲团结的道理。刘哑巴这辈子学会的道理只有这一个，他以为这个道理很深刻，没想到几个家伙从小就听这个道理，耳朵都听得起茧巴了，根本不当回事儿。一转背，继续你戳我的鼻子、我戳你的眼睛。

刘哑巴是明白人，他哥都管不了的，他怎么管得了呢。牛打死牛填命，马打死马遭瘟，只要不出人命，懒得管他们几兄弟妯娌是羊上了树，还是狗爬了墙。

过年前一个多月，刘哑巴的哥哥生了一场病，胆囊结石，痛得要命，水米不进，必须动手术。四个儿子四个儿媳妇儿谁也不管，老两口上几个儿子家借药费，都说没有钱。刘哑巴的哥哥气得发抖，说："老子要是死了，难道连掩埋的钱你们都拿不出来？"四个儿子说："给你买棺材和办道场的钱，借也要借来凑够。"刘哑巴的哥哥明白了，这帮杂种就等着他快点儿死。刘哑巴的嫂子在屋前空地上指天画地骂，要几个儿子把给他们当年吃的奶吐出来。儿子和媳妇一个都不出来搭腔，刘哑巴的嫂子只好回家，把七八个屁都不晓得臭的小把戏撵回各自的家。"你们爹吃我们的血汗，你们接着来榨干油水！今天你爹你妈这样对待我们，将来你们长大了，也这样对待你爹你妈！"

刘哑巴把自己攒的和刘家旺给的，并做一道，请了个小货车把刘家旺的大伯拖进城。经过刘家旺引导，刘家旺的大伯在肝胆专科捡回一条老命，住院五天，正好把那两拃钱花光。刘家旺包了个面包车把大伯和一干人等送回他离开五年多的寨子。

住在自家没有抽水马桶、弥漫着柴草烟火和猪食馊臭的屋子，刘家旺觉得，还是做厨师好，一技在身，这辈子在城里冻不着、饿不着。说不定再过几年，还能在城里买套房子呢。要是当年继续读书，恐怕就没有这么妙了，爹妈年迈，自己一分钱进不来，靠谁来支撑学费？

“读书，下辈子吧。”刘家旺心头掠过一丝暗影。

虚弱的大伯躺在床上对刘家旺一再表示感谢，把刘家旺感谢得有些不好意思。他那张好说的嘴，此时派不上用场，让他语塞的是，他仔细瞅瞅大伯那张苍白的脸，嘴巴里就一个字也蹦不出来了。大伯的脸好眼熟啊，瓜子脸，高鼻梁，卧蚕眉，头发直顺，双眼皮……他看了看大伯，又把爹看了又看，心头像有一条沉睡的巨蟒，突然被烟头烫了，猛地惊起，扬头、翻腾、扭曲。

这桩永远不可能公开的秘密，难堪的关键在于，他刘家旺既不能较真，也不能不较真。较真，你跟谁能打探到真相？不较真呢，真相就写在脸上——人可以对别人撒谎，却永远无法欺骗自己。

“对这世界，我有什么话可说？”刘家旺心中一片阴影，他决定，“离开这里！”

刘家旺拿定了主意，他不仅要逃离学校，还要逃离这个山寨，逃离这个熟悉的城市。这一趟再回到城里，他将离开他的爹娘、大伯，以及所有跟他们有关的人，他要跟他们永不相见。

八

寨子里自此再不见刘家旺的影子。人们对此并不意外，初中毕业进城做厨师，他不也五年没回村子吗？只要有人下馆子，厨师就闲不着。

寨子里到处传颂刘家旺的好，都说刘哑巴的哥哥枉有四个儿子，赶不上一个侄儿刘家旺。寨子里有句古话，前三十年看父待子，后三十年看子待父。刘家旺虽二十挂零，大家对他的评价和肯定，都用大拇指竖在刘哑巴面前。

腊月二十三送走灶王爷，刘家旺的大伯送来一包米花糖，算是回馈侄儿的付出。他对刘哑巴“说”，这个春节看来刘家旺又不回家过年了，这是个好孩子，自从上次回来就再没回来过，当时留下的电话，他康复之后多次拨打，均打不通。他让刘哑巴合适的时候去看看刘家旺。

刘哑巴早就想去看刘家旺了，得了哥哥的话，刘哑巴第二天就出门了。

进了城，下了汽车，刘哑巴发现，周围的环境是陌生的，车站已不在原来的位置，出了车站，眼前全是从未见过的街道和高楼。刘哑巴抬头看了一眼从高楼缝隙射下来的阳光，愣了一下神，有一个披着毛毡的中年人在他身上撞了一下，刘哑巴看着他朝右侧拐出了视线，便有了主意：车站出门朝左拐。以前那个车站就是那样的。

他不知道，从前的老车站在城市西侧，现在这个刚刚启用不久的新车站在城市东侧。他更不知道，人口集中的城市，是人类思维最集中的地方，一个人一种想法，谁掌握话语权，都有可能按自己的想法改造一番，因此时常都在拆迁翻建，速度快捷，力度巨大；不像山寨，数十年看不出多少变化，即使有点变化，也不影响大的格局，能够辨识。正常人第一次在新车站下车也得问路，他刘哑巴没有问路，这一走出去，立即像一粒沙吹进了风中。

朝左，是汽车市场、农贸市场、居民小区以及刘哑巴不认识的电视台和殡仪馆，两个小时，刘哑巴走到城市的边沿，再往前走，是大片大片收获过的田野。刘哑巴心想方向不对，儿子做厨的饭店是在闹市区。刘哑巴回过头来，沿着刚才走过的路往回走，经过殡仪馆、电视台、居民小区，再往前，是一个岔路口，刘哑巴再也分辨不出是从哪一条岔路走过来的。犹豫了半天，他想：寨子里不是也有岔路吗？纵使走错了，仅仅是绕一些冤枉路。他自己给自己壮胆，岔进了一条路，走了一阵，怎么也找不到刚才经过的农贸市场和汽车市场，没经过这两个地方，他刚才下车的汽车站躲哪里去了？

刘哑巴着了慌，明明顺着走出去的路走回来的，怎么就找不到几个小时前下车的汽车站呢？后来，寨子里有人说，要是他哥哥给他写个刘家旺的地址就好了，这样刘哑巴就好问路。事实上，连第一次带刘家旺父子去的大师傅都说不准确那饭店叫什么名，刘哑巴只认得实物，一辈子不知道饭店还有名字。

日头过午，刘哑巴肚子饿了，打算买两个包子。摸摸腰间，口袋空空如也。刚才出站时，撞他的那个人是小偷。这下刘哑巴真正着慌了。在他眼里，城市的高楼都是差不多的，马路都是一样的，中间来来往往奔跑着各种车辆，两旁是高大的道旁树，树下的人行道，也大同小异。在车来人往的城市，刘哑巴像一片竹叶，落进波涛汹涌的无边大海。该停下来还是继续走？刘哑巴思忖一阵，决定继续往前走，他认为只有继续走，才可能找到儿子所在的饭店，只要看到那几幢熟悉的房子，就能找到儿子，甚至看到那段街道，都能把儿子找到。

刘哑巴饿着肚皮继续往前走。盲目穿过一条条马路、一片片街区、一幢幢高楼、一块块似曾相识的广告牌。直到天黑，他仍然没有看到那条曾有两面之缘的街道和那座饭店。

城市的路灯亮起来了，亮得让刘哑巴有了安全感。他向两个流浪汉学习，在小区的垃圾桶里找到变形的包子馒头，味道自然是不太好的，再不好，有比没有好得多。两个流浪汉见新人在他们的地盘上捡东西，大为光火，追着他骂，他什么也听不见，还冲着人家和善地笑。那两个流浪汉以为刘哑巴挑衅他们，冲上来用拳头说话，刘哑巴没想到城里人那么不讲客气，那么不讲理，没招他们没惹他们，他本能保护自己，甩开两条有力的胳膊，一左一右，几巴掌就把两个比他年轻十多岁的流浪汉打得落荒而逃。

冬天的夜晚寒气逼人。吃饱肚子，他继续往前走，一边走一边借着灯光往两边打望。后半夜实在走不动了，靠在一家小面馆前的火炉旁睡着了。幸好他及时离开刚才跟人比画拳头的地方，那两个吃了亏的流浪汉喊来同伙报复，刘哑巴早已消失在融融的灯光里。

路灯一直亮到开小面馆的一家三口开门营业，门打开后几分钟，城市的路灯便跟约好了似的，齐刷刷熄了。刘哑巴睁开眼，看见一片淡青色的天光。开店的一家三口，见到火炉旁的刘哑巴。店主是个五十多岁的中年人，对老婆和女儿说："时代真不同了，连叫花子都穿起这么好的羽绒服！"他老婆搭腔："说不定是哪家走迷路的老人。"说罢，去生炉子。他们十七八岁的女儿，水葱一样，把头夜剩下的大半碗面条放小灶上热过，端给刘哑巴。刘哑巴用从前喊儿子才用的去声"啊"表示感谢，开店一家人这才明白，这个一身羽绒衣裤的"叫花子"是个哑巴。

他们用手势问哑巴从哪里来，要到哪里去，是不是迷路了，有没有联系地址或者电话，他们愿意带他去，或者打电话通知刘哑巴的家人，让他们过来带人。刘哑巴对店家三人临时自创的手势满脸迷惘。刘哑巴用自己从乡下带来的自创的手势告诉店家三人：他要找他的儿子，他喊他的儿子叫"啊"，他的儿子在饭店里做厨师，穿得好，面孔白净，有两撇浅浅的八字胡，很中看的一个小伙子；他现在找不到路了。他特别强调，他儿子比他高两个脑壳。

咿咿呀呀比画一阵，鸡跟鸭讲，谁也不懂谁。刘哑巴的"啊"这个音太多了，小面馆一家三口不晓得到底是什么意思。他们是从外地来开店的，谨小慎微，谁都不敢得罪。他们想到报警。转念想，一大早警车上门，人家还不知道发生什么大事呢，这面馆还想不想开下去？

填饱了肚子，刘哑巴连连冲着面馆主人"啊"了两声，算是道谢。他知道，这一家人不知道他儿子在哪个饭店，留在这里没有意义，道完谢，转身离开了。刘哑巴相信，只要他每天这样坚持找下去，总有一天能找到儿子。

九

第五天晚上，刘哑巴经过一个阔大的广场，好几十个穿着红色马甲的人在那里支起一排大锅，向过往市民分赠腊八粥。看见腊八粥，刘哑巴知道，再过两天就要过年了。在他熟悉的山寨，整个村子都会在同一个晚上煮腊八粥，吃过香喷喷的腊八粥，新年就来了。

刘哑巴不知道，这是正常人世界的腊八节。

连吃了三碗腊八粥，一个分粥的小伙子见刘哑巴冷得抖抖索索，花眉花眼的脸上是和善的笑容，洁白的牙齿在寒气乱窜的夜空中显得那么喜人，便把脱在一边的长款羽绒服穿到刘哑巴身上。刘哑巴“啊”了两声，表示感谢。小伙子见他是聋哑人，又把带着体温的红色马甲脱下来，也穿到刘哑巴身上。有了这一片红色，刘哑巴看起来喜庆多了，似乎也可以融入这个城市了。

五天的城市生活经历，给刘哑巴的印象是，城市的路太长了，只要两侧有房子，所有的路似乎都走不到头；还有，所有生活在光亮地方的人待他都不错，比如有人顺手给他两个馒头吃，有人给他核桃或花生。但城市的黑暗是令人恐怖的，所有阴暗角落的人都会给他制造麻烦，比如昨天深夜，三个变态男把他逼到黑暗的墙角，直到不能动弹，三个人的手伸进他裤裆……漫长的路，让刘哑巴相信，城市的路是走不完的，城市的夜晚不仅寒冷，还处处都有危险。刘哑巴决定回到熟悉的山寨，回到自己的家。只要回到自己的家，把情况告诉他哥哥，他哥哥会替他想办法的。

做出这个决定后，他已经不再想儿子的事情，他现在最需要知道的是车站在哪里。又一个新的一天，天亮了，他用手势问公园和绿化带里的人汽车站在什么地方。晨练的老头老太很热情，但对他的乡下手势纷纷表示看不懂，有的说："这哑巴可能要找哪道桥。"另一个说："我看他是迷路了，他是在说他的家在河坎上。"一个玩康乐球的老大爷自告奋勇说："他恐怕在找聋哑学校，我就住在那所学校旁边，我带他去。"旁边的人觉得有道理，找到聋哑学校，即使不是哑巴要找的地方，也能找到聋哑学校的老师翻译这哑巴的手势。

老大爷递给他一杯热豆浆，招呼刘哑巴跟他走。刘哑巴都没迟疑一下，就跟在老大爷的屁股后面，他虽然不知道老大爷要带他上哪里，但既然老大爷当着那么多人表示愿意带领他，那一定是个值得他去的地方。

聋哑学校在一个偏僻的巷子里，行人稀少，有了前一晚的痛苦经历，走进巷子，刘哑巴对老大爷高度警惕，他跟在老大爷后面，保持两米的距离。当他远远看见巷子的尽头是一道锁着的铁门的时候，老大爷一句"聋哑学校放假过年了"还没说完，刘哑巴已转身拼命跑出了巷子。

刘哑巴脚步不歇气，直跑到肚子痛。

他跑到一片开阔地带，这是这座城市著名的开放式公园，里面有各种游乐设施，不少成人带着孩子在这里游玩。刘哑巴并不知道这就是城市公园，他只是觉得这里人多，他更安全，坏人不敢在光天化日之下对他怎样。

逃离城市高楼夹持的街道，视野一下开阔了。刘哑巴蹲下来揉肚子的时候，看见远处天空上，挂着一片熟悉的云团。对这种云团，刘哑巴有几十年的经验，他跟寨子里的人一样，都是看着这种云团长大的。他跟寨子里的人都有这样的经验：这种云团只出现在山寨的冬天，到了冬天，如果等不上这块云团，山寨就得干旱到来年春天。它像一方巨大的玉如意，在山寨西边那座山后面出现，一连出现三天，就该下大雪了。云团的形状是刘哑巴熟悉的，从山背后伸出玉如意的一头，占据小半个天空，温润洁白，阔大厚实。很多人觉得，这朵云更像一尊打坐的菩萨，一动不动，慈祥安静。三天过后，齐膝的茫茫大雪，覆盖山寨，也覆盖刘哑巴的房子，天地一片洁白。山寨的冬天就湿润多了，越冬的庄稼凭借这场雪，就有了丰收的资本。

看见这块云团，刘哑巴一下有了方向。他果断做出决定：对准这块云团走去，不久就能回到自己的家。

刘哑巴看见的那块云团，确实是他的家西边的云团，也就是山寨西边的云团。不过，在相去于山寨四十多公里的城市，这块云团的角度已变了，这块云团属于云团东部所有的乡镇、村庄和山寨，也属于这个位于云团东侧的陌生的城市。这些，刘哑巴一辈子都不懂。

十

刘哑巴被发现的时候，大雪已经融化，人们沉浸在新年的喜悦之中。他死在一道联拱桥下面。冬季的河流行将干枯，桥两侧有卵石河滩，河滩上有挖沙人留下的大大小小的坑。坑里的积水结成了冰。刘哑巴面朝下，佝偻着趴在冰面上，身上的积雪早已融化，身下却没有雪花堆积的迹象。联拱桥的一个桥孔下，有他避过风的痕迹：几块泡沫板和一些枯草。

法医检测的结果是，刘哑巴胃里没有食物，也没有水。刘哑巴死于落雪之前。警察排除了他杀，警察推断，刘哑巴死前又渴又饿，打算爬到坑里捧点水喝，身体虚弱，天寒地冻，爬下去就再也没有爬起来。警察还推断，刘哑巴死在一个月光弥漫的夜里，理由是，夜里视觉模糊，月光之下，坑里的冰反射出水才会有的光芒。警察还发现，刘哑巴的身上伤痕累累，从结痂程度看，伤痕已有一些时日，并非死前新伤。为什么会有这些旧伤，警察一时做不出结论。

电视在节目最后公布了认尸公告，报纸已经休刊，只在微信公众平台上推出这条信息。元宵节还没有过，这条信息给沉浸在节日慵懒中的人们以话题。腊八夜里那个小伙子的红衣服帮了刘哑巴不少忙，许多热心市民纷纷提供信息，有观众打电话说，年初一的早上在他们村子边上看见这个“叫花子”，他被一个每年春节前后都盘踞在那里的叫花子追着打。追打刘哑巴的那个叫花子其实是个业余叫花子，本身是懒汉，一年到头既懒得种庄稼，又懒得做生意，每年年底来客串一把叫花子，人家施舍他的钱米，够懒汉消耗半年。

刘哑巴死亡的信息传到寨子，元宵节已经过去了。刘哑巴的哥哥心头难过，但并没有哭泣，他用手势告诉他的弟媳妇，那女人一声不吭，跟她平常一样，不喜不悲，继续摘她的猪草、喂她的猪。

刘哑巴的哥哥让他的四个儿子进城去替他们的小爸处理后事。四个杂种，平时就不好说话，碰上这样晦气的事情，能往边上躲，就往边上躲，这个说有事，那个说走不开，最小一个对老爹说：“一个哑巴，有什么后事处理？收尸费、火化费、骨灰盒费，说不定还有尸检费，都等着人去支付呢。若要让我去，你得答应出钱！”刘哑巴的哥哥骂：“你们小时候，你小爸跟我们一个灶上吃饭，拖带过你们多少？关照你们多少？从嘴巴里省下多少填你们肚子？你们的老不死的老爹，一条命都是你们小爸捡回来的，做人要讲良心啊！”

弟兄四个不吭声，他们认为，这样一条信息既然他们看得见，在城市的饭店里做厨师的刘家旺早就应该看见了，让他们一帮侄儿去处理后事，不如等刘家旺自己去处理来得便当。

他们弟兄四个跟他们的老爹一样，不知道刘家旺自从上次离开家后不久，就踏上了飞往旧金山的飞机。刘家旺老早被猎头公司相中，让他过去做厨师。“挣美国人的美元！”他们对他这样说。他当时不想跑那么远去闯荡，在这个城市挣下的钱，足够让他开心。对方没有放弃，说“你还年轻，要用世界的眼光规划自己的未来”。唐人街上的一家行将关门歇业的中餐馆，因为刘家旺的加入，重新红火。他整天忙得连看微信的时间都没有。

身在异域，天长日久，刘家旺对自己的面孔既不在意，又特别在意。每天从中餐馆经过的面孔成百上千，只要还不曾功成名就，谁会在意他的面孔呢？至于他长得像谁，在异域他乡，跟你是谁家的孩子，你姓什么一样，更是完全不值一提的事情。只有在一种时候面孔具有特别的意义，那就是当你作为华人整体相对于异域人的时候，面孔意味着尊严和尊重。

渐渐地，刘家旺开始怀念美丽的山寨，怀念哑巴爹和哑巴娘。是谁的种，赶不上谁供养了自己，谁始终如一地爱自己重要。他跟他的哑巴爹既没有用滴血验亲检验过，更没有去比对过 DNA，谁敢说他就不是刘哑巴的亲生儿子呢？烦恼和邪念都是自找的，不生不灭，不垢不净。刘家旺想，当初要是没有那些乱七八糟的念想，自己的整个人生道路，将是另外一番模样。如今一时半会儿是回不去了，如今所有的联系工具，比如信件、手机、微信，对他的爹娘一无用处，手机视频原本可以完成这个心愿，可刘家旺在美国办的手机里，既没有他大伯的电话，也没有他几个堂哥的电话。

冬天来临的时候，唐人街的华人把街道装扮得喜气洋洋，各种各样的红灯笼，有的单个儿，有的成串儿，有的圆，有的方……刘家旺就会想起寨子西边那片玉如意一般的云团，“一连三天，紧接着便是茫茫大雪！”念叨着，刘家旺的眼前便出现大雪覆盖的山寨，山上山下一片洁白，大雪覆盖了爹娘的屋子，也覆盖了通往山寨外面的路，穿寨而过的溪涧里的石头上也覆盖了厚厚的白雪。没有上冻的溪水，在大雪下面发出悦耳的流水声，带着女性的谦逊、温暖与柔和。

又是大半年过去，署名“刘显贵收”的汇票，开始从海外陆续汇过来，面额比从前大了好几倍。汇票上只有收款地址和姓名，汇款人的地址是一串谁都看不懂的英文。大家推测，刘家旺一定还不知道，他的哑巴老爹，已经不在人世。

从来没有走出过山寨的刘哑巴的女人，对这些汇票无动于衷，哪怕你反复叮嘱她，这些纸是可以兑换成钱的，她都不会多看这些纸一眼。哪一天要是缺引火柴，保不定她把这些汇票拿去引火。刘家旺的大伯凭刘哑巴的身份证——自从领回身份证，刘哑巴从未用过，也从未带在身边，他根本不知道这张硬邦邦的小卡片对他来说有什么意义——把汇票兑换成钱，放在刘哑巴从前放钱的箱子里，箱子里的钱越来越多，钱越多越不像钱，如果不用，还比不上一堆纸。刘家旺大伯的几个儿子都在打这一堆钱的主意，他们劝他阿爸：“幺娘屋里哪里还用得到钱？她最多走的时候要一副棺材。刘家旺寄回来的钱和幺娘养猪攒下的钱，打八十口棺材的钱都有了。再说，钱要是不用出去，就是一堆纸！”刘家旺的大伯用最恶毒的话咒骂自己四个不成器的儿子，心头只剩下惶恐和无奈：眼看自己年纪一天天大了，要是刘家旺不回来，这一堆钞票，迟早要便宜这一帮穿衣的架子造粪的机器。

十一

寨子里的人依然夸刘家旺聪明能干。朴实的寨人认为，只要挣到钱，愿意给老人花，就是能干的人。夸完刘家旺，又替刘家旺惋惜，他们说："可惜跑得太远了，连自己的亲爹死掉了，都不知道，都不回来烧一刀纸！"

寨子里的年轻人都以刘家旺为榜样，出落到十七八岁，纷纷外出打工。第一代打工的人挣到钱，还回村子盖房子，第二代打工的人挣到钱，也还回村子盖房子。到了第三代，山寨成了他们陌生的去处，哪怕窝囊在城市里吃低保，都不愿意再回山寨。寨子里的老人要在外的孩子回来，哪怕住几天。起初还有人听话，哪怕极不情愿。后来回来的孩子越来越少了，再后来，不到老人落气，都不回来了。孩子们理由充分：当年你们不是觉得刘家旺有出息吗？让我们都要向他学习。现在他们就有理由拿出来说了，他们说："有本事你们把刘家旺也喊回来，给他爹烧两刀纸！"

刘哑巴的女人日渐衰老，养不动猪，也做不动饭了。刘哑巴的哥哥终究信不过几个儿子，死之前，把弟媳妇送进养老院。刘哑巴的女人总是不声不响迈着缓慢的步伐在养老院的院子和自己的房间进出，有时也会盯着某个地方出神，清澈的光线从她头上的空中洒下来，落到她额头上，使她眉毛下的眼睛，像两汪即将干枯的泉，她不眨一下眼睛，任由鬓角稀疏蓬乱的白发在风中飘来荡去。预存在养老院账上的钱，可供她活到一百二十岁。

山寨成了几个留守老人的世界，没有了歌声，也没有孩子们的欢笑。除了几个老人，还有清澈的山泉、干净的山风、透明的阳光。每到冬天，寨子里的老人便期盼着云团出现，给山寨带来一场茫茫大雪。

网络通信进入山寨，寨子里的老人纷纷开通了视频业务，要求自己的孩子也开通视频，为防哪一天一口气喘不过来，跟那些劳碌在各个城市的孩子都见不上临终一面。

没啥事，两个老头打开视频聊天。

一个歪起嘴巴对着手机说：“我看我们就是烧包，真正喘不过气来，哪还有气力打开视频？”

另一个已经半年多没有收到任何人的电话，包括自己儿子的电话，老友的视频通话让他兴奋得一张脸笑得稀巴烂：“我儿，你快过来，你爹我就要挂了，有几句话要交代给你！”

说罢，两个老家伙像一对傻瓜，各自对着手机屏幕哈哈大笑。他们是一起穿开裆裤长大的老朋友。两个人在视频聊天的时候，山寨的西边出现了那团洁白温润的云团，如果还能连续出现两天，山寨便能迎来一场齐膝的大雪。

起先那个又说：“我听说你半个多月前就死掉的，怎么又活过来啦！”

“这都得怪你，送个只有三朵花的花圈，还不替我放正，弄得我看不下去，自己爬起来把花圈摆正，接上一口气，就懒得死了，哈哈哈哈！”

两个冲着手机屏幕开玩笑的老头儿，更像一对傻瓜了。

起先那个接着说："我告诉你个秘密，我现在是在阴间给你打电话。"

"得了吧赶紧挂掉，漫游费得有多贵啊！"

"哈哈哈哈，你这个咬卵犟，马上把我供到堂屋正中，磕头烧香，多烧点纸过来，我啥钱都有啦，哈哈哈哈！"

两个老头笑得眼泪水流下来。

酒令

约定的聚餐地点位于城市的心脏部位，那地方平日就不好停车，大过年的，不堵车便烧高香了。再说老朋友见面，难免要喝酒，柳木叶没开车，走出位于城郊的小区大门，打了个快车过去，才到城市边沿就堵得只恨没长翅膀。亦步亦趋地停停走走，三公里的路程走了一个多小时，到了地方，发现其他三位早已坐定，把酒斟满了。外面天寒地冻，室内温暖如春，三个人的外套都挂在椅子背上。见他裹严了外套还一身寒气，都呵呵呵地笑着，盯着他一步步走向剩下的那个空位子。

柳木叶知道他们笑什么。去年春节，四人照例聚会，酒令是谈理想。柳木叶的理想是希望世间能发明一个召唤神器，像汽车钥匙那么大，能掌控自己的所有私人物品，比如手机、钱包、身份证等。只要这些东西离开身体一米，神器会立即报警，并显示物品目前所处方位。不仅防止遗失，还能防止遗忘。其他三个人都夸赞这个想法好，要求他把买房和娶媳妇的钱改为投资这项发明。“这是造福人类、一本万利的大工程哦！”当时胡豆山顶着张胡子拉碴的脸，竖起大拇指给他点了一百个赞。仇得雨只是抿嘴笑。陆慕白夸张地说，你这神器要能整出来，我第一个投资。仇得雨一张脸笑得稀巴烂，对陆慕白说，你那么多大妹儿小妹儿的，是得有个神器来管理。胡豆山揶揄陆慕白，只怕小叶子的神器还没发明出来，小陆子早就跟他那两个肾一道鞠躬尽瘁了。

柳木叶在大学里教美术，没事就宅家里，生活两点一线，两点之间相距十公里，靠地铁连接。他除了自己住的那幢楼里的一百多个平方米和授课的教学楼，其他通通不熟悉。有一次晚饭后，他带一个远方的亲戚出去闲逛，走出小区大门半个小时，就找不到回来的路，不是一般的找不回来，要不是 110 出手相助，便可能永远找不回来。他于五年前买房的时候还记一记小区的名字，过后就忘了，现在连名字都说不上来，身份证号码也背不出。警察靠人像比对，才查到他的身份信息。警车把他和他的亲戚送到楼脚，同幢楼的人还以为他是刑释人员。柳木叶对什么都不上心，上次聚会——也就是去年——他突发奇想，当时说过就过了，没想到其他三个却替他记得好好的，过了清明在微信里问他研究的进展如何，过了中秋又问。过了元旦再问的时候，柳木叶说，老子今年都四十五了，好歹人到中年，想来想去还是买房娶媳妇要紧，连个媳妇都没有，神器再好，老子派不上什么卵用，这个伟大光荣的任务老子没兴趣了，从此移交给陆慕白。陆慕白说，老子哪有时间？白天晚上的，忙不过来！胡豆山说，小陆子还用得着上哪里去找什么神器，小叶子就是一个神器，派小叶子去给小陆子管理那些大妹儿和小妹儿。仇得雨大叫不妥，小叶子的作案工具都清闲了四十几年了，闲生事端，难免见色起意，趁机作案，还不留痕迹。四个男人在微信群里笑得像旷野的春花。

他们四个长期在一起斗嘴，现在连说话的腔调都越来越像了，有时候在微信群里光看回复不看在群中的昵称，都分不清谁是谁。

见柳木叶坐定，把外套挂在椅子背上，胡豆山第一个开腔，没提神器的事，他说，听说已经有机器人老婆出售了，小叶子买不买一个？

陆慕白嘻嘻一笑，对胡豆山说，老哥你别哪壶不开提哪壶，小叶子今年的理想说不定是要发明机器人小妾。

胡豆山装出一脸认真探究的样子，态度诚恳地说，机器人小妾跟机器人老婆有什么区别？

仇得雨把柳木叶的杯子斟满，对胡豆山和陆慕白说，既然小叶子最后一个到场，得派点事情给他做做，以示惩罚。桌子脚不让他钻了，红包也不让他发了，我建议，今年的酒令由小叶子出，大家看怎么样？

那两人把手抱在怀里，纷纷表示同意。

酒店位于仿古风情街的中部，明清风格装修，从民间收来的旧门窗、旧桌椅，经过精心翻修，往相应的位置一放，气场和韵味十足。楼上楼下三层，只有五个雅间，也就是开满也只有五桌。桌数虽少，消费不菲，人均少了三百元出不了门。一般人不会上这里来订餐，除非钱多得不浪费掉点烧得慌。

出酒令是件伤脑筋的事情，既要让每个人都有话说，还不能太雅，也不能太俗。胡豆山搞音乐，去年的理想是搞一个乐队，过了年他的乐队跑遍了东南亚。陆慕白搞书法，这一年他不仅在西安、南京和徐州举办了书法展，还把书法课开到了东京和新加坡。仇得雨做文物生意，他的理想是这一年要赚一个亿，这会儿看脸上的神情，只会多，不会少。几个人从小学到大学都是一个班，大学毕业，天各一方，从事不同的职业，却都带文气。在胡豆山的提议下，从大学毕业那一年开始，每年过年都要聚在一起撮一顿，每年一个主题，这主题就是酒令。倘若把他们每年的酒令串联在一起，便是他们成长的痕迹。当初胡豆山想出每年聚会出酒令的目的，就是每年在自己的好友面前宣布一个计划或者目标，此后用一年甚至更长的时间来实现，每年一个台阶，每年一个进步。只有一个人例外，那便是柳木叶，毕业二十年，他仍然待在老地方不进步，其他三个人从没让他说过酒令。也不知道仇得雨今天是怎么想的，居然提议让柳木叶出酒令。柳木叶没想到他们让自己出酒令，这样的事情他参与一下还可以，突然让他拿主张，他既激动，又慌张。如果可以，他的酒令最简单：咱们拱猪吧。他的意思是三下两下把肚皮填饱，换张桌子，找两幅扑克牌来拱猪。中国酒桌的精彩在桌子上，也就是就餐过程中，而不是就餐之后，他这种偷工减料的酒令别说在其他人那里通不过，他自己都通不过。

柳木叶挨个儿把胡豆山、陆慕白和仇得雨看了一遍说，那么多年都是你们出酒令，你们出啥我就答啥，从来没有反对过，今年好歹让我捞到一个翻本的机会，本人绝对认真对待，绝不浪费。我的第一个要求是，我出啥酒令你们就答啥，不允许反对，同不同意？

三个人没啥不同意的。胡豆山直率，腮帮朝前一伸，裂开嘴巴说，我倒要看看一个宅男耍得出什么花样。

你别着急嘛。柳木叶侧了一下身子，扭头示意站在门口的服务员上菜。他说，每人讲一个亲身经历的故事，故事限于人生第一次，还不是一般的第一次，这一次经历影响你至今。

胡豆山说，这不难，随口就来。

胡哥，你别急。柳木叶说，我的要求还没说完，一桌没有女人的饭局，再荤都是"素局"，这种"素局"状态我们都搞了二十多年了，四个大男人，从青年到中年，年年如此，想想都反胃，再想要呕吐。今年至少要得从形式上搞点突破，因此我的第二个要求是，每个人讲的故事，必须与女人有关。

陆慕白高兴坏了，这个我最拿手了，你要多少有多少，保证每个都能让你达到高潮。

一向沉稳的仇得雨跟着陆慕白坏笑说，看来小叶子真是憋坏了，哥儿三个得拿出点献身精神，知无不言，言无不尽，一年望到头就这么一次，让小叶子一次性把牙祭打够。

切，你也莫急！柳木叶微微一笑，都是搞艺术的，你们的故事必须艺术，也就是不能图穷匕见，要干净！注意我们这是文明社会，反对低俗庸俗。

背政治课本啊小叶子，哪怕前面是碉堡，是万丈深渊，我胡哥第一个上。胡豆山举杯，示意大家碰一个，宴会开始，一口酒下肚，话匣子就打开了。

想当年大学毕业进了上海，我的梦想是成为歌星，站在舞台中央，一亮嗓子就让全国人民感动。没有到上海，我以为条条大路通罗马就是真理，到了上海我才发现，人家一出生就在罗马，你一辈子奋斗的天花板，不过是人家的起点……

你给大家上哲学课啊，女人在哪里呢？陆慕白大概已经准备好自己的故事了，迫不及待地插了个嘴。

只要跟唱歌有关，还会少得了女人啊？胡豆山再次举杯，人虽然长得帅……

陆慕白捏了一下胡豆山挺起来的将军肚说，那么大个猪油肚皮，帅个铲铲啊！痛得胡豆山尖叫一声吼道，你不打断我的话你要死啊？我是说的当年，当年在座的谁丑得到哪里去？尤其是我！

其他三个乐得只差把嘴里的酒喷出来。柳木叶说，作为今天的酒司令，我勒令陆慕白自罚三杯，之后谁再打岔，一次罚六杯。

我着急他讲了半天还讲不到女人身上去！陆慕白的辩解再次把大家逗笑了。

换了你的话，这点时间早滚到床单上了。仇得雨打趣他，又把大家逗笑起来。

这跟各人的习惯有关。柳木叶冷不丁幽默一句，把陆慕白弄得不好意思，直说我认罚，我认罚。

眼睁睁看陆慕白喝下三杯白酒。胡豆山继续说，人虽然长得帅……胡豆山停顿一下，把陆慕白看了看，不晓得是希望他再出来打岔，还是担心他打岔。陆慕白伸长脖子，一个酒嗝在他喉咙里呼之欲出，他本来酒量不大。人虽然长得帅，可机会却见我就绕道走，不但上不了舞台，连搭舞台都要看人家脸色，人家喜欢你就能去搭舞台，人家不喜欢就嘘嘘嘘撵人，比撵鸡还凶。眼看半年过去，又穷又急，一点办法都没有。不过我没有灰心，更没有撤离上海，而是每天下班以后，都在歌厅滞留到深夜，一首歌提成三块钱，干一个晚上也没有几张钞票，可我坚持了很久，我在等待机会，心想万一哪天就被一个星探看中呢。因此我每天都成为我们那个小区最后一个回去的人。后来我发现，我们那个小区还有一个人跟我一样回去很晚。是个女的，很漂亮的女子。陆慕白，我看你眼睛亮得比金币还耀眼！这漂亮女子就是那个当年在电视上一边拉二胡一边唱歌的女子，她就住我楼下。叫什么名字我就不说了，在座各位用脚指头想一下就能想起来。她那时候名声已经很响了。我想跟她套近乎，依仗她的名声，说不定能得到真正从事音乐艺术的机会。我琢磨，直接打招呼是没用的，制造点故意事件更没用，说不定还会让她反感。通过观察我发现，她每天晚上都回来得很晚，大多数时候是演出，有时候是赴宴回来，演出回来她开车，赴宴回来她走路。摸到这个规律，我每个星期至少有五天在她进入小区之后才进入小区，相隔十来米，到了楼梯口，三步两步跟上去，一前一后进入电梯。进入电梯之后我假装跟她不认识，有时候背对她，有时候侧身对她，嘴上哼着她的歌，我要让她知道我有一副很好的歌喉。三个星期不到，有一天晚上在电梯里……

胡豆山故意掐了后半句话，手捏酒杯的腰，等陆慕白插嘴。“有一天晚上在电梯里”，时间和地点都太让人想入非非啦，陆慕白只要插嘴，就别怪其他三个人挖坑执法。陆慕白偏偏把嘴闭得紧紧的。胡豆山见陆慕白还沉浸在刚才的酒嗝中，继续说，她突然对我笑笑，问我是做什么的。我本来白天在一家公司上班，晚上才客串酒吧唱歌，我直接把晚上的事说成我的全职，我说我在酒吧唱歌。然后假装很仔细地看了她一眼，立马无限快乐地说，你不是某某某吗？没想到在这里碰上大明星！你是我们多少人的偶像啊！今天看来我这几句话真是俗不可耐，令人作呕，可在那时候，这是我储蓄在心头、训练过若干遍的台词，百分之百发自内心。事后想起来，我在说这几句话的时候，因为激动，声音都走样了。她把披肩长发往肩膀后面撩了一下，问我会开车吗。我十二岁就学开拖拉机，十八岁就会开汽车，这事太简单了，我以为她要聘请我做她的车夫。你们三个不要笑，车夫又不丢人。别说那时候，就是她现在需要我给她开一回车我都愿意，她人品艺德都令我敬佩。得到我的肯定回答，她让我第二天下午五点到上海大剧院门口等她。当天晚上的前半夜我真是兴奋得眼睛都没闭一下，直到下半夜，心想第二天傍晚她还有重要的事情要我办，才强迫自己睡了几个小时。第二天在公司里，我有一百次差点把这个令人振奋的消息告诉伙伴们，但都忍住了。她只说五点钟到上海大剧院门口等她，到底干什么她并没有告诉我，所以我必须忍住。下了班，我换了一身西装，也就是电影里经常出现的车夫的打扮。我很会给自己定位的。不出我所料，她果然叫我做她的车夫。关于赴宴的细节，略去不表。一个制片人请吃饭。一个男制片人，请的全是当时名声响彻上海滩的女星。我那时候还不知道制片人有多牛，只觉得众星拱月，都围着制片人转，那些女星又是敬酒，又是撒娇献媚，只有她得体地应酬着。舞台上那么曼妙的一个女子，没想到酒桌上能叱咤风云，把一桌女星和制片人都灌倒了，她自己也喝得不少，走出酒店的时候还有三分清醒，吩咐我开她的车回去，上了车就啥都不知道了。小陆子你别用那种眼光看我，你淫邪的目光不用翻译，全世界的人民都看得懂，你不懂的是送她回到家以后的事情。

这下不仅陆慕白的眼睛是淫邪的，连柳木叶都好奇了。柳木叶听见仇得雨很响的吞咽声，心想这小子要有多少口水才能整出那么大的动静。大家都等着胡豆山往下讲，胡豆山偏偏举起酒杯说，干了杯中酒，掀起个小高潮！

再次斟满酒，胡豆山说，每一个故事的背后都有千百个故事，不同的人听到这里，都会引发不同的故事，不管你碰没碰到过类似的情况，你那接下来的故事的版本都会跟别人的不一样，尽管有的还仅仅是在脑子里虚构的。

胡豆山继续。

我的故事不用拍胸脯，都是真实的。我把车停在小区里，扶她上楼。她住六楼，我住七楼。进了她的屋子，我才发现，屋子跟屋子外观虽然一样，里面的装饰却天壤之别，她的屋子对那时候的我来说，简直是富丽堂皇的天堂。我先把她扶到沙发上，她说扶她到床上。声音含混，醉得不轻。那是初夏，她穿着薄裙。扶她上楼倒不觉得什么，重心放在挽着的手臂上，腰只在必要的时候象征性地搂一下。而现在，面对窝在沙发中的薄裙美女，我不知道该挽她的手臂还是搂她的腰。实际上，她已醉到我不仅要挽她的手臂，还必须货真价实地搂起她的腰。我想她反正醉了，对一个酒醉的人，即使是美女，挽手臂和搂腰已经区别不大。可惜五步路没走到，她整个人就瘫到地板上，再扶她起来，一步路没走到，她又瘫到地板上。我就蹲下来，一手搂着她后背，一手搂着她的腿，把她抱进房间搁到床上。她又轻又柔软。我喜欢这样的搂抱，只叹客厅离房间里的床太近，我还没过够瘾就结束了。她向里翻了个身，侧睡在我面前。我发现她的身材太好了，腰那么细，臀部丰满而翘，腿是那么细长柔和，凌乱的头发散落在肩头和被褥上。我男性的冲动出来了。我向老天爷保证，我的冲动就是那一刻出来的。之前我只觉得她是女明星，是我敬仰的对象；而这时候我发现她是女人，是一个很美很美的女人，是一个可以有情有爱的女人，是一个我这时候出手她毫无反抗能力的女人。确实，我那时候年少气盛，头脑简单，没见过世面，容易冲动，更不考虑后果，只要动手，我敢打包票，她绝无逃脱的机会。何况我知道，她那时候还是单身。你们要相信，只要是人，都会有基本的生理需求。她能选我做她的车夫，说明她从一开始就不反感我，不仅不反感还相当信任我，否则不会让我扶她回家，不仅扶她回家，还把她从沙发上抱到床上。天时，地利，人和，都赶上了。如果她也有那种意思，我要再不出手，说不定她醒来之后还误以为是她自己魅力不够。

我不记得我当时有没有出汗，但呼吸急促，紧张得喘不过气来，似乎下一刻就会晕死过去的感觉，至今仍十分清晰。就在我要崩溃的时候，她的一只鞋子掉到床下来，恨天高那种，咔嗒一声，非常清晰，在安静的屋子里面，就好像一把铁锤砸到地板上，吓了我一跳，同时我闻到一股脚汗的酸味，对，就是我们一般人所说的脚臭。这一声像木鱼被击打的响声惊醒了我，我对她的崇敬再次充满我的胸怀。她那么有名，名声的背后是艰辛和汗水；她那么有名，依然在不懈打拼。如果是我的女人，我一定好好疼她；如果是我的妹妹，我一定要替她找一个体贴的好男人。我脑子不笨，我知道，此时我如因一念之差，这辈子就再也没有跟她平起平坐对话的机会了，更不可能像她一样成名成家。人不能因为一时之欢，毁掉一生的前程。这样想的时候，我不再心跳异常，心跳平和起来，呼吸越来越顺畅，整个人也自在多了。她还是我的偶像，我还是她的粉丝。我决定给她洗个脚，一个离家独自闯荡的女人，背后的艰难和辛酸，凝聚在这双看上去秀美而气味并不好的脚上。当我从浴室打来一盆温热的洗脚水时，我发现我给自己制造了一个不小的麻烦：她穿的是连裤袜。就在我准备把洗脚水端回浴室的时候，她另外一只脚上的恨天高也落到了地板上，屋子里的酸味更浓了。我把心一横，心想，就当她是我妹妹，我这是给妹妹洗脚。掀开她的裙子的时候，我的冲动再次上来，可我克制住自己。那时候我不知道连裤袜可以在裤腰那里翻个卷儿，然后顺着大腿朝下搓，一搓就下来了，再一搓，手法足够好，就到了脚尖；我以为要像脱裤子那样脱。好不容易把连裤袜脱下来，我就用浸湿的毛巾替她擦脚，擦了几遍我不记得了。在擦脚的时候我都还在心怀鬼胎，心想如果她这时候坐起来，一把把我搂过去，就怪不得我了。她始终没动，两条腿柔软而顺从。擦完脚，我心想，既然脚都擦了，再替她把脸和手也擦了吧。我到浴室里把刚才那个盆仔仔细细清洗干净，靠嗅觉替她选了块洗脸毛巾，又打了一盆温热水。到擦脸和手的时候，我已经不再冲动了，我为刚才克制住自己而感动，这是一种胜利。我替她盖好被子，关好门，从楼梯间回到我那七楼。

后来怎样？柳木叶作为酒司令是有权发言的。

这之后我们就成为朋友，她比我大一岁，但她坚持叫我胡哥。不仅她喝醉了酒让我送，连她演艺圈的好姐妹喝醉了也让我送，大家都跟着她喊我哥。

陆慕白见胡豆山的故事讲得差不多了，插嘴说，你要得出一个什么结论？是她带你进入乐坛演艺圈吗？

这自然是题中之义，还真是这样，没有她之后的引荐和帮助，我至今多半还是个公司职员，连给人家搭个舞台，都得看管事人的脸色。胡豆山说，我觉得做人必须懂得尊重，必须尊重女人，尤其在她们没有自卫能力的情况下。

柳木叶说，胡哥一贯对女人很尊重，对我们哥儿几个从来就弹无虚发，刀刀见血！什么叫男女有别？胡哥用实际行动阐释了一切。

胡豆山说，咱们哥儿几个啥关系？再说那么多年你们受我的伤害已经成习惯，我不伤害伤害你们，只怕你们活着觉得没滋味。

四个人又喝了几巡酒。柳木叶说，胡豆山开了个好头，不仅干净，还深刻。三个人不约而同把目光对准陆慕白。陆慕白说，看我干啥，看我干啥？再看我我也高尚不起来，反正我那裤裆里的事情你们不知道一火车也知道半火车，不过今天这事，说起来真是难以启齿。

仇得雨揶揄他，传说一群女子站你面前，你用三十分之一秒扫一眼，就能准确判断哪几个当夜就能与你上床，你还有啥难于启齿的？

陆慕白挠了挠额头上的头发说，人不风流枉少年，你不这样说，我还犹豫是不是该把这件事说出来。既然你这样说，我决定坚决要把这件事说出来。世间万事都有根由，我觉得这是我半生风流的起点。

柳木叶说，冲着这个“起点”，也就是第一次，先生，只管放马过来。

陆慕白举杯，四个人碰了，再把酒杯斟满，陆慕白说，我清楚记得，那是 1991 年 9 月，我第一次到成都，坐了一天一夜火车，到成都中转，还得再坐八个小时的火车，才能到达我们读书的大学……

仇得雨插嘴说，咱们四个不是一起走的吗？在成都，从下火车到再上火车，中间有七个小时间隔，就这么一点时间，你就完成人生的起点啦？

胡豆山说我已经不记得那天的情景了，只记得要在成都转车。

你们自己记不得自己干了什么没关系，只要我记得自己干了什么就行了。陆慕白把脸转向柳木叶，照你刚才设的酒令，仇得雨和胡哥要罚酒，仇得雨是主犯，胡哥是从犯，一个六杯，一个三杯。

柳木叶冲着三个人笑笑，不开腔。那两个却不干了，一个说陆慕白啥场面没见过，哪会有什么难以启齿的故事，分明就是没有故事装有故事，故弄玄虚，拖延时间。一个说我们都是历史的见证者，我分明记得我们四个人自始至终就没有分开过。

柳木叶发话说，小陆子，他俩的账先记着，只要有女人在你的故事里出现，老子立马让他们两个仙人板板喝。

两个人没表示反抗，看来还是想听故事的。

出门之前，我爹让我利用在成都转车的几个小时，去火车南站看望当年在我家插队的书法家，带了两斤多玉米须。玉米须在我的故乡值啥钱？喂牛，牛不嚼，喂猪，猪不吃，只配引火。我爹说，那是他那书法朋友用来治病的药，泡茶喝，利尿。后来我才知道，肾脏上有种毛病，就需要这东西利尿。我还清楚记得，那天早上你们三个爬出火车，拖家带口一般把牛仔包背到一家路边小饭店，吃了一盘油漉漉的红烧茄子和三大碗米饭，就钻进候车室里跟农民工似的，找几张报纸垫在地上补瞌睡去了。我怀揣两斤玉米须，在公交站牌下研究半天，乘上16路公交车。那一路公交车到了火车站挤得让我怀疑这世界正在逃难，第一趟我没上车，以为第二趟松活点，没想到第二趟一样拥挤，到了第三趟我就挤上去了。真是前胸贴后背，好在两只手都吊在拉环上，要不然手都没处放。车辆起步，车厢里的人便齐刷刷往后倾，然后向前复原；如果刹车或者减速，一车人又齐刷刷向前倾，然后向后复原。

人就这么一前一后晃动。

我的前面贴着个女孩子，个子跟我差不多，岁数也差不多，只看到背影，扎了个一把抓，模样好不好看不清楚，隔了两条裤子就是肉贴着肉，我的前面贴着她的臀部。我想侧个身，我非常想侧个身。侧个身，不是说我有多文明，而是不好意思。我是那种听人家冲个骚壳子下面都会有反应的人，像这样贴着，我那反应迟早要来，而且来势凶猛。九月份，还算夏天，穿得薄，待会儿“大帐篷”搭起来，给人家知道了，多尴尬。可车厢里实在太挤了，别说侧个身，就是喘气你都得喘小一点，否则胸膛起伏太大，会挤着别人。陆慕白说到这儿，停止讲述，看着柳木叶问，是不是该让他俩兑现了呢？

真是仙人板板，你简直配去电视台上班，关键时候，就来插播广告！胡豆山笑着，嘴里不闲，手上也不闲，抓起酒瓶倒酒，先倒在杯子里，再把杯子里的酒倒到碗里，仇得雨的碗六杯，他自己的碗三杯。两个人举起碗碰了一下，仇得雨说，为以下内容少儿不宜，干杯！仇得雨喝完，舌头伸出来，沿着嘴唇舔了一圈。胡豆山对他说，兄弟，你那么淫邪，是不是需要再来六杯酒才能浇灭你心头的欲火？仇得雨又把舌头伸出来舔了一圈说，我在试我的舌头是不是给呛熟了，感觉有些麻木。柳木叶说，你们两个别打情骂俏了，赶快让小陆子继续他的风流往事。

我努力克制自己，起初还有效，从火车站到人民北路二段都风平浪静，可到了万福桥就起了反应了。我向人民币保证，不是我主动要反应的，主动权来自我前面那个臀部。这个臀部在车辆晃动的时候要晃动，在车辆平稳的时候也晃动，当然她晃动得并不夸张，而是细小、有力、精致。此时我已感觉到臀部的柔软，反应越强烈，越感觉到软。就是到了这会儿，我都还想侧个身。可是很快我就不想侧身了，我猜想我前面那个女子跟我一样好奇。我们四个人彼此知根知底，那时候我没有谈过恋爱，连女孩子的手都没牵过。那样一种感觉真是太奇妙了。在这之前很多年，我就想象着跟女人接触的感觉，牺牲一百亿个脑细胞也想象不出这种感觉在现实中有多美妙。可以说，我后来，尤其是前些年，经历了那么多大妹儿小妹儿，都想再次找到那种感觉，可却再也找不到了。我当时很紧张，生怕被别人发现，把我当流氓打。只觉得周身发热，脸和脖子发烫，感觉喘不过气来，我紧紧攥着怀里的玉米须，任由前面那柔软的臀部磨蹭过去，磨蹭过来。我大起胆子看了一眼前面这年轻女子，她上着短袖无领荷叶边的翠色衬衫，下面是那个时代最流行的黑色健美裤，也就是踩脚裤。这种裤子瘦的人穿上线条招摇，丰满的人穿上线条毕露。从这身打扮，看不出是城里人还是乡下人。从她干净的一把抓推断，她多半是城里人。橡皮筋上还扎了一条盘成花的褐色碎花白手绢。她是健康的，也是热烈的。就这样过了锦江宾馆站和华西坝站，到省体育馆站的时候，我终于控制不住了。从前这种事情都在梦里发生，这是第一次在我醒着的时候发生的。大脑一瞬间变成空白。我动都不敢动一下，再说也动不了，两腿发软，下盘虚弱。公交车开到倪家桥的时候车厢终于松动了一些，我往后退了一些，不再与她接触。距离足够，我能看到那女子的脸，她的脸也红彤彤的，那是一种因为激动才会有的红，带着羞涩和激动的那种红。

我都没敢认真看她的脸，到现在我脑子里都还是红彤彤的年轻女子的脸，只有个大概，没看清面目。当汽车在这个停靠站即将关门前几秒钟，我迅速溜下车厢。夹着两条腿，侧着身，看着那辆公交车开远。等车子消失在车水马龙之中，我除了有一点点遗憾没有看到那女子的背影之外，觉得这世界天宽地阔，原来世间还有这么美好的感觉。

果然少儿不宜！仇得雨又舔了一圈舌头说。

岂止少儿不宜，简直难以启齿！胡豆山像个判官，很认真地宣布终审判决。我很同情你，你的成人仪式多么不堪回首！

咱们的孩子都到了我们当年的年龄了，说出来也无妨，再不说出来，只怕要带进骨灰盒了。陆慕白说，我只想说，只要是人，都是有欲望和好奇心的，男人有，女人一样有。

难怪这时代约炮的约炮，私奔的私奔，原来都是欲望和好奇心指使的！柳木叶挠着头发幽幽地说。

陆慕白举杯示意大家碰一个，又说，下一个轮到谁？

柳木叶说我呗，我是酒司令，如果只让你们讲我自己不讲，属于以权谋私；如果最后一个讲，那就等于总结陈词，宣布欢宴结束。都不好，我还是现在讲最好。

我不相信你个超级路盲会讲出什么跟女人有关的青春偶遇故事！陆慕白歪起嘴巴坏笑。

你那种少儿不宜的故事自然是没有的。柳木叶笑盈盈地替陆慕白斟满一杯酒递过去说，三杯，这是第一杯。

你个仙人板板，你故事都还没有开始怎么能算我插话违令呢？陆慕白的脸真的有点白了，旁边两个知道，这家伙喝酒的状态就要来了，一来状态便自己找理由要酒喝，拦都拦不住。果然，他反过来替柳木叶斟满一杯说，开讲之前你最好喝三杯壮胆，我陪你！咣，自己先喝下去。柳木叶连挣扎的机会都没有，只得端起酒杯陪他喝。

我这故事起始于一片熊掌。读高中的时候我们班不是有好几个少数民族同学吗？根据地方特殊规定，他们男的年满二十、女的年满十八周岁就可以结婚。莫沙子卡同学在我们读高二那年结婚，你们都还记得？记得就好。人家回去结婚回来，当天晚上，你们这帮鸟人把人家关在宿舍外面，要人家汇报跟新娘子亲热的感受。寒冬腊月的，你们是趁人家衣服都脱得差不多才把人家拖出宿舍的对不对？你们三个还笑，到现在还笑得出来，真是一点同情心都没有！是我从宿舍门上的翻窗上给他投递的衣服，后来又是我去给他开的宿舍门。为了感激我，暑假结束回学校，他给我带了一片熊掌，半个巴掌那么大，米黄色，胶状。传说这东西滋阴壮阳，是属于大补的名贵东西。我那时候最恼火的是我嘴上边没长胡子，我想，吃了这东西也许能把胡子催出来。吃了之后才发现，拐了，老子三天三夜睡不着，下面没日没夜雄赳赳的，走路像夹了根擀面杖。那是野生的熊掌，拿到现在圈养的，你把整头熊吃下去，也不一定有那一片熊掌十分之一的功效。到了第四天正好是星期天，我找莫沙子卡想办法。没想到莫沙子卡也跟我一样，他比我多吃了一块，痛苦得只差撞校园的围墙。那时候学校只有机井，要是有水井，他指不定早跳井了。我们一起沿着操场上四百米的跑道狂奔了十圈，还没把火褪下来，就出了学校门，沿着成昆铁路朝北走。一列列南来北往的火车从我们身边呼啸而过，我们经过村庄、山间林地、小溪、河滩、不算太长的隧道、桥梁，直到天黑还没有回头的意思。我们已经走进了大凉山的崇山峻岭。那时候的铁轨是铺在木头枕木上的，一脚一根枕木，长度正好是一步，即使没有灯光，摸黑也走得很顺畅。我不是有神论者，也算不上无神论者，但我自小就怕黑、怕鬼、怕妖魔鬼怪。可口头传说的这些东西在我脑子里，是不会跟铁轨联系在一起的，世间纵使有这些东西，它们会怕火车风驰电掣的速度、照透一切的灯光和尖锐有力的咔嗒声。我们没有戴手表，不知道自己走了多长时间，也不知道自己走了多远。天上是清澈明亮的繁星，那天晚上没有月亮。走了很久，身上起了凉意，我最先感到裤裆里的柔软，“擀面杖”不在了，好生舒适。后来莫沙子卡也迎来了自己的春天。在一个隧道前面的山崖边，我俩非常舒爽地冲着轨道外面的悬崖，大大地尿了一泡，我甚至能感受到优美的抛物线从我前面落下山崖。就在我俩临近收工的时候，一束雪亮的电筒光射过来，随即传来一声吆喝：“谁！干什么的！”随即，一个一身臭汗的中年男人走到我们面前。这人不是绿林好汉，更不是什么强盗，是铁路的护路人，一个老家在重庆铜梁的土地工。我至今不懂什么叫土地工，跟土地爷只有一字之差。眼前这条隧道前后一共三十多公里的铁路、桥梁、隧道都归他巡视。他带我们到他位于隧道边的小屋子，那小屋子是铁路上的人造的，砖房，有玻璃窗，非常小，只摆得下一张床、一张小桌和一个简单的柴火灶。干净倒干净，唯一特别的是床铺的里墙上挂着一条女人用的围巾。接下来的故事，围绕围巾展开。

柳木叶说罢举杯，邀请其他三个碰杯。胡豆山说你这是一个故事还是两个故事？先是围绕一片熊掌展开，现在又出现了一条围巾。柳木叶回道，想不想知道后来怎样嘛？不想知道，就换下一个人来讲。胡豆山说不是这个意思，只是觉得你一片熊掌的故事不够精彩，而且压根没有出现女人。陆慕白说，我猜那女性围巾必然跟女人有关。

柳木叶说，不错，确实跟女人有关，不止一个，也不是三个，不多不少，正好两个。柳木叶招呼大家又喝了一个。

护路人收留了我们俩，三个人挤一张小木床，自然是睡不着的，睡不着正好聊天。护路人告诉我们，我们已经离开学校将近二十公里。他以为我们因为成绩不好要离家出走，开导我们人一生不止读书一条出路。他只有小学一年级文化，结了婚，有了两个孩子，才找了个机会到这个离老家七八百公里的大凉山来做护路人的，一干就十多年。他的铜梁老家土地肥沃，农活都由男人打理，女人负责带孩子和收拾家务。他成了铁路护路人之后，到现在都是他们村里的骄傲，可苦了他的女人，他的女人不仅要做家里的活儿，还要干农田里的活儿。四五年前他的女人曾经来看过他，以为他这里有食堂、有市场，谁知道方圆十几里就他一个人，日子过得比苦行僧还艰苦，想说话都找不上个人，住了三个晚上，哭着回去了，再也没有来过。她女人颈椎有毛病，需要一条围巾，为了这三十多公里铁路的安全，他一直没机会去买。前年好不容易利用到西昌机务段参加先进工作者表彰会的机会买了一条，她女人来信说，围巾她不要了，挂在墙上留着陪伴他，她的围巾有人买。大家都人到中年，婚是不离了，她负责把他的两个孩子抚养长大。他在大山沟里过他的日子，她在老家过属于她的日子，复杂是复杂了点，真正复杂起来又很简单。护路人说到这儿，眼泪水都上来了。这下轮到我们同情他了。你们都知道，被人同情的滋味很不好受，一旦有反过来同情对方的机会，谁都显得十分慷慨，甚至迫不及待。我们建议他偷偷回铜梁，来个捉奸捉双，把那个男人打个半死，至少把他的功能废掉。他说，你们这些愣头青，啥都不懂，我总不能眼睁睁看着人家守活寡吧？事实上过去那么多年，她真是在守活寡。我们就说，那你不也在守活寡吗？护路人悄悄笑了，他说我从去年开始，也不守活寡了，等天亮了你们往屋外看，那些田坎上的蔬菜，都是人家替我种的，她男人前年落到山崖下摔死了。莫沙子卡问，怎么今天不见那女人？护路人说，她家里还有两个孩子，来去十多公里呢，她前天回家照顾孩子去了。我问他你不打算离婚吗？护路人说，铜梁那头不离，离不了，我是我们村子的骄傲，我的孩子和那个女人就靠这点虚荣在村子里活得理直气壮；这头呢，这女人也从来没跟我提结婚的事，日子就这么过呗，过一天算一天，过到哪天算哪天。屋子外面山风呼啸，整夜不息。早上起来，护路人不知什么时候出门检查线路去了，小桌上有七八个煮好的土豆，那是他给我们准备的早餐。他每个月的工资还算可以，两头分分，自己留下很少。我觉得他简直像个符号，一个精神符号。出门后，我打量屋子周围，但凡平顺一点的地方，哪怕一个屁股也坐不下，都被开垦出来了。辣椒、冬瓜、四季豆、黄豆、山药、白菜、扁豆、洋葱、佛手瓜、南瓜、西红柿、卷心菜、茄子、苦瓜，还有几种记不得了，我当时数过，一共二十一种，这不是一个慵懒的女人能种得出来的，也不是每天要把他管辖的三十多公里铁路线巡视两遍的护路人种得出来的。那些蔬菜在山野的阳光下绿得醉心，生机勃勃。有了这些蔬菜和那个我们不曾看见、又实实在在存在着的种蔬菜的女人的陪衬，护路人过着天高云淡的神仙日子。据说自从他做那一段铁路线的护路人，近四十年没有列车出过重大事故，纵使暴雨冲毁了铁路桥，隧道山体滑坡，他拼了命也会提前发出预警信号。

这么尽职的员工哪里还有？我的乐队需要。胡豆山脖子都梗了。

陆慕白说，我只关心他挂在墙上的围巾，山里头那女人会不会用？

仇得雨说，我更关心的是，二十多年过去了，到现在，他早该退休了，他是该回铜梁呢还是留在大山沟沟里。

你们怎么不关心那片熊掌呢？柳木叶问。

你那熊掌只是你的一个由头，早褪火褪得干干净净了，我就不相信你把自己丢到冷水池里泡上三四个小时褪不了火，一定要去暴走几十公里铁路；我怀疑你当初吃的根本就不是熊掌，而是春药！胡豆山拿柳木叶开涮。

陆慕白主动举杯。他大着个舌头说，这些年小叶子在大学里除了上几节美术课，世事不问，与世无争，不娶媳妇儿，连路都不认，丢哪儿都能活，放哪儿都可能被遗忘，那根儿恐怕就在那夜暴走上。他对柳木叶说，兄弟，你这才叫大隐隐于世啊！陆慕白没有继续往下说，他连把舌头伸出来舔嘴巴的力气都没有了。

那不是一般的根儿，那就是病根儿。胡豆山喝高了，有些得寸进尺，不依不饶。

柳木叶也喝高了，但脑子还将就好使，他想你们这帮鸟人没有一开始就光棍过，不懂光棍的内心，施耐庵在《水浒传》的序言里说：人生三十未娶，不应再娶；四十未仕，不应再仕。其实人跟果树一个样，错过了二十几岁的开花季节，便难得有开花的冲动，即使迫于世俗要结束单身生活，激情没有了，心情没有了，甚至连基本功能也越来越难以维持，便想开花都不容易开出来了。柳木叶看胡豆山，有时是一个脑袋，有时是两个脑袋。他发现，今天他出的这酒令，掏心窝是掏心窝，故事闻所未闻，都愿意听，可每个故事都太长了，其间要举好几次杯，谁都不会少喝，不知不觉，四个人都喝大了。他还记得自己是今晚的酒司令，为保存实力，他就不跟胡豆山练嘴皮子了，仇得雨的故事还没开始呢。

先让我唱几句行不行？仇得雨知道轮到他了，他举起酒杯。应和他的只有胡豆山，柳木叶和陆慕白连招架之功都快没有了，能偷工减料就偷工减料。偏偏仇得雨细致，声称他俩不喝他就不讲了，酒杯倒扣，就此散伙。胡豆山看看柳木叶说，你是酒司令，你不喝咋成呢？那酒，说到底，就是一杯水；说水又不是水，咱们喝的是感情，对不对！他又扭头对仇得雨说，你爱唱就唱呗，要早几年发现你这才华，哥儿几个砸锅卖铁，凑钱也要把你包装成歌星，呵呵！

仇得雨一亮嗓，气流在喉咙里打了几个转，再盘旋而出，像一瓶岁月的老酒，被一点一点打开，真诚纯粹感人：车过日月山，把命交给天，过了柴达木，两眼泪涟涟！唱罢四句，大家就知道，他们该闭嘴一阵子，仇得雨的故事开始了。

大学毕业后很长一段时间，我没有找到合适的工作，家里不缺钱，也不管我有没有工作。我爹是搞文物买卖的，也就像我现在这样，被你们称为文物贩子，一年到头到处跑。一次，他告诉我青海是他去过的最值得去的地方，北有祁连山，南有唐古拉山，中部是昆仑山，茫茫草原起伏绵延，柴达木盆地浩瀚无垠，茶卡盐湖可开采几百年，河流纵横，湖泊棋布，是长江、黄河、澜沧江的发源地，名副其实的三江之源。青海湖出产名贵的鳇鱼，随时随地都能听见人们唱“花儿”。于是，在很长一段时间里，一提到青海我就激动，就恨不得立马踏上那块烟水茫茫、歌声缭绕的土地。那时候我爹虽算得上富裕，却还没有慷慨到替我买飞机票的地步，我是老老实实坐绿皮火车去的。最终促使我成行的，是我的一个表弟，他在柴达木盆地西侧的一个地方当兵。从西宁改乘上汽车，我才算领教到了大西北的辽阔和粗犷，以日月山为界，东部阡陌纵横，土地肥沃，庄稼翠绿；西部草原辽阔，牛羊成群。日月山并不出名，大多数人包括在座各位可能都没听说过。其实这座山并不比什么贺兰山、昆仑山骨头轻。这座山在藏语里叫“尼玛达哇”，是农业文明和游牧文明的分界线，也是外流区域和内流区域的分界线。日月山的西侧有一条由东向西流淌的河，叫倒淌河。进入海西州，便是戈壁、盐湖、沙漠和光秃秃的山丘。七月的风，到了夜里，已经冷得能咬人。进了柴达木，我已经习惯了半个月不洗澡不剃胡子，用石头或者包谷壳擦屁股，头发脏得指头都插不进去，但依然感觉自己风度翩翩，倒在满是跳蚤的床铺上，半分钟之内便鼾声如雷。那时候的公路在西宁朝西的地界上，还只是一个概念，没有多少实质性内容，更没有固定的模式，碎石铺一铺，有几道车辙，意思到了，就行了。因此这一路十二万分的惊险，有时上坡，车头翘到天上，根本看不见前面的路，就在你以为要钻进云里去的时候，车头猛然朝下耷拉，立马一路下坡，不仅朝下钻，还有鸡肠子似的弯道。开到半路上，驾驶员把车停到路边，用山泉水浇轮子上的刹车片，“席席席”的高温水蒸气，让人担心要是刹车片用完，是不是等于我们的命就得交给天。有时经过碎石山，下面的碎石经过汽车碾压，会大片大片滑向深谷，如果哪片松动的碎石够大，滑得够快，整个汽车也许会栽到深谷里去；上面也有碎石掉到车厢顶部，噼啪作响，倘若掉下来的碎石足够大，整个车子会被砸得稀巴烂。

我表弟的连队在柴达木西侧茫茫戈壁的边沿上。连队知道我是大学毕业生，在他们眼里是个十足的知识分子，对我特别尊重，也很照顾，临时给我分了一间宿舍。铺被褥的时候我注意到，连队里有个二十来岁的女子，爱说话，爱笑，圆盘大脸上到处是雀斑，两条又粗又黑的大辫子从肩膀上搭下，走起路来，辫梢在隆起的胸脯上有节奏地跳起来，落下去。这女子并不漂亮，大家却都喜欢她，她不仅替大家煮饭，还替大家缝缝补补。我到达那天，她还替我铺被褥。后来我才知道，她是从湟水岸边一个小村庄逃婚出来的，丈夫是个残暴的聋子，家里谁不中他的意，提棒就打，持刀就砍。她是没有活路了，才顺着通往柴达木的公路出逃的，饿昏在日月山的盘山公路上，给炊事员老五捡回来，就成了他的帮手。

老五是南方兵，不会做面食。自从有了这女子，各式各样的面食让连队的北方兵像落进了天堂的米缸，由于滋味好，南方兵也喜欢上了面食。大家都管她叫花儿姐。其实那些兵蛋子跟女孩子年龄差不多，有的比她年龄大，可女孩子结过婚，相当于“官升一级”，因此，连我去了，都跟着大家称呼她花儿姐。

仇得雨停了几分钟，把桌上的酒杯挪了挪位子说，我等着你们来插嘴，怎么不插嘴呢？

柳木叶和陆慕白趴在桌沿上，两双眼睛死鱼般地盯着他，明显连说话的气力都没有了。胡豆山大着舌头说，你在讲你的故事的时候，我们在心头想我们的故事，每一个故事的背后都有一百个故事，你让我们从哪里插起？

你就继续讲吧，花儿姐不漂亮！柳木叶动了一下托着脸的手臂说，老子像把一百年的酒都喝下去了，有本事你们把老子嘴巴封起来，明年这个时候打开，整一个就是封缸酒。

仇得雨自己也喝不动了，他又动了一下酒杯，没喝，故事还得讲完。他继续说，花儿姐虽不漂亮，但在茫茫戈壁滩边上，在上百号春情勃发的男人里，却是一枝独秀，别说那些年轻的小伙子，就连我，只在那里待一个多星期，只要脑子里出现女性形象，除了母亲，就是花儿姐的形象。可是，她却是最安全的，士兵们为她专门搭了个女厕所，她晾晒被褥和煮饭的时候，总有几个小兵帮她的忙。花儿姐对我很照顾，早上给我煮一个鸡蛋，特地为我准备了油泼辣子，还帮我把袋子里反复换下来又穿在身上的、起了包浆的衣服洗干净，使我不得不一周洗一次澡。听说我有胃寒的毛病，她特别嘱咐我晚上睡觉要在胃部多盖一件衣服。她说西宁那地方卖一种牦牛绒的肚兜，她们村有个在西宁做干部的后生，这后生替他老娘买了两个，用了两年，他老娘大半辈子的胃寒就好了。女人就是这样，随时都可以客串神医。对这些婆婆妈妈的话，我从来不往心头搁，左耳进右耳出都嫌麻烦，直接从耳朵边边擦过去，转眼就消失了。

到表弟那里第二天我就发现，战士匍匐射击的位置下面都有一个洋瓷碗那么大的土坑，而食堂里每一天都要吃一顿猪肉炖萝卜。那萝卜很特别，红棕色，下面是圆形的根，上面是圆柱形的茎，表面有鳞片形的细小叶子，没啥味道，口感没有我平日里吃的萝卜好。没过几天，我发现不对劲，准确地说，是裤裆那个地方不对，稍不留神就搭起高高的帐篷。最初我以为是高原反应。后来有一天我随花儿姐到戈壁滩上挖萝卜，才知道，他们每天煮的根本不是萝卜，而是锁阳。兵站供应的蔬菜有限，他们就把锁阳当补充蔬菜，拿来炖猪肉了，难怪那些匍匐射击位下面有个土坑。戈壁滩并不像你们想象的一马平川，有许多冬雪融化时冲刷出来的坑坑洼洼，还有由风吹而堆积起来的小沙丘，锁阳大多长在那些沙丘下面的沙土里，一片一片，不用花多少时间，就能刨上半筐。

那一天，戈壁滩上就我和花儿姐两个人，花儿姐刨了半筐，我也刨了半筐。她斜躺在沙窝儿里不动，我以为她在歇气。等我走近她，她一把抱住我。她长期干活，气力比我大，我被她抱得几乎不能挣扎。在她说“要”的时候，我都还没明白她要什么。你们别笑，我那时候还是个童子，什么也不懂。她主动把嘴凑上来的时候，什么美感都没有，只觉得牙齿太多，跟我想象的差别太大。当我明白她所说的“要”是什么的意思时，我的理智告诉我，纵使什么时候都能随便，这时候都不能随便，她并不了解我，我压根没有喜欢上她，我过几天就要离开的，万一留下什么孽种，还得回过头来收拾，搞不好，我这辈子就毁了。你们别见笑，我那时候以为跟女人只要沾上，就必定会生孩子。我说花儿姐，你别这样，都是锁阳惹的祸，我们抱一抱，等火气消掉就好了。她说我要跟你生个孩子，准确说，是要借你的种，我那老公家里三代脑残，我不能让我的后代继续脑残。我脑子里立即冒出“阴谋论”三个字，这女子心机太深了。我更不会从了她，哪怕因为锁阳的缘故，哪怕我也快爆炸了。在这种情况下，我知道我还不能惹恼了她，万一惹恼了她，她倒打一耙，我这辈子一样毁了。我说，你不是到连队那么长时间了吗？那么多小伙子，难道就没有你看得上的？她说不是看不看得上的问题，问题是一个女人在男人堆里，反倒是最安全的，有无数的眼睛盯着，谁给我使个眼色，都会被别人看见。她这么说，倒是提醒了我，也给了我解围的机会。我说，咱俩赶快恢复原样，说不定正有士兵往这边赶过来帮我们抬“萝卜”呢！万一给人撞见，你再无机会留在这里煮饭，我说不定会被人揍死。她这才腾出手来整理自己的头发，拍打身上的沙土，把身子从沙窝儿里探出来。远处果然有两个黑点，两个帮忙的士兵正从远处走来。她突然向我跪下，呜呜哭起来。她说，在咱们那样的穷地方，嫁鸡随鸡，嫁狗随狗，姐没有攀你高枝儿的意思，我只是不想让我的后代笨得跟他爹和他爷爷那样。姐知道你有文化，长相也好。菩萨说，做人要有慈悲心肠，油盐柴米能施舍，钱财能施舍，连性命都能施舍，为啥就不能施舍我一个孩子呢，一个健健康康的孩子！她这么哭诉，把我的心哭软了，我想起在西安的一座寺庙里，供奉着一尊锁骨菩萨，传说这锁骨菩萨每天做的事情，就是幻化成无数女儿之身，进入各种光棍汉的房中，对其进行欲望超度，安抚无数躁动的灵魂。如果我们这时候在西宁或者日月山的任何一间屋子里，我会毫不犹豫，义无反顾。可现在，我已经能听见两个士兵的胶鞋击打戈壁滩的声音了。

仇得雨用筷子戳了一下柳木叶，柳木叶眼皮上像装了开关，“啪”一下睁开眼睛回应他说，别担心，我还活着，你每个字我都听得清清楚楚的。

仇得雨又伸出筷子，打算戳一戳陆慕白。当筷头距离陆慕白两厘米时，他像获得了感应，主动用了个慢镜头睁开眼睛，两个眼睛睁得一大一小，大的那一只睁得眼皮都快翻过来了，小的一只就剩一条缝，口齿清晰地喊一声：不要暗算我！

趴在桌沿上的柳木叶和胡豆山笑得身体一耸一耸的。

我还当你们睡着了！仇得雨放下筷子。

把这种事情跟普度众生联系起来，只有你这种文物贩子才有这样的才华。胡豆山的嘴巴到底是厉害的。

可别这么说，要是给我遇上，柳木叶说，我也会把这二者紧密联系起来，使它们成为一种因果关系。

看来就我一个人保守。说完胡豆山也跟柳木叶一样趴到桌沿上，脸搁在手臂上，又说，阅人无数的小陆子怎么不说话呢？

陆慕白白了胡豆山一眼说，拿你们的话说，在这种事情上，我还停留在动物本能阶段，一点发言权都没有。

胡豆山坏坏地笑起来说，到哪里去见你这种不分季节不分时候随时随地发情的动物？

柳木叶估计他们要吵起来，胡豆山说话已没轻没重了，便赶紧举杯，让大家再灌一个。几个人觉得，多这杯不多，少这杯不少，反正都喝大了，稀里糊涂又灌了一杯。

柳木叶再次替大家满上，请仇得雨继续。仇得雨说，就在能清晰听见士兵脚步声的时候，我答应了她，但地点必须是在西宁或者别的什么地方。她擦干眼泪说，你真是上天派来救苦救难的菩萨！说完她双手合十，给苍天作了一个揖，也给我作了一个。她擦去眼泪的脸，让我觉得楚楚可怜，我已经忽略了她的圆盘大脸，和大脸上密密麻麻的雀斑。我知道，我对她的承诺是认真的。

没有想到，她更认真，她第二天就搭乘部队开往西宁的汽车。上车的时候她背着士兵让我跟她一起去，我没有上车，原因是我事前并没有对任何人说我要返回西宁。如果我跟她这一去就不复返，这在连队里产生的轰动效应，比胡搞还巨大，给我表弟的压力，比私奔还不堪，不仅我没脸回老家做人，连我表弟也回不去老家了。再说了，我只打算在连队里做短期停留，这一回到西宁，就再也不会返回来了，那么荒诞而自由散漫的公路，我是没有胆量和勇气体验第二遍的。我那会儿真的还不想离开连队，我还想在那里住上一阵。她见我不去，也想下车不去了。汽车已经发动，她发现自己要是不去西宁，会是件多么没头没脑的事情。驾驶员去年刚回家娶了媳妇儿，俊俊俏俏，在寂寞的山路上，说不定他们会发生故事。这是我不希望的。十多天前在来的路上，不时遇到翻下山崖的汽车，几百米高的山崖，里面坐的如果不是孙猴子，那就必须去见阎王爷。我永远记得，她那天穿了一件火红的衬衫，左手腋下夹了一件红色外套。两件衣服，都相当喜庆。西北女子遇上喜事都喜欢穿红色衣服，我知道这衣服是为我穿的。汽车发出很大的轰鸣声开出了营房。空旷的戈壁上传来河湟地区“花儿”的歌声，那种歌声南方人不太喜欢，在河湟地区属于野歌，必须在野外唱。既然是在野外唱的歌，你就知道那是什么歌。那是花儿姐在为我歌唱。

仇得雨清清嗓门唱起来：一溜溜山来着哟两溜溜山呀，三溜溜山啊脚夫哥下了日月山噢哟啊脚夫哥下了日月山，今个子牵来着哟明个子牵呀，个每日牵啊夜夜的晚夕里梦见噢哟啊夜夜的晚夕里梦见！

唱完，仇得雨接着说，花儿姐的嗓子好得很，赶得上当红歌星，一曲唱完又唱一曲，这一曲我只听了个开头，后面没有听真切，车子开远了。仇得雨又唱：假如我死了，你还会记得我吗？会记得你说过的来看看我吗？上帝死了都不管用了……

仇得雨说，就只听清楚这三句，后面还有一句，没听清楚。

胡豆山说，这有何难，等你的花儿姐回营房，问清楚她不就成了。

仇得雨幽幽地说，不可能问，再也问不到了。

为啥？她不愿意？胡豆山大起舌头来，让人觉得挺难缠的。

她去了西宁，再也没有回到连队。仇得雨说。

胡豆山与仇得雨这一问一答，让其他两个人也来了兴趣。酒席开到了这个时候，为让大家继续将场子活跃起来，柳木叶说，后面的情节我们大家来推演推演，一个人推演一个，最后让仇得雨揭底，看看谁的推演离真实更近，离得近的不喝酒，其他人通通得喝。陆慕白摇摇酒瓶里剩下的酒说，不多了，不做酒令最多两巡；做令的话，一巡正好。

柳木叶说，哪个先来？

这种事情自然是我先来啰。胡豆山用右手抠抠脸颊说，仇得雨不是说那个驾驶员长得英俊吗？又是个刚结婚的男人，有经验。这些条件足够推断出一个结论：仇得雨的花儿姐跟驾驶员私奔了。既然私奔了，当然不会回连队了。

柳木叶觉得胡豆山的推断太过于简单，他说胡哥这逻辑放在现代小说里也许能糊弄读者，但放到二十世纪九十年代，用脚指头想想都不太可能。驾驶员是军人，要真跟良家妇女私奔了，一定会闹出不小响动。何况人家驾驶员刚刚结婚，跟吃一根甘蔗那样，甜头刚刚尝上，说不定正喜滋滋等着抱大胖小子呢，纵使跟陆慕白一样随时随地就把那样的好事做了，也可以回连队来。我的推测是仇得雨的花儿姐到了西宁，从驾驶员那里借得希望，回来的时候翻过日月山，就回她的湟水河畔等待她硕果累累的秋天去了。

陆慕白主攻文物，圈儿内成名却在泡妞上，据说他泡过的妞从故宫能够排到八达岭。他对人体生理的了解，似乎跟他对文物的理解水平旗鼓相当。他说，小叶子的推断，碰上人体生理知识，就推敲不起。战场上的炮弹还不能保证百发百中呢，何况……我给你们普及一下，一帮大老爷们儿，这样的机会，一辈子恐怕碰不到第二次，都把耳朵掏干净听我说哈。假如驾驶员把车开到西宁的时候，仇得雨的花儿姐正好处于排卵期，按照你们的下流逻辑就真的怎么样了，可并不能证明就必定会有结果。受精卵还得爬回子宫着床，各位记住了，专业名词，着床，这个过程不像你们搁一顶帽子、挂一件衣服那么简单，需要七八天工夫，真正完成着床，是十二三天之后的事情。在没有放稳当之前，稍有闪失，就可能像你手头的饭碗那样，一不留神就滑脱，悄无声息地消失得无影无踪。仇得雨的花儿姐又不是神仙，能掐会算。那个时候，在那种地方，不可能有早孕试纸，那时候的女人判断自己是否怀孕，就看下个月的大姨妈会不会如期来临，要连续观察两个月，才敢下结论。

胡豆山挖着耳朵说，这样的机会，真是一辈子不会有第二次。

柳木叶笑得嘎嘎嘎的，说，小陆子阅人无数、熟能生巧啊胡哥，你安心把我笑到缺氧！

陆慕白也跟着笑，说你俩就装吧，这世道，越装得厉害，背后的事情越多！你们那些推演就是你们内心的写照，正面看，反面看，灵魂都高尚不到哪里去啊！

几个人都嘎嘎嘎地笑起来。

柳木叶说，仇得雨，你直接把答案端上来吧，要不然他哥儿几个嘴里的火车都跑成高铁了。

仇得雨也不客气，继续说，我在他们出发去西宁之后一周启程回家了。我启程的时候，他们还没有从西宁回来。当初来的时候，日月山两侧盛开着金灿灿的油菜花，离开的时候，天气已经开始冷了。从连队到西宁，单程需要一周时间，如果不在西宁停留，一个来回正好半个月。老实说，我这人一贯没心没肺，离开连队，我就开始遗忘花儿姐和在连队的那些事情。经过茶卡盐湖和青海湖的时候，我已经彻底不记得花儿姐了。汽车爬上日月山，山路比来时更加凶险。那一年雨水充足，不少雨水越过日月山东侧，翻到日月山西侧来。盘山公路泥泞不堪，不少地方塌方了，修路的工人在塌方的地方没日没夜搬运土方。我亲见一辆运载焦煤的卡车像一个崴了脚的人那样，车头一歪，神都没回过来，就翻着筋斗，跌下悬崖去了。我搭乘的是连队另一辆去往西宁办事的汽车。进了日月山兵站，兵站的人告诉我这辆车的驾驶员，前面一辆车出事了。当他们说“前面一辆车出事了”的时候，我以为连队在我们这辆车开出来的之前几个小时还开出来一辆车。很快我知道不是，兵站在跟我搭乘的这辆车的驾驶员办理遗物交接的时候，我看见两个用塑料口袋包好的牦牛绒肚兜。遗物很少，只有一个军用斜挎包，里面有个皮夹子和一条纸烟，这两样大概是驾驶员的，另外就是那两个牦牛绒肚兜。兵站说，连队的车子上载满了足够一百个人吃上一个月的土豆，全都翻到了山崖底下，一个都捡不回来了。我把手放在胃部，泪流满面。我想起花儿姐说的话，牦牛绒的肚兜能治好她们村儿那个老太太大半辈子的胃寒，也能治好我的胃寒。令我流泪的，还有我明明知道那两个肚兜是属于我的，却不能明确地对兵站和连队的人说，更不能提起花儿姐对我的这份情。我只能眼睁睁看着我这辆车的驾驶员把肚兜跟香烟和皮夹子一道拿回去交给连队，身边连个念想都留不下来。我回想起她对我的种种好来……

仇得雨泪流满面，其他三个人也唏嘘不已。柳木叶说，今天这酒令，原本想让大家开心的，没想到竟牵出那么多心酸往事。早知道就按我心头原来的想法出酒令，大家三下两下填饱肚子，然后打拱猪，我们把酒令放到饭后。接着，他像《抓壮丁》里饰王保长的李保田那样说：“我错了，我悔过！”

胡豆山对柳木叶说，你酒喝高了，错什么错！酒令怎么可以放到酒席后面呢？这酒令，明年聚会还要继续。他侧脸转身对仇得雨说，我说兄弟，你哭得含蓄点要不要得？大庭广众的，人家还以为我们三个合起伙来欺负了你！胡豆山的语调酸溜溜的，明显带着哭腔。

镜面上的尘埃

一

板房外，寒风像情绪失控的疯子，东一头西一头乱撞。风里夹杂碎雪，像流弹那样乱飞，风中能活动的物件，都被吹变了形。年前的日子，在工地上看不出一丝喜庆。

赵大毛躺在薄得没有底气的被子底下，心凉得像门前那缸结冰的水。抬眼瞟了一下对面脏兮兮的挂历，1 月 18 号，腊月二十四，送灶神的日子，再过一个星期就过年了。前几天他在电话里对娘说要回去看她，现在连订票的钱都还没着落。赵大毛孝顺，这是他出门打工的第一年，不管钱多钱少，也不管路途多么遥远，过年让娘亲看见，算是一年中最重要的事情。

几天前，农民工开始潮水般涌向车站，把一年的辛劳换成薄薄的车票，回到生他们养他们让他们说话放屁都底气十足的老家。赵大毛他们工地却一个人也走不了。别说按照惯例年底一次性结算工资了，两个月前，两百块钱一个月的基本生活费就已一拖再拖了。

“冷死老子啦！”苏三从外面进来，像被人穷追猛打的贼娃子，后脚刚跨进门槛，立即用壮硕的后背狠狠地把门顶上。苏三四十来岁，又高又瘦，精干有力，一副锅铲头下面，一双眼睛机敏灵动。不论天冷天热，他爱把最外面的一件衣服敞开，这样纵使冻得抖抖索索，看上去总还有几分潇洒。

一开一合间，裹挟的冷风像饥饿的野兽朝赵大毛扑上来。赵大毛一连打了四个喷嚏，才勉强把灌进鼻孔的寒气喷出体外。

“明显没有冷死嘛，两只蹄子不是还能在地上胡乱晃荡吗？”赵大毛从被窝里坐起来，套上毛衣，揉着鼻子说。

苏三伸出右手在两腿之间做了个摩挲的姿势说：“奶奶的，这个也在跟着晃荡！”

赵大毛没接他的茬儿。

苏三人畜无害地呵呵两声，算是为自己点了个赞。他使劲跺脚，揉耳朵，拍打身上的碎雪，脸上一反半个月来的棺材表情。

他递给赵大毛两个一点卖相都没有的馒头。两个小砖头瓦块似的小馒头没有激起赵大毛的食欲，他把馒头翻过来调过去研究了一阵说：“我说表哥，你这一路上是不是用手给它们重新塑过形呢？要是不被你蹂躏成这个样子早被你干掉了。”

苏三看看馒头，脸上露出浅浅的尴尬，他没想到会成这个样子。他说：“一路上想事儿，俩馒头夹胳肢窝底下，夹死球了！”最近几天工地上的主食只剩稀粥，早上稀粥，中午稀粥，晚上稀粥，喝得人眼珠子都绿了，馒头成了诱人的神话。“你吃不吃？要是看不上，我来替你分担。我向人民币保证，百分之百撑不着！”

赵大毛把馒头凑到鼻子底下闻闻，冷得太久，还夹变了形，闻不到香味。这俩馒头若不是苏三在半路上捡来的，很难解释这家伙今天为啥舍得花这么大的血本。

板房外，这个叫叶荷湾的房地产开发项目，苏三的老板廖友虎承建其中一幢。苏三带了四十多个农民工负责从第一块砖开始一直到最后一块砖的所有活计。廖友虎给苏三的官衔是这幢楼的项目经理。苏三的功能是，带领这近五十号人按时上工、按时吃饭，支派这些人做事，给大家打考勤，安全检查，从廖友虎那里领回每月每人两百元基本生活费……如今，他又责无旁贷地担负起替大家向廖友虎讨要血汗钱的重任。

大楼就矗立在简易板房前面，二十九层，被脚手架和安全网包裹起来，一点也看不出气派。照进度，瓦工再砌六层楼的墙砖，这幢大楼就可以封顶。造一幢大楼要多少钱，赵大毛不知道，苏三也说不好。大家背地里把廖友虎名字中间的“友”字抠掉，再在前面加个“小”，都叫他“小尿壶”。给廖友虎当面撞上，他也不跟谁急，不愠不火说：“好好干，到年底钞票一分不少，够你们回家喝几壶的！”廖友虎身材高大魁梧，脱掉西装可进足球队，辅以宽额高鼻深目，少年时恐属英俊。上了四十岁，顶上的头发急剧退场，梳个大背头。他除了赚钱还有一个爱好：朗诵。有人说，这世上最尴尬的当数没有文化却喜欢朗诵的人，越是大白话、越没有文采，他朗诵得越激情澎湃，铿锵洪亮。廖友虎不止一次对赵大毛说："你整那些深奥的古体诗有什么意思，我读半天也读不通顺，你看'你是我的心，你是我的肝，你是我生命的四分之三'，朗诵起来多爽，多带劲！"

跟随土建的，是水电、门窗、内外粉刷和装饰等，有的已经陆续进场，有的得等苏三他们建好剩下的六层，才能入场。从目前情况看，这六层得等过完年再说了。当下最大的难题是，不管买票回家还是留在工地过年，每个人都得把工钱领到。有了钱，随便在哪里都能过年。多少钱呢？赵大毛跟廖友虎详细核算过了，一共三百二十七万元，除去前面十一个月预支的基本生活费，廖友虎还得支付大家三百零九万七千四百四十三元。

一个月前，廖友虎驾车来工地，把大家召集拢说，他正在跟别人结算两笔钱款，预计需要半个月时间，结算完了就把一年的工钱发给大家，大家拿钱回家，想跟媳妇咋地就咋地。廖友虎说着，做了个大家都懂的暧昧鬼脸，在场的人都笑了。

半个月前，到了廖友虎一个月前预约前来发钱的时间，却不见廖友虎的踪影，他通过电话让苏三向大家传话，说他跟财务去武汉出一趟差，把另一个发包方去年欠他的工程款催要回来，返回后立即一分不少地把工钱结算给大家。建筑这行，国家要求工程发包方预付钱款给承建方，但发包方把算盘打得太精，往往把利润压得很低，加上需要囤积大量资金，于是就有了既能分散资金压力，又能让承建人多赚几个钞票的变通方法，也就是由承建人带资承建。承建人从承建合同收入跟实际支出间赚取利润。这种方式利润虽高，却最怕资金链断裂，前后一个月续不上，连锁反应立马显见。

半个月来，谁都不见廖友虎的影子。最近四五天，苏三连他的电话都打不通了。“你所拨打的号码已关机，请稍后再拨！”每响一遍，苏三的心就凉一遍。他不敢声张。苏三从工人中找了几个贴心的，跟他每天天不亮就出去，打算把廖友虎给蹲守出来。只要把人找到，后边的事情就好办。

今天早上，赵大毛还在睡梦中，正梦见自己拿了工钱回去看老娘，苏三又一次带了三个人去蹲守。

赵大毛不愿跟他们去。赵大毛问苏三廖友虎住哪儿，苏三不告诉他，苏三说：“我答应过廖总，把他的住址透露出去就等于是叛徒，就等于是出卖。”

赵大毛说：“你不愿出卖你的主子，那么冷的天，我不愿出卖我自己！”说罢一翻身，故意从鼻子里打出惊天动地的鼾声。

赵大毛本名赵光标。他爹给他取这名字的时候，电脑虽在中国出现了好多年，但还没有普及到乡村。村里谁也想不到“光标”会成为电脑术语。后来他爹出车祸去了，全靠母亲供他考进了武汉大学。入学没多久，赵光标的母亲一病不起。大学二年级第二学期即将开学之际，赵光标打量自己一米七四的身材，决定不再让多病的老娘供养自己，递交了一张休学申请，拍拍屁股走人。走出大学校门那一刻，他给自己取了个全新的名字：赵大毛。没有别的意思，就希望自己果敢一点，从头开始，相当于给电脑来一次格式化。正好本村的苏三招兵买马，赵大毛就上这工地来了。

他是工地的秀才，除了干苏三安排的活儿，他还义务替乡里乡亲在手机上凑几句慰问老人、安抚妻子、教育孩子的话，填汇票、写包裹单，替他们到书店为他们远在老家的娃娃买几本参考书，等等，样样做得精到巴适，乡亲们没有不满意的。苏三给赵大毛额外安排的任务，是替工人打卡点到，相当于记账，作为年底对账的重要凭据。作为经理，苏三的住宿条件自然跟大家不同，他一人一间。赵大毛来后，他让赵大毛跟他住一间。不为别的，就是添把手或者商量事情方便。

赵大毛没事还喜欢胡乱写写，那是他从大学带过来的习惯，有感而发，随手记录。今天早上，赵大毛在脑子里对了一副对联：人情自古多磨难，世态从今少凉炎。刚在手机记事本上写完，苏三便夹着两个馒头进来了。赵大毛艰难地啃着僵硬的馒头问苏三："还是找不到廖友虎？"

要在以前，苏三会愤懑地回他一句："你小子吃上馒头就不懂事了？哪壶不开提哪壶！"要是赵大毛再补一句："我们不会就这样等下去吧？饿不死也得冷死！"苏三便会痛心疾首地说："我看你小子活脱脱就是头白眼狼，白吃我从牙缝里省出来的馒头，好歹喂不出一句向着我的暖心话。"继而赌咒发誓："老子就算一辈子还债，也不会欠你们一分一厘。都是左邻右舍，都是我带出来的人！"赵大毛心想，三百多万，够你两辈子不吃不喝地还。

这一次苏三说："人没堵上，电话倒是打进来了，小尿壶说他还在武汉，大概腊月二十八或者二十九回来，款子都有眉目了，他让我告诉大家放心，想在这里过年的就留在这里过年，不在这里过年的，可以买年初二年初三的车票，大过年的，车票多半不算紧张。"

赵大毛："这什么话，除夕都没在家里，大过年的还在路上跑！"

"你得了吧！这小尿壶，我跟他也不是一年两年了，每年年底，哪怕到除夕晚上，他也会把大家的工资结清。表弟，这年头只要不克扣、不跑路，能保证一分钱不少就不容易，早几天晚几天就别计较啦！"

二

苏三见赵大毛没有起床的意思，倒了一杯热开水递过去说："我做好两手准备，我还请到了二爷！"他站在床边搓搓手问赵大毛："你晓不晓得二爷？"

赵大毛一脸茫然，没听说苏三有哪个二爷在工地上啊。赵大毛记得苏三的二爷是个算命瞎子。难道他想请他那瞎子二爷给工友们挨个儿算一卦什么时候能拿到钱？

苏三对自己准备的两手方案感到满意，甚至得意。他说："要是腊月二十九小尿壶还不出现，我就去请二爷。二爷是谁你不知道？真不知道？看来你还是脱不掉学生思维习惯，就是嫩。我们这一行，谁不认识二爷？二爷的大名横行江湖，至少在这方圆近百公里范围内，他的名字在建筑行业如雷贯耳。二爷是个英雄，你可知道去年水湄二号工地一百多号工人围堵市政府大门的事情是谁组织的？二爷组织的！”

“上半年江心洲工地有工人准备跳塔吊，谁组织的？”不等赵大毛回答，苏三迫不及待回答说，“还是二爷！”

“二爷有句口头禅：‘我不是流氓我怕谁！’”苏三把一件破旧的羽绒服披在身上说，“只要是官，都怕出事，尤其是眼睁睁看着事情在他们管辖的地盘上发生。嘿嘿嘿，要我不堵大门、不爬塔吊，行呀，把欠我的工资给我，咱们谁也不欠谁了，谁吃饱了撑着干那些傻事？”

“又不是政府欠你的钱！”赵大毛说。做人得讲道理，得有底线，谁欠钱谁还账。

“表弟，不是我说你，你娃还是太嫩。人民政府人民爱，人民政府爱人民！”苏三在一个硕大的不锈钢茶杯里倒了点开水，一饮而尽说，“这一切都基于我们相信政府，前提是相信政府，我们相信政府才去找政府！”

“找政府你好好找。你那些围堵政府大门、爬塔吊以死要挟的招数，是不是太不讲道理了？又不是政府欠的钱。你一哭二闹三上吊，人家还干不干正经事情？”

“到了年底，替我们讨要血汗钱就是他们的正经事情啊！”苏三理直气壮，“我们要是还有别的办法，谁会干这种丢人现眼的事？这是最后的选择。这年头，要达到目的，不出硬招，只怕连稀饭都喝不上！”

赵大毛终于明白，苏三脸上松动的表情，正是源于他把二爷请动了。

赵大毛把牙齿当凿子用，费了好大力气才能啃下一点儿馒头屑。脑海里一幕幕镜头掠过：在二爷和苏三的带领下，这一帮人或者去堵政府大门，或者去爬塔吊，瓦工、木工、水电工、砼浇工、塔吊工，声势够大的……

赵大毛一大早没出去吹冷风，脑子不热也不冷。堵办公机构，堵得里面一帮人吃不上饭、睡不成觉，这算不算扰乱公共秩序？爬塔吊就更悬了，谁能保证爬塔吊那个人每一把都能抓稳当？万一失手就会摔得粉身碎骨，到那一步，算谁的？

邀请二爷这事，苏三没跟赵大毛商量过。苏三这是一时心血来潮，还是给逼急了？从当下的情势判断，别说苏三，整个工地的工人包括他自己都被逼急了。年关就在眼前，谁不急啊！箭在弦上，劝阻的话说了也无用，不仅无用，还会被全工地的人诅咒为孬种——见机行事吧，千万不要出什么大乱子！

苏三说，二爷以前也是打工仔，也被拖欠工资，万般无奈，他组织工地上的人堵了一回政府大门，大获全胜，从此再也不打工了，长年在各地奔走，替被欠薪或被拖欠工程款的施工队追钱。二爷不白帮忙，事先得给他准备一笔酬金，多少根据事情大小定。酬金在他那里不叫酬金，叫跑路茶水钱。二爷一到，就奉上茶水钱。照例，二爷再三再四推辞，仁义的阵仗做得差不多了，方如数笑纳。

苏三见赵大毛啃完馒头还坐在被窝里，没有起来的意思，有点恼，不显山不露水地说：“我说亲爱的表弟，吃了馒头是不是该长出起床的力气了？”

“工地歇工，票不能买，家不能回，两个馒头下了肚还是饿，就你这点格局和本事，中午保定还是给大家开粥，起来消耗大，待会儿粥都要多喝半碗，还是躺下，既省气力，又省粮食。”

“我们合计合计，看哪里还能买到米。”

“只要你有钞票，走出工地你哪里买不到米？表哥，关键看你有没有钞票。只要有钱，你伸出一根指头，都比人家腰杆粗。目前，关键的关键是，你的钞票在哪里？”

“就为这事，你得起来帮帮我。”苏三从窗台下的小桌抽屉里取出一卷裹成条状的纸，展开，最里面有一支中性笔。他说：“我们先把工友身边的钱借过来，有多少借多少，我吆喝，你记账。熬过这几天，如数奉还。”

赵大毛说：“你跟人家算不算利息呢？人家存银行，多少都还有利息呢。”

“都是一个村子的，转弯抹角都是三亲六戚，哪个龟儿子敢向老子讨要利息，开年就别上这里来了，来了老子也不要。我现在筹钱买粮，又不是筹钱投资，这不是拿去赚钱，而是救命！”

“万一连筹来的钱都用完，小尿壶还不出现呢？除了二爷一哭二闹三上吊的歪招，一帮子人到政府大门口显摆回来，还得吃饭呐！”赵大毛比苏三看得远，“表哥，我建议你读读《论持久战》。”

“论持久战”这几个字苏三似乎听说过，筹来的钱用完而小尿壶可能还不回来这问题，苏三没有考虑过，不是这个念头没在他脑子里闪过，而是他不相信境况有这么糟糕。凭他这么多年跟小尿壶交往的经验，小尿壶是个看重声誉的人。小尿壶曾经无数次说过，随便干哪一行，信守诺言是最起码的做人底线，否则做叫花子都不会有人施舍。不过赵大毛这张嘴未免太臭了，大清早的，说点顺心顺气的不好，偏说这个。他想骂赵大毛乌鸦嘴，话到嘴边又想，人家提醒得对，改口道："那只好听天由命！"

三

借钱不难。大部分工友跟苏三不是一两年了，除了几个回不回去都无所谓的人，大多数人都在网上抢除夕或年初一或年初二的车票。抢票的意思是，只要在12306上下了单，就不看不管，听天由命，不到开车，谁都不知道有没有票，走得成最好，走不成只能待来年大楼封顶后，回去住几天。

有了钱，苏三让食堂尽选好菜上。赵大毛说："表哥，都寅吃卯粮了，你还一点不节约，你当借来的钱不用还啊！"

"你懂个锤子！"苏三把香烟过滤嘴前最后几根烟丝一口吸完，"口袋越是小，排场必须做得越大，不为别的，只为给人吃下定心丸，说明我们是有盼头的，小尿壶马上就会回来；再说啦，大家现在才抢票，我看回不去的是大多数，背井离乡，远离父母子女和其他亲人，又快过年了，给他们吃饱点，吃好点，他们就不想家了。稳住他们心的，不是大道理，而是碗里的饭、桌子上的菜。你懂个锤子！”

到1月21日上午，小尿壶主动打了苏三的电话。小尿壶说，工程款已经收到，第二天的飞机。为表示庆贺，苏三让食堂把剩下的钱都变成了丰盛的菜肴，当天晚上就摆到饭桌上，还破例给每桌上了三箱啤酒、两瓶白酒。

到了22日早上，腊月二十八，苏三从被窝里钻出来，笑眯眯地摸出手机，打算给小尿壶请安，顺便问他到了哪里。电话拨过去，立即是个女声：“您所拨打的电话已关机，请您稍后再拨！”从早上开始，每过十分钟拨一次，直到晚上都没有打通。他本来想问题不大的，反正不超过四十八小时，小尿壶跟他的会计就会出现在大家面前，以前也出现过类似情况。令他次日一大早醒来就回拨电话的是小尿壶凌晨两点发给苏三的短消息：“老兄，财务黄姐发热咳嗽两天，下午去医院检查，有点麻烦，老兄你一定要帮我把阵脚稳住哈，兄弟我可能真的遇到大麻烦了，不过我保证，大家的辛苦钱一分不会少。”

什么麻烦，还是大麻烦，把人家肚子搞大？苏三心想不可能，黄姐比廖友虎大十几岁，快退休的人了，拿这编故事，不靠谱，更没人信。

如果麻烦来自黄会计发热咳嗽，有什么稀奇？挂完水登机，回来继续挂，难不成你们还在那边住院？

过了中午，苏三就不相信那个航班会让小尿壶关机一上午。到了天黑仍然打不通，苏三心头慌了，跟赵大毛合计。赵大毛说，他这飞机要绕地球转圈圈啊，关机那么长时间，这里面有文章，黄会计早不发热咳嗽晚不发热咳嗽，偏偏这时候发热咳嗽；小尿壶早不失联晚不失联，偏偏这时候失联。一切迹象表明，你、我、我们所有人，都被小尿壶放了鸽子。

“怎么办？”苏三急得快撞南墙了，熬了半天，终于熬出这三个字。

“别光问怎么办，当前最大的事情，是稳住一帮人的嘴巴。今天好歹用昨晚大餐上的剩饭剩菜对付得过去，明天恐怕只能喝稀饭了——那稀饭，只怕稀得捞不出几粒米！”赵大毛吃了一天的剩饭剩菜，肚子正叽叽咕咕，搞不好要拉肚子。

“先不提这个，我的宝贝兄弟！”这时候赵大毛被苏三视为救命稻草，他文化高，放了工不是读书，就是写七长八短的东西，在报纸上发表了还能换几盒香烟。这些事情，脑子不聪明是不可能干出来的。苏三接着说：“我让厨房留了几十斤大米，明天的稀饭你不用操心。现在你说说看，是不是该报警？”

“报什么警？有没有四十八小时？你是他什么人？拿什么由头报警？说不定人家已经回来，只是连日疲劳需要关机好好睡个大觉呢？”

“我的好表弟，那我们先不考虑那么多，只说接下来怎么办？”苏三两个肩头似有千斤重担，说每一句话像光起脚板爬百层高楼。

“心急吃不到热豆腐，还得等等。今天反正到这会儿也差不多了，我估计你再打，还是一个结果：不通。今晚你把心放到肚子里，好好睡一觉，养足精神明天才好对付，如果明天早上你再打他电话，还是不通，就只有请一个人出场了？”

“谁？”

“你大爷的弟弟？”

“哪个弟弟？”苏三没有转过弯来，“我大爷是谁？”

“二爷。”

苏三醒过神来，恨不得扇赵大毛：“都啥时候了，你还有心调笑我！”

1月23日，腊月二十九。有工友来问苏三，小尿壶到底腊月二十八还是二十九回来？问这话的不是别人，是苏三老婆的舅舅的堂兄弟七毛子，苏三顺着老婆也喊他舅舅。在苏三的老家，爹娘在不在世，舅舅都最大。平日分家或家庭内部发生口角，老舅出场，事态平息一半，老舅发话，等于“终审判决”。七毛子之所以绰号“七毛子”，意思是他不发火则已，一发火就得用七个俄国老毛子才抵挡得住。他这绰号有来历，有一次大家把酒喝高了，轮流说段子逗趣，别人的故事都在裤腰带以下，轮到他，他张口就来：“老子姓周，老子那儿子叫周围人，老子天天日周围人的妈！”一圈人愣了三秒钟才回过味了，提起拳头揍他。他还一本正经跟人家讲道理：“哎哎哎，我儿子真叫周围人哈，不信你们去问周围人他妈哦，龟儿子！”嘴上在说话，手上不含糊，砰砰砰，三下五除二，把七个结结实实的壮汉撂倒在地上半天爬不起来。

七毛子的意思像雪地上落下一只乌鸦：“我们已经等得不耐烦了，你小子什么时候出粮？不是说腊月二十八或者二十九吗？今天是最后的期限。我现在问得好生客气，那是还顾及同乡人的面子，还顾及我是长辈；要是今天还拿不到钞票，别怪我第一个跳出来跟你‘吃讲茶’，翻脸不认人便是应该的！”

苏三没有回避，也没有隐瞒：“老舅，外甥只怕真遇上麻烦了……”

七毛子夹着苏三敬献的纸烟，听完了，不疾不徐地说：“苏三，我的苏三苏经理，我们这些人这些年为什么只跟你不跟别的老板？就因为你说话一是一，二是二，不欺负人，不糟践人。你说说，我们都是多好的人？你们说工钱要拖一段时间，我们就安心静气地等；你们说食堂周转有困难，大家几乎掏空箱底支持你们。都是三亲六戚，放不下面子，谁都有困难的时候，相互帮衬就能过去。不过话得说明白，我们这帮人出门打工，不求发财，只求一年望到头，到年底有点盼头。在老家，谁没有父母，谁没有子女？都眼巴巴等着我们回去，即使不回去也该寄点儿钱、寄点儿年货回去。看，今天都腊月二十九，明天就除夕大年三十了。要是还拿不到钱，不止你一个人不好交代，我们个个都不好交代啊！”

七毛子又接了一支苏三递上去的纸烟，声音依旧不疾不徐：“你们找二爷是对的，维权的事情以前我们谁都没干过，找个师傅来带一带，是必要的。不过大过年的，手段平和点，出人命的事情不能干，惊动公安的事情也不能干。我们这一帮人出门是求财来的，不是来寻衅滋事吃官司的！”

七毛子走后，苏三蹲在地上，难受得像谁踢了他两个窝心脚：“赵大毛你看见了，在钞票面前，还有什么亲人？”

“人家本来就跟你不算是一家的。”

“有这么说话的吗？我他妈又不是故意要拖欠大家的钞票！”

“就该这样说话！”赵大毛说，“谁让这些人都是你招来的？你招来的，你就得善待他们，你就得负责！不管你是不是故意的。”

“你果然是喂不乖的。你是他们的卧底！”

赵大毛：“是不是卧底不重要。重要的是你赶紧打小尿壶的电话。这会儿早上八点，八点半之前如果还是关机，你就没必要再打了，直接请二爷出场。”

被赵大毛言中，苏三连续把廖友虎的手机号拨打了四十六遍，每一遍的结果都是：“您所拨打的电话已关机，请您稍后再拨！”到了八点半，苏三连拨打二爷电话的力气都没有了。赵大毛用他的手机给二爷打了电话。二爷有点不高兴，他说，都什么时候了才想起找他，他本来准备好去乡下过年的。好在他最终答应立马开车过来。

四

靠近中午，二爷来了。大家饿着肚子，集中到一间空板房等候他支派。二爷果然气派，身高一米七几，偏瘦，一身黑色的风衣，戴墨镜，方头。他带着一身寒风走进来。大家感到他带来的不是寒风，而是面包，是棉衣，是可以买车票的钞票。他在场子中间刚刚站定，迎接他的是大家脸上堆积得很厚的希望和微笑，他们就这样微笑着等待二爷支派他们，二爷成了他们的“指挥官”，他指哪儿，大伙儿就打哪儿，攻城略地，一往无前。

苏三招呼大家：“大家安静，让我们以热烈的掌声欢迎著名反欠薪专家龙争光，龙二爷！”

苏三说完，摆出一副比大家先认识二爷的优越神情。事实上，在苏三说这句话之前，屋子里安静得谁挪一下脚都能听得清清楚楚。他硬把一句无用的废话说得跟背书一样。

二爷抬了抬右手手臂，略略向前，很有风度地弹了弹烟灰，又缩回手，夹了纸烟的手臂就呈V字形，斜在上半身边上。他把大家扫视了一遍，说：“同胞们，难兄难弟们！”这两句话非常煽情，有人开始抽泣了。二爷接着说：“我首先要告诉大家，我们的名字不叫打工仔，我们的名字叫客工，客人的客，工人的工。‘客’，就是说我们的身份是客，是脚下这片土地的客人，既然是客人，这个地方就应该对我们客客气气，客人替主人干了活，哪有不给钱的道理？”

二爷的开场白，着实让在场所有人都开了眼界。二爷接着说：“我们不能软弱啊，我们要是软弱了，人家爬到我们头上拉了稀粑粑，还嫌我们的脑壳顶不平。”二爷顿了顿又说，“我们要解决问题，没有一点声势是绝对不行的。”

二爷说：“据我掌握的情况，这个廖友虎本来还算靠谱，一向说话算话，以前没听说到年底还拖欠工钱。这样一个一直信守诺言的人突然玩失踪，这说明什么？说明他真的栽跟斗了，不是小跟斗，是大跟斗。工友们呐，我们动手要早，下手要快。谁知道他还有没有其他债主？搞慢了，等其他债主都醒过神来，一窝蜂上门向他讨债，我们的血汗钱就不一定能要全了！”这话连赵大毛都深以为然。

按照二爷的筹划，行动分两步：今天下午先到廖友虎家找这狗东西，廖友虎在，拿得到钱，后面的事情就省略了；如果仍然找不到廖友虎，或者找到了却拿不到钱，后面的事情就势在必行，明天正好年三十，万家团圆，一帮农民工兄弟还在寒风中饿着肚子讨血汗钱，再铁石心肠的人，都怕要生出同情心来。

要找到廖友虎，先得明确他住哪里。起先苏三还不愿说，七毛子用只有苏三听得见的低音问他：“都到什么时候了？他是你家祖坟还是保险柜！”苏三终于招架不住，说出廖友虎的住址，说完心有不甘，补了一句：“他妈的，为了这么多人的嘴巴，偶尔出卖一次朋友，算不得不仁不义！”

“血汗钱都拿不到，讲什么仁义？你跟人家讲仁义，喏，人家给你玩失踪！”二爷对苏三有些不屑。

计划定下来，其他人散了，留了七八个人，包括赵大毛。赵大毛说把七毛子也叫上。苏三竖起大拇指，示意赵大毛聪明。按照苏三提供的别墅草图，二爷给大家分了工，谁谁守院门，谁谁堵窗，谁谁守房门。如此这般，就算谋定了。草草吃过午饭，等到下午三点钟，二爷和苏三带着大家出发了。临出门，赵大毛突然想起了一样东西，他说：“等一等。”说完转身进了板房，在他简单的行李包里摸索了一阵，终于摸到他要的东西。苏三在门外不耐烦地冲他吼了一声：“快点！”又降低声音不屑地对其他人说：“知识分子，臭毛病！”

出了工地的大门，寒风似乎比早上的脾气还要大，劈头盖脸，不留余地。几个衣单体薄的人立即弓腰驼背，时刻担心自己横起飞在半空中。这里依江靠海，据说早几年空气质量就非常好，适合人居住，寿星特别多，百万人口中，百岁老人就有两百多个。

在这里生活快一年，赵大毛不喜欢这里的冬天，用他的话说，一个字冷，四个字非鸡巴冷，冷得那活儿都缩了，冬天解小溲，扒开茅草摸索半天，还可能尿到裤子上。不过赵大毛喜欢这里的人，热情开通，说话让人耳朵舒服，做事让人心里感激。工地上一个月休两天假，赵大毛没事就步行或骑公共自行车，上书店买几本书，或者找作家大李吹吹牛，看看他新创作的小说。赵大毛喜欢文字，喜欢用自己的文字记录生活点滴。就因为这个，他在这里结识了同样喜欢文章的大李，大李是他朋友中唯一的当地人。有一次大李受邀给他颁了个奖，之后他们就成了朋友。

七毛子问二爷：“二爷的意思是，找不到小尿壶，我们明天一早就去围堵政府大门？”

苏三替二爷回答：“那你还有没有别的路？”

赵大毛感觉哪儿不对头，仔细想想真不对头：“明天除夕，从好多年前开始，除夕所有机关企事业单位都放假了，我们去围堵一座空荡荡的大院，有意思吗？”

二爷愣了，一拍脑门：“天，我怎么也忘了这茬儿！上午接到你们的电话我就说了，怎么这时候才想起我，早干什么去了？”

苏三更尴尬，他找不到廖友虎已经够没用了，现在连日子都不帮忙，带人去围堵大门的计划都像在开玩笑。苏三念念叨叨祈祷：“老天爷保佑，这一去就把廖友虎找到！”

一路步行。本来有公共自行车可骑，苏三说他每次去都是走路去的，哪儿倒拐，哪儿直行，他记住一些标志性的建筑或广告牌，反正不远，四十分钟样子，还是两块脚板靠得住，不会迷路。

赵大毛问：“到底靠脚板，还是靠眼睛？”

“两样都靠。”

走了一阵，他们便感到奇怪了，从前喧嚣繁忙的大街上车辆稀少，人行道上也少有行人，即使有一个两个匆匆而过，也都戴着口罩，那些人看见他们几个不戴口罩的迎面走来，都避开四五米远，在他们经过的时候，站在路边停下来，将身体转过去，把脸别到另一边，等他们过去了，像躲避野兽一样，脚不着地地飞快逃窜。

“街上的人都哪里去了？”赵大毛问。

“下乡过年去了。”苏三爽朗回答完毕，也感到有些奇怪，“唉，怪事钻烟囱，照往年，年前这段时间正该闹猛，买年货，逛大街，看稀奇，到处锣鼓喧天，人山人海。像这样风吹干净的样子，只有大年初一才会有。今天可是除夕吔！”

赵大毛看见几块电子显示屏上“我们一起努力”的字幕和一个正在教戴口罩的女医生形象，越发奇怪：“为什么都戴口罩呢？”

“怕冷！”

“你们不觉得光光露出两个眼睛，看起来更好看些？”

赵大毛伸出右手摸摸自己的嘴脸，心想要是戴个口罩，多半会暖和许多。他还想问这些人为什么躲着他们。想想也许自己多心了，便没开口。

赵大毛指着电子显示屏左上角四个小字说:“防控疫情。”显示屏下端还有两行字，赵大毛近视，没有配眼镜，隔得太远了看不清。

苏三、二爷和七毛子等人也看见了电子显示屏，谁也无心跟他一起探究那上面的内容。就在这时，赵大毛的手机响了，传来江芝悦的声音：“赵光标，我已经到达你们这个城市，等我安排好，我再告诉你住什么地方，我们在哪儿会面。说好了，今天晚上我请你吃晚饭！”

赵大毛差点喊出来，他说不清自己是激动还是发蒙。一年不见，这女子行事风格一点没变，从来不按常规出牌，泼辣干脆，就像这会儿，简直像个晴天霹雳，轰隆一下，一个大活人就降临到他眼皮底下。

一帮人谁也没在意这个电话，可赵大毛还是觉得有些尴尬。关于讨薪的事，这会儿不能说，也不能解释，三言两语说不清，也解释不清。最好的办法是赶快挂掉电话。赵大毛含糊其词回了句：“芝悦，我真没想到你这会儿会来！我这会儿忙，忙着呢，一会儿打给你。”便掐了电话。

这半年来，江芝悦经常跟赵大毛联系，“芝悦”两个字一出，苏三听出来了，明知故问:“你女朋友从武汉赶来啦？”

“明知故问！”

“表弟啊，你福气好，送货上门！”

两人笑得像城隍庙前的一对瓜锤。其他人被他俩笑得莫名其妙。

赵大毛觉得刚才出门前找出摄像机带上，说不定就是冥冥中的暗示。他跟江芝悦是同班同学，都喜欢写诗，说不上谁先给谁丢橄榄枝，就恋爱上了。江芝悦不是那种特别招人的女孩，可以说不漂亮，脸上有雀斑，略胖，走起路来给人的感觉像小坦克，喜欢运动，健康。她说话干脆，嗓音甜，办事利落，有想法，善于出点子，会关心人。大一结束放暑假，江芝悦把赵大毛带回她家，赵大毛进了人家家门才闹清楚，江芝悦的父母在当地是两个有身份的官，一个是副市长，一个是局长。江芝悦的父母对赵大毛的长相还算满意，当然也包括赵大毛的聪敏和文才，但对赵大毛的家世和出身颇有微词。一天，在午饭桌上，江芝悦的爹娘有心无意地谈道：一个人的出身，很大程度决定这个人的未来。赵大毛虽然没做过几天农民，但他从他爹娘那里继承了纯正的农民意识：你可以把我打倒，但不可以侮辱我的出身，因为这些是不由我选择的；要是连基本的尊重都做不到，一切都是空中楼阁。从来不为生活发愁的江芝悦哪管这些，她的观念是爱就是爱，跟眼前这个人有关，跟别的一切都没关系。她到了赵大毛家里，买菜做饭打扫卫生，样样做得妥帖巴适。赵大毛的娘对赵大毛说，江芝悦是他赵光标前世修来的福分。赵大毛也这么认为。是年 9 月开学，江芝悦的老爹郑重其事地给江芝悦写了一封信，希望江芝悦跟赵大毛做普通朋友。这样的信，要是换到二三十年前一点不打眼，但在短消息和邮箱都算落后、用微信就解决问题的今天，大学里随便哪个班级一个学期都没有几封来信，这封信无异于林徽因青年时代的《大公报》，盖都盖不住，半天就传遍了文学院。雪上加霜的是，赵大毛跟江芝悦的恋爱进入光环褪尽的求真期，总为一些小事磕磕绊绊。好歹读到放寒假，赵大毛的母亲病了，住院抢救花费很大一笔钱。病好之后，赵大毛到学校办了休学手续，将电话卡连同大学的记忆一起，拽出来扔了，背上一卷被褥、几件换洗衣服，把自己交给了苏三的工地。这台掌上摄像机是他跟江芝悦参加学校编创表演竞赛的奖品，那时还在上大一。这台摄像机不仅是他们爱情的起始，也见证过他们爱情的发展，里面记录了他们多少欢乐的时光。丢了电话卡，他们差不多半年时间没联系。这半年的冷静，为他俩的爱情带来复苏和生机，赵大毛发现自己刚愎自用的一面，对一个有主见的女子，他应该有更多的商量，不可以动不动就替她做主；江芝悦也认识到，从小失去父亲的赵大毛，在哪里都是个敢负责敢担当的人，在他俩站在一起的时候，她只要适当退后半步，就是很好的互补关系。2019 年夏天，江芝悦在赵大毛家里度过了整个暑假，赵大毛不在身边，江芝悦带赵大毛的娘进城瞧病，替她照管家里的鸡鸭，陪她把地里种出来的菜搬到市场上去卖。邻居人前人后夸赵家未来的儿媳妇，江芝悦干脆称呼赵大毛的娘“妈妈”。江芝悦从赵大毛的娘那里得到赵大毛的新号码。一句“赵光标”喊出来，江芝悦对着手机泣不成声。经过半年的冷却，二人的感情蹭蹭蹭升温，理性的升温，使他们彼此更加懂得如何爱对方。刚才赵大毛把摄像机装进包里时，江芝悦的样子在他脑子里一闪而过。本来手机可录像，可到底还是摄像机更专业。

“到了。”苏三指着马路对面的小区大门说，就在这个小区里的 6 号别墅。

一干人顺着望过去，门里是三块高低错落的大石头，石头边上是高高低低的大树，大树的后面是各种各样的绿树和光秃秃的落叶树，遮住了里面的别墅。靠近马路边的大门，分左右两杆进出，两侧各有一个岗亭，平时一边一个穿制服的门卫。宽敞的进口处，现在一边多了两个手臂上箍红袖套的执勤人员，他们跟门卫今天都戴了口罩。只见进出小区的人员来到他们面前时，他们不仅检查身份证，还要测对方额头上的体温。

“他们这是在干吗？”苏三问。

赵大毛回答：“你都不知道还有谁知道？”

“看来从大门进不去了。”经验告诉二爷，那么多人执勤，多半是近年关，防火防盗防生人，不是本小区的人进不去，他们想冒充成替里面某人家维修的施工人员，根本做不到，人家只需问你替哪家装修，你压根回答不上来。一旦引起人家警惕，你纵使飞进去，人家也会凭借小区里无处不在的监控把你查个底儿掉。小区四周围墙上都有铁丝网，安装了报警系统，翻墙是不可能的。二爷招呼大家：“我们沿着小区外的围墙转一圈，看看哪有缺口。”

赵大毛一笑：“若能找到个大点的狗洞都行。”

一干人嘻嘻笑着。

“立马干活儿吧，现在不是开玩笑的时候！”二爷正色说，“要是那狗洞人能钻进去，就说明不仅仅是为狗准备的。”

众人又笑。

五

缺口没发现，狗洞也没有找到，倒是从横穿小区的一条小河找到路径。众人脱了鞋，踩进冰冷刺骨的河水中，只需七步半就完成了跨越。苏三不让二爷脱鞋，他蹲下身子把二爷背了过去。

赵大毛冷得上下牙打架，进了小区，躲在背风角落，看脚丫里的水珠变成冰珠。

苏三坐在花圃边上，轮番把赤脚架到另一条腿的膝盖上，用袖子勉强擦干脚底，套上袜子，赶紧塞进鞋子。脚一进鞋窠，人就不像刚才抖得厉害了。赵大毛满脚都是薄冰，既拍不下来，也擦不干净，等着晾干又没指望，只好用指头抠掉脚丫里的冰珠，套上袜子，塞进鞋子，果然不像刚才那样寒冷了，冰却开始在鞋袜里融化。“早知道我也该用袖子擦脚底。”赵大毛佩服苏三，姜是老的辣。

苏三该走前面，好带路，但苏三觉得让二爷走前面才是对二爷的尊重。二爷不推辞，甩开膀子，大步流星走在前面，苏三紧随其后，还不时紧跑几步，上前给二爷指路，指完又主动退到第二的位置。苏三精选的队伍则跟随在苏三左右。

很快找到苏三所说的6号别墅。单家独院，里外两重门，虽是深冬，院子里却花木井然，分布有序，偏房车库里停放着一辆深蓝色沃尔沃。

赵大毛把摄像机套到右手掌上，打开。二爷和苏三按了一阵门铃，不见有人来开门。过了一阵，屋后一道小门被偷偷打开，又迅速关上，很快又打开，钻出一个帅气小伙，秀发白脸，鼻高嘴阔，唇线棱角分明。小伙慌里慌张四下张望了一下，见外面没人，迅速开门溜出来，给埋伏在后门边的工友逮个正着。

“你是廖友虎？”二爷问。二爷不认识廖友虎。

“不是。”小伙吓得发抖。

“你是廖友虎的儿？”苏三问。苏三等人认识廖友虎。

“也不是。”小伙子在惊惧中看见赵大毛的摄像机，绝望地跪下，“各位爷，我知道我错了！我给您烧香，我给您磕头，饶了我，你们要什么尽管向屋子里那婆娘要，是她打电话让我上门的。她是个富婆。我年轻不懂事，求你们放了我……”

二爷回过味来了：“这小尿壶也是可怜，自己辛辛苦苦在外面打江山，老婆却在家里舒舒服服放水养鸭！”

一干人笑得似乎不觉得冷了。好歹是条撞上来的兔子，不捡白不捡，放了他不可能，自古捉贼拿赃，捉奸拿双。“你在哪里上班？老实说，免得挨打。”二爷给一帮兄弟使了个眼色，两个工友做出要把他朝死里打的样子。

“缤纷世界。”小伙子挺老实，以为老实交代了，便能放他走。

“狗日的，是够五彩缤纷的！”赵大毛继续拍摄，他指着苏三说，“我说苏经理，一样出力气挣钱，你咋就不能像人家那样既把钱挣到，还潇洒舒服到！”

“你个狗熊！”苏三恼火赵大毛暴露了他的姓，“这都是你们年轻人的事。我上年纪了，功能不太稳定。”

小伙转身对赵大毛磕头说：“大哥，大哥您能不录吗？”

“不录可以，你让屋子里那女的开门，让我们进去？”

“道，道上有规矩。”小伙不知道这帮人是奔什么来的，是不是受屋子里那婆娘的老公的委托。他说：“求了财，就不能坏名声！”

“快过年了，随便捡点碎银子回家过年。求财，不坏名声。”二爷的回答熟溜得很。

小伙摸出手机打电话。那女的多半还在床上，也没有留心窗外，听到小伙的电话，还宝贝长宝贝短乱喊。大门随之缓缓打开，一伙人押解这小伙一窝蜂冲进去。

卧室中央一个五十多岁的肥婆娘，见一群气势汹汹的陌生人，吓得尖叫：“你们干什么，干什么？”肥婆穿了睡衣从床上跳到地板上。女人满身横肉，除了胸口上两颗开过花的卷心菜稍微有点棱角，腰、屁股、腿没有界限，从上到下像个油腻的油漆桶；大背头，化浓妆，口红残存在脸上和脖子上，又粗又浓的眉毛基本保持完好。

“捉奸的！”二爷朗声回答。屋子里气味复杂，除了化妆品味道，还弥漫着类似黄瓜、青麦和甜菜混合在一起的气味。

七毛子见这女的形象，叹了口气。有人对苏三说：“苏经理，这碗饭不好吃啊，要是让你来办，只怕要浪费两粒伟哥！”

苏三直摇头。旁边一个工友两个嘴角往下耷了一下，带着严肃认真的表情替苏三回答：“恐怕少于三粒都办不好！”

苏三懒得跟他们开玩笑。

那女的回答说：“那老家伙捉什么奸？自己一年到头不回家，在外面搞小娘，娃都快两岁了，他有什么资格捉奸？”她指着赵大毛的摄像机说：“你只管摄，你去告诉那老不死的，老娘我快活着呢！看看，看看这小伙，要人才有人才，要身材有身材！”

苏三把女人放在桌上的香烟卷到自己衣兜里问：“你的男人呢？廖友虎哪里去了？我们找他！”

女人愣了一下，反问：“谁？谁是廖友虎？你们是不是搞错了？我那老不死的姓黄！”

苏三来过廖友虎家，只是没看见过他老婆。刚才进屋，他见屋里摆设不同，以为廖友虎换了装修。这会儿听那女的这么说，心想坏事了，大概跑错人家了。幸好这女的笨，要是不把她老公的姓透露了，今天这桩事情可就真大了去了。他不敢再追问廖友虎在哪，他说：“我们既找廖友虎，也找你们家老黄。老黄欠我们一笔钞票，是你替他还，还是他自己还？”

一说到钱，这女人的兴奋点就集中到钱上了：“他没日没夜在外面养狐狸精，凭什么要我替他还债？你们不是有录像吗，你们把录像拿给他看，告诉他，老娘日子过得像女王！一年前我还有点伤心，毕竟大半辈子一起苦过；现在看简直老天有眼，他欠了你们的钱，一定还欠别人的钱。既然欠钱，拿什么养狐狸精？养他那个比他孙子还小六岁的儿子？真是老天有眼。”

二爷想敲一笔钱再走。苏三给二爷递了几个眼色，示意大家赶快脱身。二爷没看懂，继续说：“姐真是吉人自有天相！”苏三不得不跟他耳语，意思是喊他马上撤。二爷不知道为什么要撤，当下局势一片大好。不过既然雇主说撤，一定有撤的道理，但江湖经验告诉他，既然入戏，不把戏演巴适，只怕要遭灾。他油嘴滑舌地对那婆娘说：“大姐如果方便，小弟想借一点。快过年了，大家都不容易。”他转身指着一帮人说：“不是我要，兄弟们在道上混，得吃饭。我保证，只要大姐你够阔气，这帮兄弟跟鄙人一样，大姐什么女王享受，我们只当什么都不曾发生。”

苏三和赵大毛吓出一身冷汗，这不明摆着敲诈或入室抢劫吗？——人家给，就是敲诈；人家不愿意而强行索取，就是入室抢劫。哪一条都是犯罪啊。苏三拿眼神示意二爷，二爷装没看见。

那婆娘哗啦一下把床头柜上的一个钱包打开说：“都在这儿，你们自己拿。”

钱包里有一叠红色钞票，大概七八千元，还有三四张银行卡。

二爷俯身仔细在钞票上来回看了几眼。赵大毛在心里祈祷：爷啊你是我亲爷，千万别动手啊！二爷直起身子对那婆娘说：“就这么一点点，离你老公欠我们的差得太远了，不要！”

这话让那婆娘非常不爽，好比埋汰她没钱，加上当着那小伙的面，她脸上的肉红一阵白一阵，只差把那几千元钱抽出来砸到二爷脸上。见对方人多势众，才没有立时发作。

撂下那婆娘和帅哥，众人脱身出来。苏三忧心忡忡地对二爷说：“二爷，我们搞错了。”

“搞错什么了？”二爷满不在乎。

“廖友虎家不是这一幢别墅。”

“我知道。”二爷语气平稳，毫无紧张之感，“只要对方也有事儿，我们便什么事都没有。我们不是没拿她一分钱么？而且还有摄像机拍摄的资料为证。”

苏三从怀里摸出电话本，翻到一页，眼珠跳了一下，表情便凝固了，惨叫：“是 9 号别墅！”

“到底是 6 还是 9？讨个老婆，花轿抬回来的竟是老丈母！”二爷火了，“堂堂经理竟搞出这么大的错误！”

“我昨天晚上还翻了这一页，今天出门时一兴奋，数字便翻了个跟斗。”

“我看你不是要翻跟斗，你是想栽跟斗！”二爷“犒赏”了苏三几句，口气就软和了，他说，“大家用不着慌，管他小尿壶也好，老黄也罢，给这婆娘几个胆，她也不敢声张。现在马上直奔 9 号别墅。”

二爷问苏三：“这回不会错吧？”

苏三回答：肯定不会。

六

南北方向隔了两幢别墅，就到达目的地了。从高高的栅栏望进去，院子里的情状跟 6 号别墅差不多，车库里却空空如也。二爷和苏三去揿门铃，四五分钟不见人。几个人开始敲铁栅栏，敲了十多分钟，还是不见有人出来，却把邻居敲出来了。一个秃顶胖老头问：“你们从哪里来？这家人没人在家。”

“人呢？”

“半个月前搬走了，正在卖房。”

“啥时候的事？”

“我不是说了吗，半个月前。”

算算这时间，正好是叶荷湾工地的工友们喝了大半个月稀粥的时候。

“原来的房主……”苏三想想不对，不是正在出售吗，说明这房还是廖老板的，苏三问胖老头，“房主是不是姓廖？”

“没错，姓廖，大家招呼他廖老板，搞建筑的，听说上游有人欠他的钱，资金链断了，周转不过来，只好卖房。二手房哪有想卖就能卖出去的呢，有价无市！”老头看来很是知道一些信息，他解嘲说，“这年头，生意做得越大越可能没有本钱。用不完的钱，还不完的债。”

苏三：“他不是只有叶荷湾一处工地吗？”意思是廖友虎的生意算不得大。

胖老头把干枯的常青藤从院墙上拽下来，咔嚓咔嚓开始修剪。他说：“叶荷湾？没听说过。不过单单我知道的工地就有三个。”

“三个？加上叶荷湾就至少有四个，他为啥不把工程都放一摊地方呢？管理起来也方便。”苏三问二爷，“这里头有啥讲究？”

“看看，我没说错吧，幸好我们发现得早，跑得比别人快。这些老板都精明，不会把鸡蛋放在一个筐里。一个地方亏，另一个地方赚，输输赢赢，总还有些赚头。要是全放一个筐里，有赚还好说，万一砸了，就彻彻底底一次性砸掉。”

胖老头指着围墙上的一张售房启事说：“喏——报纸上曾连续两天登过这则信息，装修好没住几年，出手的价格比当初入手还便宜 20 万。”

几个人在售房启事上扫了一眼，940 万，落款“廖先生”，电话果真是廖友虎的电话。

“完啦！这孙子把我们坑惨了。”赵大毛差点吼出来，要是房子能卖出去，他只要拿三分之一出来，就能把他们的工钱付清。赵大毛十分肯定：“他卷钱走人了！”

苏三清楚，这时候必须稳住阵脚，否则，四十多号人找不到廖友虎，还不把他撕来吃了。他说：“他这是在卖房子来发我们的工资呢。我们再等他几天。”

赵大毛责备苏三：“都什么时候了，你还天真烂漫？”转身问二爷怎么办。

二爷说：“明摆着，堵大门！”

“明天放假怎么堵？”

二爷：“那就选个身强力壮的爬塔吊。”与他没有切身利害关系，他说得跟杀只鸡似的。

苏三愣了一下，说：“还是堵大门吧！”

一干人从小区大门出来，倒是没有遇上盘问。赵大毛瞟了一眼红袖套上的文字，看到两个关键词：抗疫。刚才电子显示屏上的“疫情防治”，现在又是“抗疫”。他心想，这几个词的关键字眼都是“疫”，能够叫“疫”的，可不是一般的感冒发烧，连肿瘤、癌症都没资格叫“疫”。“疫”的必备要素，一是流行性，二是急性，三是传染性，稍不当心，就会迅速、大面积流行。大过年的，放假的放假，停工的停工，会有什么“疫”呢？如果那块电子显示屏，是有人闲着没事，往上面弄了一则公益广告，那红袖章上的“抗疫”可就不是没事的情况下也能使用的。到底发生了什么？赵大毛摸不着头脑。

回去的时候，已是半下午了。风似乎小了些，云层里露出点西斜到不能再斜的阳光。工厂和工地都停工后，即使是阴天，也能让人感受到干净和爽洁。云层间露出一小片天空，湛蓝诱人。

赵大毛示范，大家骑公共自行车往工地赶。苏三肩头像有万斤重量，哗变一触即发，他得请二爷帮忙说话，让大家相信问题不是出在他苏三身上，能想的招数他都想了，能用的办法他都用了，现在还得再挺几天。

“吃的没有了，你打算如何挺？”七毛子两根浓重的眉毛拧紧了，他在工友中有威望，他的一句话至少能管两天，到第三天他就可能是第一个带头造反的。

苏三眼光在二爷的脸上扫过，今天付出的那一笔酬金是他最后的家当，事情没有办成，要是二爷能发善心，多少退一点回来，也够兄弟们吃几顿好饭菜。二爷不答话，像什么也没听见，步履沉稳往前赶路。

赵大毛给江芝悦发了一条微信：“工地缺粮，借五百元救急！”

咕嘟一声，一千元转账过来。随即是一条微信：“你有没有忙好？我这里有事情要对你讲。方便不？”

赵大毛回微信：“预计再过二十分钟才方便！”赵大毛把手机揣进衣袋，这点钱看来明天就能派上用场。

还没有走到工地门口，隔着五十多米远，就看见门口多了六个戴着红色臂章的人，臂章上也有“抗疫”两个字，手上还有登记表和额温枪，脸上戴着大口罩。

走近了看清，他们跟廖友虎小区门口戴红袖套的人一样，也是志愿者。他们在赵大毛他们抵达前四十分钟，刚刚受指挥部派遣到这里来。

登记姓名、电话。有身份证的亮出身份证，没有身份证的报身份证号码。一个人负责指导他们登记，两个人依据他们提供的信息在手机上搜索，搜索什么赵大毛和其他人都不知道。

领头的志愿者知道苏三是项目经理，对他讲，请他进去以后通知工地上的所有工友，今天只准进，不准出。从今晚十二点开始，除非有急事，经过他们同意，才准外出，其余人没什么重要的事情，暂时不允许外出。

苏三问为什么。赵大毛问出了什么大事。负责指导他们填表的志愿者把宣传资料发给他们，同时让他们看手机信息。

原来武汉那边出事了，靠飞沫等传染的肺病，传染性非常强，目前没有疫苗也没有针对性的药物，死亡数据一天天攀升。宣传资料图文并茂。他们吓一大跳，好像世界毁灭几遍了，他们却一遍都不知道。苏三说，平时不读书报不看电视，世界发生了啥事情都不知道。

七毛子接嘴说："手机我们也天天看，只是没顾上看新闻！"

苏三怼了句："不是发抖音装怪赚吆喝，就是K歌卖破锣嗓子，能顾得上个啥？"

七毛子不以为然，他怼苏三："你不也啥球不知道吗？抖音K歌有啥不好，那叫自信！"

"这一阵我整天只想着小尿壶。"苏三说，"有文化的一般不太自信，很多没文化的却自信得翻天。"

赵大毛前几天在微信朋友圈倒是看到零零星星的疫情信息，但很快就有人说可能不是真的。有一天他打电话给江芝悦想问个究竟，关机，估计在上课或者考试，过后他把这事忘记了。苏三总说他处理问题太嫩。这一点他不得不承认。赵大毛问志愿者："为什么我们进去之后，就不能随便外出呢？"

志愿者指着一张跟街道电子显示屏一模一样的宣传画说："你看这行字：不扎堆，不聚集，戴口罩，常洗手。最近有不少从病毒高发区回来过年的人，非常危险。为防止大家被传染，防疫指挥部要求大家从明天0点开始，一律不得出工地。只要工地上的人没有去过湖北，尤其是武汉，过了高危险时段，大家还是可以分批分次外出的。"

赵大毛立即想到江芝悦，到现在还没见面呢，他问："对武汉来的人怎么办？"

"统一要求，进行医学隔离十四天。"志愿者回答完，扭头问带队的人，"赵主任，目前医学隔离点设在哪里？"

“回答不上来。突然下来的任务，上下左右的信息都还没有建立起来。估计明天才能明确。”赵主任说完，对苏三他们说，“按照要求，你们得戴口罩进出。我估计你们也没有准备，我们目前只能一个人发一个，明天我们给你们带一些来。从明天开始，必须戴口罩。”他给了苏三一大沓宣传册，嘱咐苏三：“你回去得好好叮嘱你的职工，为减少在路途上感染的危险，建议大家就在工地上过春节。”

苏三说：“我们刚才是去讨要工钱的，我们现在连明天下锅的米都没有，你们管不管？”

“是被欠薪了？”

“老板失联。”

……

赵大毛惦记着江芝悦，他不知道她把自己安顿在哪个地方，她在这儿，人生地不熟，要隔离干脆他去陪她一起隔离。这样盘算的时候，他还不知道隔离的确切含义。他对志愿者说，他还得去办点事，保证晚上 12 点前赶回来。说罢把摄像机揣到衣袋里，转身走了。

二爷也说回去了。他对苏三说，哪时候能出来搞事情，哪时候再打电话给他。说罢向距离大门二十多米远的汽车走去。赵大毛心想，只怕哪时候都用不着你了，什么歪招邪术！

赵大毛走远了，听见志愿者招呼二爷：“先生，您也得登记电话号码！”

七

出了工地，走到马路上，赵大毛打电话给江芝悦。江芝悦声音有些走样，她说她在诗经生态农庄内设的宾馆里住下来了。网上订房的时候考虑这里离市区远，房价便宜环境好不说，除夕的鞭炮声相对于市区的少，安静，离叶荷湾工地也不算太远。

“赵大毛，刚刚有你们这儿的人来通知，我们现在不可以见面。”江芝悦说，“武汉那边封城了！烈性肺病，传染病！前几天在学校听说外面死了人，以为是谣言，没想到是真的！我心头害怕！”

江芝悦的声音像放泡菜坛里泡了三年的白菜，湿漉漉的，还有忽远忽近的闪烁感。赵大毛想：武汉封城不等于我这里也封城，你千里迢迢赶过来，我要不过去，是个人都会嘲笑我情商低。趁江芝悦停顿寻找措辞的间隙，赵大毛掐了电话，打了个出租车，奔诗经生态农庄而去。

上车五分钟，苏三打他电话：“你是不是去见你女朋友？”

“明知故问！”

“表弟，去不得了！”苏三惊呼。赵大毛心想：就你多事，她爹娘嫌贫爱富，你什么时候也成了他们的帮凶？“你必须回来，你不能跟你女朋友见面，你女朋友必须隔离，你过去就是送死！”苏三语无伦次。赵大毛被他的话搞得发毛了，什么叫不能见面？什么叫送死？上次你老婆从老家来看你，一周时间，我不是把一间屋子都让给你们两口子？害得我大热天在值班室的露台上喂蚊子，喂到后来蚊子都吃腻了，赤身露体睡一夜，身上一个包都不起。

“我在出租车上，再过一刻钟就到了。再怎么说我也得去见个面啊。人家都到门口了，我不去见一见？我们老家几时兴起这规矩？”

苏三在那头急得跟个太监似的：“不管什么规矩，非常时期，说你不能去就不能去！你个瓜娃子不听我的？我跟你说不清楚！来来来。”苏三发火了。电话声音远离苏三，接着传来一个陌生人声音：“我是疫情指挥部的志愿者，请你马上返回，你不能跟你女朋友见面，她需要医学隔离观察十四天，这是纪律，这是命令！请立即返回。”后面的几句话，每一句话重复两遍。赵大毛惊炸了，从他午饭后出工地大门接到江芝悦的电话，到现在不到四个小时，难道世界真的变化那么快？他真后悔平时不看新闻。他们怎么能肯定江芝悦带了可怕的传染病菌呢？

他回答说随后就回来，却没有让出租车停下来。又走了五分钟，一个陌生的电话打过来，声音是刚才那个人的：“你的手机轨迹显示，你没有返回。”赵大毛回答说：“我一会儿就站在远处看看，用我的人格担保，我们不见面。”

“不行，必须返回。有什么话可以通过视频或微信说！”

赵大毛恼了：“有这样的道理吗？我女朋友天远地远来看我，我面都不跟她见上一个，这是什么规矩啊？这分明是棒打鸳鸯，安心让我们吹掉啊！你不知道我家挺穷啊？这辈子我要是打光棍，我是找你要个女人还是找谁要……”赵大毛还要继续他的道理，那头说了句“你简直不讲道理”，挂了电话。

二十分钟以后，出租车到了诗经生态农庄前面，还没进大门，就见酒店前面拉起了隔离线。十几个志愿者像临阵待命的士兵，把农庄住宿区域把持得水泄不通。他们脸上也戴着大口罩。

有志愿者上前问：“请问您是赵大毛吗？”

赵大毛为这个速度感到惊异：谁泄露了他的行程？江芝悦？出租车司机？都不可能。只可能是非常时期手机的定位或追踪。世界变化真快，世界变小了，前后十来分钟的样子，志愿者得到的信息，确实跑得比他乘坐的出租车还快。他说：“是的。你们这是要干吗呢？”

领头的一位大姐给了个口罩让赵大毛戴上。赵大毛把两个耳襻挂到耳朵上。大姐替他按了鼻夹金属条，将口罩上下拉开。

“以后戴口罩就得这样戴。”大姐悦色道，“是这样，病毒正在传播，看不见，摸不着，潜伏期1—14天，起初根本没症状，等到发热、干咳、腹泻，再发展下去就晚了，很难救治。为阻断疫情传播，各地都启动了一级响应……”大姐让赵大毛在手机上搜索有关疫情的消息。几分钟时间，赵大毛傻了，他怀疑自己在噩梦中，打了三个冷战，才确信不在梦里。竟然是在现实中，现实比噩梦更可怕。

大姐告诉赵大毛说，目前他的女朋友既然已经安顿下来，就必须在农庄的宾馆里进行医学隔离十四天，每天测量体温，密切观察变化；赵大毛必须回到工地，按照防疫指挥部的要求，做好安全防护工作。

“你们怎么一下就知道她？”

“因为整个农庄只有她一个人是武汉来的。”

“她那里哪有什么体温计！”赵大毛说，谁会随身带体温计呢。

短短十几分钟恶补的资讯，让赵大毛意识到，突如其来的疫情像蓄谋已久的侵略者，来势汹汹，你装备再精良，准备再充分，都措手不及。赵大毛是小民百姓，江芝悦也是，在资讯纷繁得令人目不暇接而自己却根本不关心的情况下，一开始哪会有迎战的准备呢。赵大毛相信江芝悦不仅没有体温计，有可能连口罩都没有。

“随后就能备齐，请你们放心！”

“现在至少应该给她几个口罩！”赵大毛觉得，这时候为一个口罩让他下跪，他都会干的。不管将来他跟江芝悦能不能相伴终老，作为一个男人，这句恳求人的话，他觉得说出来才对得起天地良心。

“已经给她了。”大姐说，“目前我们很多东西还在紧急准备，陆续到位。人命关天，请相信我们不会有一丝马虎的！”

“我代表我自己，更代表里面那个女孩子衷心感谢你们！”

赵大毛摸出手机，打算再给江芝悦打个电话，问问她那头的情况，争取能远远地招个手。江芝悦在电话里说，农庄的宾馆设在正对大门的餐饮楼后面，赵大毛在大门口看不见；

现在她入住的整个三层楼就她一个住户，今天晚上和明天农庄还供应饭菜，送到楼梯口，由她自取；如果农庄不供应饭菜，志愿者会给她方便面、矿泉水，当然还有口罩、体温计、酒精和 84 消毒液。

“这些东西你现在有没有？”

“口罩有了，其他的，他们会陆续派人送来的。”

“我待会儿催他们赶快把这些东西给你备齐，钞票由我们付。”赵大毛想起那一千元钱，幸好有这一千元钱，要不然，他哪有说这句话的底气。

“你别催他们，刚才他们对我说，明天一大早着手备齐。”

“你要照顾好自己！”赵大毛想说，有什么不适赶紧打电话，话到嘴边拐了个弯，他不忍心这样想，也不忍心这样说。

“我知道。客房楼道两头都有监控，我的房间离楼梯口怕有十米远，我不侵害人家，人家也侵害不了我。”江芝悦说这话的时候还有些得意。赵大毛估计，不出三天，就可能自己都哄不住自己了。

面是肯定见不上了，站那么近的距离多说几句话终究踏实些。赵大毛问江芝悦事先为什么不通电话，竟来得那么突然。他们学校放假的时候有没有接到有关疫情的通知？

江芝悦说，那时候大家都在忙考试，忙收拾东西，忙订票，哪有时间顾那么多，前几天偶尔听到有人说有传染肺炎流行，没当回事，大家只有一个想法，放假就放假呗，离开就没事儿了。

“十四天说短不短，说长不长，正好跨一个新年，到 2 月 6 号正月十三结束，出来跟你一起过元宵。”赵大毛说着，心想，两周时间要是没几本书，天天看天花板，不疯都会产生心理疾病，“好好休养一阵，要是能过来，我给你送几本书。”

“书倒是带了几本，不够十四天。我这会儿先要把几桩事情做好，外面的志愿者特别交代要马上完成。”江芝悦说，本来按照规定，她是要到隔离点集中医学隔离的，但这里刚刚接到上级通知，还没来得及准备隔离点，正好她订的农庄酒店在城乡接合部，不属于闹市区，所以就把她隔离在这里。她这一层楼没有几间住了客人，农庄酒店很快就把她住的那一层楼全部腾空。

她现在最要紧的事，是马上把这一路乘坐的航班和大巴的编号告诉志愿者。

“凡是同行的人员都要隔离医学观察！我这祸闯得是不是有点大？”江芝悦真像个闯了大祸的人，每一个音都满含委屈和难堪。

“出发的时候，谁知道会这样呢？这不是你的错，为了同路人和大家的安全，我们好好配合工作。我陪你规规矩矩隔离。”赵大毛感觉这话言不由衷，这得涉及多少人啊？赵大毛头都大了。

江芝悦说：“出发前，我在宿舍足不下楼待了两个星期，先是考试，之后又做课题，剩下三天都在来的路上。我是人畜无害的，可是我来自武汉……”说罢委屈得呜呜哭起来。

赵大毛不知该说什么。不管有没有染病，只要来自疫区，就得无条件进行医学隔离，这不是主观武断，这是科学。

赵大毛问志愿者中的领头大姐，他女朋友人地生疏，不远千里来看自己，举目无亲，他能不能去陪他女朋友隔离。

大姐从口罩上端露出的眼神快炸了，果断拒绝："听说你是读过大学的，哪能这么胡来？万一有病毒，你当你们是恋人就不传染啊？说不定传染得更快！"

赵大毛心头堵着一股气：还有十四天才见分晓，你怎么好现在就说我女朋友带病毒呢？要不是在非常时期，咱们得好好说道说道。呛归呛，委屈归委屈，赵大毛也觉得江芝悦隔离观察十四天非常必要。赵大毛不禁为江芝悦难受，没有什么比手捧着希望、迎着阳光欢天喜地向前方跑去，却冷不丁一脚跌倒更令人尴尬的事情了。

赵大毛问江芝悦："此行，你的爸爸妈妈知道不知道？"

"出发前打过电话，刚才又给他们打了电话。"

赵大毛想问他们什么态度，想想还是算了。既然芝悦来了，表明芝悦的态度是坚决的。这世间，有几个父母不是顺着孩子的意思，由他们自己决定终身大事的？这半年来，江芝悦每到周末，都要打电话给赵大毛的娘嘘寒问暖。劳累之余，赵大毛只有一个想法，拿到一年的血汗钱，他得回武汉，把自己的学业继续完成。用自己挣的钱心里踏实，这是一；另一个就像娘说的，天底下哪里去找这么好的姑娘呢？

江海平原干净的天空慢慢沉入淡灰色的水气中，风又开始像情绪失控的疯子东一头西一头乱撞，寒冷搜刮着赵大毛身上的体温。志愿者们在等待集装箱的到来，他们将依靠集装箱改造的值班室，在此值班到疫情结束。农庄里少有行人，都戴着口罩。住客都躲在客房里。生态农庄的房间不多，新年期间，一般要再过三天才能住满，现在只有十二间客房住了客人。下午得到通知，今天晚上吃完员工工作餐，明天就要暂时歇业。赵大毛挂了电话，知道自己该回工地了。他问大姐："十二间客房的客人，都吃方便面？"

"我们也吃方便面！"大姐说，"事情来得突然，开头几天能吃上方便面，说明物资供应还算及时的了，我听指挥部说，随后应该有快餐盒饭。当然，如果实在条件够不上，我们给你女朋友配副锅灶，送米送菜，让她自给自足，自食其力，你看可好？"

话说到这份儿上，赵大毛没什么好说的了。

赵大毛转身要走，大姐说："等等，我给你开个路条，写了证明你才回得去。"

赵大毛："什么证明？"

大姐："你没把你女朋友见上的证明。要是见上了，你不但回不去，也得在这里医学观察十四天。"

"那还是让我进去吧。"赵大毛诚恳地说，反正工地上不但冷，还可能吃不上饭。

他这话把几个志愿者都气笑了。大姐笑完说："美吧你！你这不叫恩爱，不叫患难与共。你有没有想过多少人忙碌，就是为了让健康人不被传染？你这是要给国家和老百姓添乱，挑事！"

八

天空犹如浸入墨水盆中，越是深入，越是浓厚。马路上的灯光冰清玉洁，连成一片。缺少行人的马路，因为这些灯光，更显空旷冷寂。马路两边的商店，要在以前，大门敞开，正是生意闹猛的时候，各店的音响混杂，好生喧闹繁华。而今晚，所有的店铺都关了门，连一向热闹的饭店，都门户紧闭，音响早没有了。街上偶尔跑过的流浪狗，都比行人多。冷不丁开过一辆汽车，车轮摩擦地面的声音竟细雨落地般，温润好听。这个地方的人听招呼，不管是通过电视、广播、报纸，还是社区干部、志愿者的喇叭、发放的资料或通知，只要知道这回事情，晓得疫情的厉害，他们立马执行，居家不出，不折不扣。

回到叶荷湾工地，赵大毛怀疑自己不是出去了两三个小时，而是四五个月，甚至更长时间，工地大门口的格局完全都变了，工地内外都是消毒药水味，从前的门岗撤了，志愿者充当门岗。志愿者知道他是谁，验了他从诗经生态农庄带回来的证明，确认他没跟女朋友见上面，才给他量体温，量完体温还不能直接进去，还要打电话让苏三来领，同时领了一张填写了身份证号码和姓名的出入证。

“最近几天不允许进出。以后能进出了，你就得出示你的身份证和出入证。”他们嘱咐赵大毛。

从门口到住宿的板房距离一百多米，三幢上下两层的板房排列在路的左侧。从亮着的灯光推断，工友们都没休息，在各自房间里看手机，彼此交谈，像在商量，更像在交换信息。往常串门、打牌、洗衣服的，都像被风卷走了一样，一个都没有。

苏三也验了赵大毛从那头开过来的证明，调笑他说：“要是你俩今天见上了，让我猜猜结果会咋样！”

“猜什么猜，跟她一起隔离呗。”

“那才真是便宜了你，连证都不领，十四天出来，就可以庄严地向世界宣告，你们婚假都休了两遍啦！”

“你真是想得天真，谁那么笨，会把我俩安排在一个房间？”

“表弟到底脸皮薄，开不起玩笑！”苏三说，“换到我，我就说，正好啊，到了秋天就有个娃拽着你的裤脚喊你发红包了，哈哈！”

“我本打算去跟她做伴儿的，人家不让！”

“不让就对了。要是让你进了，要是你女朋友没有啥还好，要是有啥——暂时原谅我这乌鸦嘴，呸呸呸，我是说的万一——本来只有一例的，眨一下眼睛就变成两例。你说，这责任谁担负得起？”

“我理解。毕竟非常时期。要在平日，哪怕过去有矛盾，人家千里万里过来，都走到你家门口了，说什么也得见上一面。”

“你还叨叨要见上一面！我跟你讲，表弟，不出三天，那里的住户会跑得一个不剩！”

赵大毛想象那十二个房间的住户兵荒马乱地奔逃的情景，愣了一下说：“照你这么说，我还真后悔回工地，刚才就该在那软磨硬蹭，不达目的不罢休。我保证，只跟她在一个楼层隔离，十四天内不见面。”那么大一个生态农庄，就一个女子住那里，窗外没有蛙声，屋内没有人气，寒风呜呜吹，房屋和树木发出的各种属于寒冬的声音，夜里，比闹鬼还吓人。

“好好把心放到肚子里吧，毕竟你回来了！”

两人钻进房间，赵大毛一眼看见小桌上的一碗米饭，仿佛在等待消灭它的人。赵大毛肚子饿了，他忽略苏三的存在，直奔桌上的那碗米饭而去。随手捉一双筷子，端起碗来，他嘀咕：“不是没有米了吗，这是哪儿来的？”

他取下右边耳襻，口罩便吊到他左边耳朵上。这一路戴过来，赵大毛觉得缺氧，心想那些医生长年累月戴口罩工作，真是不容易。“你哪来钱买米？”往嘴巴里叉了一大口香喷喷的米饭，赵大毛问苏三。

“我的祖宗，你先把口罩取下来放好再吃饭好不好？”苏三刚点了支从那胖女人家顺来的香烟，见赵大毛这副样子急了，“你是不知道，我刚才听门口的志愿者说，春节放假了，工厂停产，商店关门，口罩成了紧缺物资，药店和网上都买不到，每一个都很珍贵，要用得值当。按照规定，我们工地每个人都得戴口罩，现在药店关门，我们自己买不到。”

“那我们还有没有人管呢？”赵大毛的意思是说，总得有人管他们口罩，哪怕让他们付钱——这是应该的。他把摄像机从怀里掏出来，放进行李包。

“门口那几位新朋友说，他们会写成文字，报告给指挥部，由指挥部统一协调解决。”苏三说着，站到赵大毛对面，指着自己面孔上的口罩，按照门口的志愿者教导的程序，教赵大毛规范戴口罩、取口罩。苏三说：“不会用口罩，戴了跟没有戴一个样，那危险就一点没有减少。”

一大口米饭在赵大毛的嘴巴里从左边鼓到右边，还没来得及从右边鼓到左边，就已经吞下去了。抓过茶盅喝了一口，赵大毛说：“刚才那边的一个大姐手把手教过我了！”

苏三停顿了一下，说：“学过了再学一遍，相当于复习或者补考。”

“我们还能不能回老家？”赵大毛问。乡里乡亲的工友大多数上有老下有小，一年就盼这一次，能够见上，这一年才算完整。

“先得把钱搞到手！”苏三十分焦虑。原本就麻烦的事情，如今变得更加麻烦了。不管怎么说，门口的志愿者已经把他们的诉求记录下来，向防疫指挥部做了报告。

“明天堵政府大门看来是办不到了。”赵大毛说，“人家纵使准许你去，只怕没几个人敢冒生死风险。”

“别提那茬儿。”

赵大毛看出苏三对此不感兴趣，但还是谈了二爷策划的事情：“其实我打一开始就不赞成采用那么简单粗暴的方式。你想想，你本想求人给你主持公道，却先霸王硬上弓，甩了人家两个耳光，然后才说这事你必须帮我办好。哪有这样的？现在唯一的出路是……”

“是什么？”苏三急切问。

“你不是说志愿者已经把我们的困难报上去了吗？既然这样，我们别那么急吼吼的。我们明天再去找志愿者说说，希望通过他们，把我们碰到的困难，呈送市里有关部门或有关领导，让他们想想办法，办法不需要太极端，只要跟廖友虎联系上，看看他那头到底发生了什么，这笔钱什么时候支付。”

“我正要跟你商量这事情。”

“你明天还得出面跟大家说说，说你正在想办法，让大家再宽限几天。尤其要把你那老舅的工作做好，他的话比你的话管用。另外还要做好大家的思想工作，你看看手机上的新闻，岂止是严峻，简直是危险，还无处不在。比遇到战争还糟糕，战场上还知道子弹从什么方向飞来，而这，既不知道有没有子弹，也不知道子弹从什么方向飞来。你要请人家做好不回家的准备。谁回家，这一路上不是火车就是汽车，谁知道身边的乘客有没有病，自己染病了自己还不知道，潜伏期十四天，等到发觉不对付，前前后后不知感染了多少人。我们都不做流动的炸弹，安安心心在这里过年。”

“我刚才也是这样考虑的。只是大过年的，决定做不下来。你这么说，我们就这么定下来。”苏三晚上一般不抽香烟，除非那烟卷儿好，这盒顺来的好香烟让他没有等到明天的耐心。他又想抽一支，赵大毛表示抗议：“表哥，你能不能省省？那个肺炎没上门，我倒可能直接被你的烟囱熏得挂掉了。”

苏三露齿一笑，把香烟收起。赵大毛说：“你是不是又在哪里藏了一笔钱？米从哪里来的，你还没回答呢。”赵大毛心想，要是微信里那一千元钱能派上用场，他会毫不犹豫拿出来。

“是这样，门口的志愿者送的。两袋米、一桶油。人家单位过年发的年货，放后备厢没来得及提回家。他们说先让我们对付一下，没有蔬菜也对付一下。他们说明后天还会给我们送米什么的。据说还会送蔬菜来。你说，他们会不会算我们钞票？”

赵大毛揶揄苏三："我说伟大的苏经理，你的格局能不能大一些，眼光能不能放长远些？只要有饭吃，活下来就等于留住了青山，只要青山还在，不怕没柴烧，这道理你比我懂！"

"我的意思是别被他们敲竹杠！"苏三又露齿一笑。

"还是格局太小！你我刚才吃的是什么？人家把年货送给你，就没打算收你的钱！"

苏三的眼里便有了神光，他说："我把你这几句话刻在心底板板上了，不褪色，不变形！"苏三的意思是，要是将来人家向他索要这笔钱款，他会用赵大毛今天这句话揶揄赵大毛。苏三一向大气，如今却对这种小喜悦表现出隆重的小心思，说明真是让钞票给逼急了。

九

从除夕到年初二，他们除了一个人发了两个口罩明确是防疫指挥部安排的，一天三顿不离的大米、蔬菜、猪肉、鸡肉和鱼肉以及油盐酱醋等，全是工地门口的志愿者从自己家里拖过来的，有多少拖多少，分两班执勤的六个志愿者倾其所有，也只能马马虎虎对付到年初二。志愿者一再给大家打招呼，这地方到了过年，平常年景从除夕到年初四，除了大型超市缩短营业时间，其他门店一律歇业到年初五才开门。现在遇到非常情况，跟揿了时光暂停键似的，连大型超市都关门歇业，其他店主更是闭门不出，物资调拨相当困难。

赵大毛发微信问江芝悦那头的情况如何。她回复说，物资倒是相当充足。年初二的早上，她又发来一条微信：今天早上起床发现，又跑了两个房客，至此我已经在窗子边数到十一批跑掉的房客了。你说，会不会从啥时候开始，这偌大的农庄里，就小女子一人独守呢？文字末尾还带了三个貌似得意的小丑表情。

啥叫什么时候开始独处，就这时候！赵大毛想，还是别跟她说实情，别吓唬她，不是开玩笑的时候。他回复：其他的人家都不会出来，全都老老实实待在房间里，不让你看见，就像你把房间门关上，也不可能让别人看见那样。

昨天大年初一，赵大毛打电话给娘拜年。娘说："听说芝悦也在你那边，刚给我电话拜年，据说你们还要十二三天才能见得上面，娘就想你们那个城市到底安不安全。"赵大毛没告诉她工钱的事，怕娘心焦。他说安全着呢，工地大门一关，里面就是独立的大院子。娘又问春节还回来不。他对娘说，今年过年早，开春也早，歇在工地上，开了年好上班；再说火车票抢不上，就不给铁道部门增加负担了。娘像早知道是这个结果，说："你别操心娘，娘好着呢，你和芝悦要在那边把年过好。"娘提醒他，休学期到了，别忘了这事，这是大事。赵大毛"嗯"了一声。

这会儿赵大毛还躲在被窝里，他估计江芝悦也不例外。

微信里，江芝悦：我大姨妈来了！

赵大毛：这种军事机密，你可以不用向我汇报。你家的亲戚你接待，我不管。

江芝悦：我要说的是，卫生巾没有！

赵大毛心想，我们在为肚子发愁，你在为继续过无忧无虑的日子发愁。一想到这里，赵大毛躺不住了，他一个建筑工地的工人，人家一个985大学的学生，再过一年半还可能是研究生，这世界再怎么不强调门当户对，这两道门之间的跨度，未免太大了。人家的爹娘不同意，还真有些道理。你谈你的砖头瓦块，人家谈人家的人工智能，迟早分道扬镳。赵大毛心想，换成自己的女儿，他也有十万种理由不同意。

那头见赵大毛半天不回复，便道：怎么啦，不好意思？生理困窘，关键是这时候上哪买？

赵大毛：门口值班的不是有个大姐吗？你发短信给她，向她借。

江芝悦：女孩子的东西，一般就认一两个牌子。

赵大毛的危机感再次出现。牌子？是说她只认最好的牌子，还是她只用一两个牌子？在赵大毛看来，这些东西跟上大号用的纸有什么区别呢？不论品牌，不论颜色，不管制造商，只要能解决问题就行。连这个都讲究，女人真是大讲究！一琢磨，时间又过去了好几分钟，赵大毛掐了一行字过去：特殊时期，我这里明天都要断炊啦，只要能借得到，公主您将就将就！

江芝悦：你不是说你们最迟腊月二十九能领到工资吗？

赵大毛：老板去武汉出差，随行的会计发热咳嗽。腊月二十七在电话里说得好好的第二天飞回来，可从腊月二十八至今，电话一个都打不通，到今天还不通，也不知道他还在武汉，还是飞往什么星球去了。

江芝悦：如果你们的会计不幸染上了那种肺炎，那肯定在医院抢救。我估计你们的老板运气好一点，现在在武汉某个集中隔离点，他得接受医学观察十四天。万一你们的老板也“万一”了，那就不太好说。

赵大毛从床上跳起来，要真是“万一”了，能康复倒好说，万一就真的“万一”了呢？赵大毛真不敢往下想，苏三两辈子不吃不喝给他们还债的日子，想等也是等不到了，四十几号人一年的辛苦将变成仇恨。不管工人通不通情达理，不给人工钱，挨谁身上，谁都吃不下这股气。

赵大毛给江芝悦发过去一行字：先说到这，你赶快起床吃饭，我有事，回头聊！

然后他抬起头向对着手机看疫情的苏三喊了一声：“苏经理！”

苏三坐在床上，下肢在被窝里，上身披了一件空心棉的大衣，扭过头轻声问：“怎么啦，那么大声？”

赵大毛说：“我给你做个推测，也就是假设。”

“你说。”苏三一副你只管放马过来的腔调。

“腊月二十七小尿壶不是说黄会计发热咳嗽吗，你说，会不会小尿壶也……‘万一’了？”

苏三像猛然醒悟，左手垂下来把手机搁在床上，右手隔着被子一拍大腿说：“对啊，说不定小尿壶跟黄会计一样，都中了那个招。”

“黄会计住院救治，小尿壶会上哪里去呢？”

“你想想，小尿壶跟黄会计算不算密切接触者？”赵大毛启发苏三。

“当然算。”苏三醒过味儿来了，“你是说小尿壶也可能中……中招了？”

赵大毛望着苏三惊恐的双眼，没有立即回答，他看见苏三的双手、嘴唇和身躯都开始颤抖，渐渐眼神空洞，不一会儿脸上的死灰一阵一阵地加重。苏三颤抖着说：“要是眼前有个算命先生，我一定要他算算小尿壶——不，廖友虎他老人家还在不在人世。”

赵大毛把衣服穿戴整齐说：“我们还得去麻烦门口的志愿者，求他们向抗疫指挥部求助，请他们想尽一切办法帮我们找到滞留武汉的廖友虎。”

苏三双脚一撂，被子齐刷刷翻了个身，他套上裤子和衣服，嘴里叨叨：“我脑子笨。三天来，人家志愿者把自己家的粮食蔬菜都搬过来支援我们，而且还向上面汇报了，这两天就给我们解决吃的问题。我注意力都在吃上，没有想到我现在是坐在火山口上啦！”

赵大毛把口罩戴上说：“要是小尿壶染了病，我们这时候向他催要工资，你说传出去人家会不会说我们这是乘人之危、落井下石？”

苏三觉得赵大毛说的有道理，顿了一下，戴起口罩说：“那我们就先不谈钱不钱的事情，我们请求他们尽快帮我们找到廖友虎。”

出了板房，冬日明媚的阳光亮晃得他俩睁不开眼。苏三看见几个工友聚集在门口，在跟志愿者交涉，赶紧跑上去。七八个烟枪称香烟抽完了，要到外面去买。志愿者说到处都关门了，上哪儿买去？不同意他们出去。他们说工钱拿不到，眼看饭也吃不上了，香烟还抽不上一口，这哪叫过年？

苏三招呼他们别吵。领头的一个说：“苏三，今天大年初二，我该给您老人家拜年了！祝您老福如东海寿比南山财源广进四时吉祥！”苏三定睛一看，这不是七毛子老舅吗！苏三连忙打躬作揖：“您是长辈儿，折煞我也！您该骂就骂，该批评就批评！您这样招呼我，我这做外甥女婿的脸面往哪儿搁？”

七毛子高声大气对苏三说：“你来得正好，你也回得正好！你说说我们出来打工是为啥？不就是为了年底能拿上钞票，体体面面回家跟一家老小快乐团圆，顺带给老的小的买几件衣服、发个压岁红包什么的。可是到了今天，大年初二，公历 1 月 26 号，我们家没有回，钱一分没有拿到，如今想抽根儿香烟都不给出去买。你说这叫什么事儿？你天天说找小尿壶，你找到了吗？如果找到，请你当着大家伙儿的面，马上告诉我们，我们辛辛苦苦一年的工钱什么时候能发？我们已经一忍再忍，你总不能让我们就这样一直忍下去吧。今天别怪我不客气，在老家，大家都是乡里乡亲、三亲六戚，今天我脱开情面说这些话，既是我要说的，也是大伙儿想对你说的。”

苏三摸出香烟一一递上，从露出来的两只眼睛尾部密密重叠的鱼尾纹看得出，他一张脸在口罩后面笑得稀巴烂。赵大毛注意到，他递的香烟是他从那富婆桌子上顺来的那盒，心想，这家伙够节约的，但是就不怕惯坏了他们的嘴巴？

板房里的人陆续往这边赶，像是有预谋的，先开出一批先遣队，待到火候差不多，再开出大部队。

苏三说：“老舅，各位，我苏三是大家的罪人……”

赵大毛心想，你个死鬼千万不要把刚才屋里的推测说出来，你要是说廖友虎有可能翘掉了，不出半个小时，你就知道自己死得有多难看！赵大毛赶紧咳嗽一声，提醒苏三想清楚再说话，即使廖友虎真的翘掉了，在政府部门没有协助做好工作的时候，也不能说，诸葛亮和成吉思汗死后还秘不发丧呢。

这一声咳嗽救了苏三。苏三转身，扑通一声向志愿者跪下来，沉稳悲戚地说：“不好意思，我给政府添了麻烦啊，新春佳节，万家团圆，我们有家不能回，不是不想回，是辛苦一年，口袋里一分工钱没有拿到，腊月二十七老板打电话来说第二天从武汉回来，可从第二天至今，完全失联，我们是没有办法了啊。这几天幸得你们救济，刚刚能对付到今天，明天连稀饭都没有着落，我们都是守法公民，勤勤恳恳，任劳任怨，不偷不抢，不嫖不赌，都是好人呢……”

几个志愿者赶紧上来，要把苏三从地上拉起来。苏三偏不起来，他说：“我们的要求不高，我们请求政府，在我们没有拿到工资之前，无论是干饭、稀饭还是面条，总归让我们把肚皮填饱；另外一个就是，帮我们联系老板廖友虎，眼前这一摊子事情，只有他老人家现出真身才能搞得定啊！”

七毛子见苏三说的全是自己要说的话，不好再说什么，跟别的工友一道退到一边看热闹。至于香烟，本来就是由头，他们谁不知道这地方在年初五之前，是不可能买到香烟的。

志愿者把苏三从地上拽起来，其中一个二十多岁的长发女子弯腰下去，替苏三把膝盖上的泥灰拍去。领头一个说：

“苏经理，吃饭的事情，我们正在想办法。请你们理解。我们像中了突然袭击，毫无防备，整一个儿措手不及，二十四小时连轴转都忙不过来。不过请你们放心，吃饭问题我们保证在今天天黑之前落实到位。我们已经安排小魏专门去对接，她那里办好了随时会打我的电话。”见大家的情绪逐渐稳定，他接着说，“不好意思，大过年的，只能尽量让大家吃饱，不能保证让大家吃好！”

苏三数了数门口的志愿者，前几天都是六个，今天只有五个，少了的一个大概就是他们所说的小魏。

七毛子对门口的志愿者说：“只要把工钱发下来，我们什么事情都能打理好，买米买油买菜，我们有手有脚，样样不用你们操心。我们的老板至今联系不上，你们得想办法帮我们把老板找到，这才是头等大事，这才是关键的关键。不管搞工作还是搞事情，都要善于抓住关键。”

七毛子把话一挑开，众人附和。憋了一肚子火的工友群情激奋，像无数个火药桶，随时可能爆炸。

七毛子大声责备：“我看你们就是抓不住关键！”

十

领头的一个志愿者对以七毛子为首的十几个人说：“让我们一件一件办，好不好？”

“你们到底有几件？”七毛子的声音里藏着可怕的愤怒，

“不对，应该是我们的事儿。我们到底有几件事要办？”

领头的志愿者扳着手指：“两件啊，一件是吃饭，另外一件是工资。”

七毛子发火了。他一发火，语音铿锵，每个字的穿透力都吓人：“我还以为有十万八万件呢，从腊月二十九到今天大年初二，整整四天时间，你们说给我们落实吃的，你们除了把自家的年货搬过来，经过你们落实的大米白面蔬菜在哪儿？一开始你们就知道我们需要讨工资，关键问题是要找到廖友虎，你们说你们上报指挥部，让指挥部转交公安解决，到今天，你们替我们寻找的廖友虎在哪儿？找到了吗？找到了请告诉我们！”

苏三对七毛子说：“老舅，问题确实是这两个问题。但冤有头，债有主，责任不在他们身上，责任在我这儿。人家所干的事儿都是在帮助我们，我们不能把责任推到帮忙的人身上。怎么可以责备帮忙的人呢？”

七毛子冲苏三发火：“苏三，平时大家喊你经理，你真当自己是个人物啊？其实你就是个屁，顶多算个跟屁虫，小尿壶鸟你，你就是个经理；人家不鸟你，你什么都不是。从年前大家喝稀饭开始到现在，算起来没有一个月也有二十天，你哪一天不在找小尿壶？可是你哪一天找到了呢？到现在竟然连电话都打不通了！我们这些人都是大傻子，大过年的不回家，在这儿喝西北风，你还要我们笑嘻嘻地对你，借钱给你让大家吃好喝好。你说他们是帮忙的。我说他们既然属于指挥部管，就是指挥部的人，代表的是党和政府。既然他们代表党和政府，他们就是能够替老百姓办事的。既然这样，我们有了困难找他们，就等于拿着刀头找到了菩萨，找对人了！”

苏三脸上挂不住了，再怎么说七毛子是长辈，还算拐个弯的亲戚，如今亲戚揭竿而起，简直众叛亲离。苏三不笨，这时候要是自己按捺不住火气，那无异于火上浇油，轰隆一声爆发，对方势大，动起拳脚，局面瞬间就能失控。他知道自己这时候得借势，顺带把自己送到安全地带。他用诚恳的口气对七毛子说：“老舅教育的是，我顶多算个跟屁虫，顶多算廖友虎的影子，廖友虎还存在，我这影子就还存在，廖友虎联系不上了，我这影子就不存在了。我这一阵与其说在找廖友虎，不如说在找我自己的影子。现在廖友虎找不到了，我这影子也就不存在了，只好恳请党和政府出手相助。”

苏三转身对志愿者说：“不好意思给你们添麻烦啦，我老舅说得对，你们既然代表党和政府，我们当下的困难找你们就真是找对了。我们都是善良的人，天寒地冻，又是大过年的，我们碰到的问题说难不难，不过是吃饭和工钱……”

赵大毛在一边看得真切，心想苏三命中注定就是块做经理的料，三言两语，就把盛怒的七毛子卷进自己顺势而为却不露痕迹的双簧中，眨眼之间，苏三唱红脸，七毛子唱白脸。

领头的志愿者姓肖，大家称呼他肖主任，据说是经发局的。他们这一支临时组建的志愿者队伍，由经发局、科协、妇联和工会的工作人员组成，要没有这桩事情，他们可能干到退休，彼此也不会产生交集。肖主任说：“吃饭的事情，指挥部已经安排，最迟今天下午能把物资配齐拉过来。你们的廖老板，应该很快能查到他到底在什么地方。两件事情我们都会落实。我们能理解你们的急切心情，也请你们理解我们的苦衷，目前我们的困难是人手不够，各方面协调运转不顺畅，责任分工还不明确，加上过年放假，商店歇业过年去了，物资调拨和供应遇到了大麻烦，要么有车没有人，要么有人没有车，半天能干的活儿，一天都干不了。”

志愿者中一个年轻的女子向旁边走了几步，转到一边接听电话。女子的声音在一帮粗大重浊的男嗓中，具有极强的穿透力，虽然声音不大，但大家断断续续也听到不少：“妈妈，怎么了？宝宝被开水烫……宝宝他……我这里走不开，正在处理急事，小吴今天也在值班。滴滴停开了。用冷水……等我回家开车送医院……大概晚上能回。”抽泣的声音，很容易让人想起宝宝受伤、令人痛心的场景。

七毛子就是个程咬金，三板斧之后，碰上这种场面，便不好意思继续威逼。

苏三想，还是避重就轻吧，先把大家的肚子填饱是正经首要事情。他对肖主任说：“我们真对不起你们，给你们添麻烦了，让你们顾上了大家，顾不上小家。看这位女同志，宝宝丢在家里没人管……真是太抱歉了！肖主任，你看这样行不行，我们这里的人别说去武汉，连工地大门都很少出去，按说应该是健康的。平时干的都是砖头瓦块的粗活儿，搬运东西的力气有的是，要不，您写路条，我们自己去搬运怎么样？”

苏三扭头对大家伙儿说：“先把肚皮填饱，干啥都有力气，大家说对不对？”

众人赞成。肖主任便给小魏打电话。小魏说物资领好了，先领了十天的粮油，五天的蔬菜和冻肉，但运送车辆排到七十几号，大概明天上午也不太可能运到。

苏三对七毛子说："这事辛苦老舅，你带上四五个人，每人一辆工地小拖车，我们自己为自己搬粮食，也叫自给自足。"

有事儿可干，七毛子想闹，闹不起来。七毛子本来想招呼几个平日里走得最近的一起去，苏三给他"掺沙子"，让赵大毛也拉了辆小拖车跟去。

肖主任说："大家各自回到自己的宿舍吧，战胜灾难，要靠我们中的每一个人，我们一起努力，等战胜了疫情，我们出门才不用戴口罩，才可以自由呼吸。过完年才能正常复工生产。"肖主任没有想到，他最后一句大实话，差点又闹出大事情。

肖主任安排一个志愿者带路，肖主任说这是小孟。五个人五辆小拖车一字排开上路了。

街道上空无一人，一路上只遇到一辆轿车。稀薄的阳光铺在干净的街道上，天空像水洗过那样干净碧蓝。没有工业废气和汽车尾气排放，天地一片干净。要是没有这场病毒阻击战，人们能够脱掉口罩自由呼吸，那该多好。电子显示屏上持续显示"我们一起努力"的字幕，能算是活动的。除此之外还有道路两边的路灯杆上挂着的红灯笼，在风中晃动，也勉强能算是活动的。

所有店铺都关门的街道，空旷得吓人。走了五公里多的路，已近中午，终于到达集散点，只见四五十个左手臂上戴着红袖套的人正在搬运物资，各地的车辆在门口取票后进入，这里要求人跟人说话间隔至少一米。带领七毛子他们的志愿者小孟找到小魏，在装物资的时候，赵大毛和七毛子等人看见摆在库房前面一溜儿的开水壶和泡面，赵大毛问小魏："这就是他们的午饭？"

小魏说："一天三顿。"

赵大毛感动，他对七毛子说："看看，人家吃什么，我们吃什么！"

七毛子没说话，奋力搬东西。小魏说："他们已经在这里坚守了三天，没日没夜。刚才市里的领导来慰问他们，要求他们今天晚上必须回家休息。"

赵大毛问："后续的志愿者跟得上吗？"他愿意报名到这里来做志愿者。

小魏说："一上来毫无准备，到处乱了阵脚。这里一开头也是各种忙乱。要是换人，一团乱麻就得从头开始，只会添乱，乱上加乱。所以他们不愿意换下去，也不敢换下去。经过这几天磨合，现在各个人的分工都明确了，谁做什么基本定下来，一个钉子一个铆，可以替换了。"

赵大毛对七毛子说："我们工地有四十多号人，全开过来做志愿者怎么样？现在一身气力光吃饭不干活儿，贴了膘，小心开了年，连楼都爬不上去。"

小魏接嘴说："不可以，目前抽调的志愿者都是全市机关工作人员。你们是我们的服务对象，不可以从你们那里抽。"

说者无心，听者有意。赵大毛想，我也是个大学生，一个休学挣钱的大学生。我得继续把大学读完，之后考个"碗"，否则到了关键时刻，连服务别人的机会都没有。赵大毛这样想着，拖着小拖车插在大伙中间，往回走。

突然赵大毛的手机响了。他在路边支起小拖车，揿了一下接听，里面传来苏三急吼吼的声音：“表弟，你他妈还有多久回来？你把车让别人去拖，你给老子马上、立即、无条件跑步回来！我他妈急着要你回来帮我。跑步回来哈！”

赵大毛讨厌苏三满嘴脏话，但赵大毛从他满嘴脏话里听出一些喜悦的气息。综合这一年相处的经验，每当苏三遇到喜事，他便控制不住说粗话；相反，他要是一个字一个字推敲，文绉绉的，接下来告诉你的，多半不是啥好事。苏三这会儿会遇到什么好事呢？

十一

赵大毛和七毛子等人离开后，众人散去不到半个小时，人群又集中到工地门口。起因是有个工友从肖主任最后一句“过完年才能正常复工生产”中琢磨出危险来，归纳起来大致有两条：一是去年底工钱还没有拿到手，眼看就要到元宵节，正月十五后，不管开不开工，只要待在工地上，就该算工资。怎么结算？由谁来结算？这笔钱不管由国家发还是廖友虎发，总得有人发。“要是我们都回了家，你哪怕四月份才开工，我闲在家里我认账，我不向谁讨要工资。”他们说。二是廖友虎跟黄会计去了武汉，黄会计生病了，说不定廖友虎也生了病，要不然为啥这么多天联系不上呢？有人说：

“万一那家伙一不小心挂了，这几百万的血汗钱就算打水漂了！”苏三跟赵大毛早就察觉却一直不敢面对的这一点，一旦被说出来，工友们没有一个坐得住了。他们都知道苏三早就像过期发霉的食品，不起任何作用，他们这时候只能找工地门口的志愿者，他们希望他们的愿望能通过志愿者传达到防疫指挥部，再到政府相关部门，甚至到市政府。

苏三知道自己这时候啥作用也起不到，要是七毛子在场，他只要抓住七毛子这个带头大哥，百分之七十的工友就算稳住了；现在七毛子不在，个个都是带头大哥，他苏三说的话，放屁不如。

肖主任一看几十个群情激奋的人气势汹汹向他们奔来，赶紧带着其他三个人把两扇由钢筋焊接成的大门关起来。有的人没戴口罩，有的人的口罩戴在额头上或者扯到下颚下面。他们大声喊叫：

“我们没有活路了，必须讨个说法！”

“这样等下去，只有死路一条！”

“小尿壶只怕早都死了。累死累活，到头来，竹篮打水一场空！”

有人顺手从便道边上抽出大拇指粗的短钢筋捏在手上。旁边的人见了，也从道旁抽一截钢筋捏在手上。

这就不是在讲道理了，这是暴力的前奏。苏三跑到众人的前面，把双手展开，意思是要把大家阻拦下来，他一句“大家不要激动，请听我说”没说完整，呜，一根钢筋凌空带着风声向他肩上打过来，他快速后退两步，没有打到身上。

此时此地，只要有一个人失去理智动了手，所有人的理智都清空为零。苏三成了他们的出气筒，几十个人向前冲，七八根钢筋都举过头顶。肖主任看看情况不妙，赶紧打开大门往外冲，不管是把苏三拽出大门，还是护在苏三身上，他们都得做最后的努力。其他三个志愿者毫不犹豫，紧紧跟在肖主任后面，向苏三奔来。

吱吱呀呀逐渐打开的大门救了他们一干人众的命。面对五个血肉之躯，躁动而愤怒的人群犹豫了。大门打开了，他们随时可以出去，但出去之后上哪里？找谁解决问题？这是非常重要的问题。他们看见那个二十多岁、孩子被烫伤的年轻女子也护着苏三，举起的钢筋终究没有落下来。

五双眼睛睁得大大的，看着一群被愤怒主宰的人群，谁也没说话。按理肖主任一方应该先发声，可在场的每一个人都不敢吱声，生怕自己一句话不对，成为点燃火药桶的那根火柴。举起钢筋的几个人，一个是西隔壁张家老表的儿子，算是表侄；一个是对门孙家的老二，他的爹去年上半年去世，苏三送了五百块钱的人情……最可恨的一个是妻弟的堂兄弟，也算小舅子，刚才就是他打的第一下钢筋。苏三平生第一次感到绝望和委屈，心想：苏三啊苏三，你这是出门挣钱还是结仇啊？你觉得你给他们挣钱的机会，他们一开始也是这样认为的，可是到头来，钱呢？没有见到工钱，你就是骗子，你就是吃人不吐骨头的恶魔，你就不是人啊！苏三觉得他的意志崩溃了，不禁流下了眼泪。

没有任何征兆，苏三上衣口袋里的手机响了，他摸出来，一看号码，我的天，竟然是消失了整整五天的廖友虎。他手指头颤抖，连点了几下，没能把接听打开，忍不住抽泣：“我的老天爷，我们等得好苦！”

肖主任瞟了一眼苏三的手机，给大家做了个手势，示意大家别出声，他让苏三把电话设为免提。苏三是明白人，心领神会，立即照办，不管你拿得出钱拿不出钱，众人的耳朵听得真切，还有志愿者作证，要哭大家一起哭，要笑大家一起笑吧，事情已经到了必须见底的最后。

苏三万般滋味瞬时迸发，声音有些走样：“廖老板，我是苏三，大家伙儿都在手机跟前呢！”

“我先说一万个对不起大家！”那头也是泣不成声。

廖友虎一再跟大家说抱歉，他说腊月二十七，他本来打算陪黄会计上医院挂两瓶药水，第二天飞回来，谁知道事情没有他们想象的简单，医生一听症状，做了化验，黄会计直接进了重症病房。他宾馆回不去，被从医院直接带到隔离点。人跟人都是分开的，彼此不会直接见面，更不可能交流。当初出门谁会想到带充电器，那边没有充电器，手机一直歇菜到今天。好在隔离点今天终于提供了充电设备，充了二十分钟电，赶紧把电话打过来。

一干人听得真切。好几个露出惭愧的表情，手里捏钢筋的几个，轻轻悄悄地把钢筋放到便道边上的无纺布围栏底下。

苏三问：“黄会计怎么样？”

“刚开手机就给她打过电话，微信也留了言，还没有收到回音。不知道病人住院是不是不允许带手机。”

看来只能等黄会计主动联系他了。

“你呢？”

“留置观察，没有发热，没有咳嗽，连喷嚏都没有打一个，留置六天了，还有八天才结束。吃得下，睡不好。”廖友虎说，“长话短说，多的话以后再说。我现在就把工资打给你们。”

“留置？你那里叫留置？”有人问。

“对，留置就是隔离。”那么喜欢“你是我的心、你是我的肝”的廖友虎说，“自己说自己，总得找一个斯文点儿的词。”

苏三眼泪水出来的时候，好多工友也禁不住流露出感动的表情。苏三保持着传统中国人的客气：“不着急，你慢慢办。”旁边几个人虽眼角含着泪，但脸上的怒气又骤然升起：要客气你自己一个人客气，不能把大家都扯上，没见都造反啦！

“我着急，但我目前办不了。我只会大额收款放款，其他通通不会。”廖友虎听说工地上一个人都没有走，很感动，表示等过了年，疫情得到控制，他跟他们一起接着把剩下的六层盖完，完工之后不但要喝酒庆贺，还要送大家一人一张火车票，让大家回老家看看一家老小。关于工资钱款，廖友虎说，从前由小崔会计核算，他批核算条子，交由黄会计经银行转账，要是黄会计不能发放，小崔会计也能代办代发。现在小崔会计昨天刚生了孩子，黄会计还联系不上，只有一种办法，由他把款打到苏三或者谁的账上，通过网银转账到每个工人的银行卡上。

网银？苏三听都没听说过，他的银行卡只管收款或付钱，从来没到银行办过什么网银。苏三问周围的人：“你们谁有网银？谁会？”所有人都摇头，苏三立即想到赵大毛，这工地上，如果赵大毛都不懂，便不可能有第二个人懂了。跟廖友虎结束了电话，苏三拨打赵大毛的号码，要他“马上、立即、无条件”丢开一切跑步回工地。

苏三掐掉电话，廖友虎的微信发过来，是一张所有工人的工资结算总表。这张表，前一段时间他跟苏三核对过，苏三这里也有。这一次，廖友虎在每个人的总额后面加了一千元钱，四百元是补发前两个月的生活费，六百元是过年的喜钱，也叫压岁钱。现在万事俱备，只要找到个会网银的人，咕嘟，咕嘟，咕嘟，一年的血汗钱就能跑到他们的银行卡上。

十二

赵大毛跟七毛子交代了几句，搁下小拖车拔腿往工地跑，空旷的大街两边，寂静的楼房瞬时在他视线里坍塌得无影无踪。

小车上的粮食和大米就落到了小魏和小伙小孟的面前。小魏是个小个子美女，城市姑娘，跟一辆工地拖车这么近距离接触，平生第一次。小孟刚从大学走出来，上半年刚考上的公务员，学生气未脱，在办公室说话像小姑娘。两个人面对上百斤货物，谁也不敢接手。

七毛子招呼大家停下，几个人上来把赵大毛这辆小拖车上的大米和油分装到自己那辆车上，剩下两壶油，让两个小年轻拖。小孟不好意思当车夫，站在一边，没有拉车的意思。

倒是小魏泼辣，一弓腰，拉起手柄就往前走。轮到小孟手脚没地方搁。

七毛子见此情景，笑了笑，招呼小孟："小伙子，你在后面推吧！力气小点儿哈，别把车子推翻了！"

拖车的几个人都笑了。小孟更加不好意思，从口罩边沿露出的脸，一圈涨得通红。

七毛子觉得，要是这两个年轻人都还没结婚，这一辆小拖车，说不定还能拖出一段姻缘。

"你有没有网银？"苏三不顾赵大毛气喘吁吁，抵拢便劈头盖脸地问。

赵大毛知道网银，但他这样身无长物，每个月多不出三百块钱的人，哪里用得上呢，压根儿没想过去银行办。可这会儿，要是说自己没有网银，不是丢面子，而是被人看作没文化，不如干脆装不懂。赵大毛说："什么网，什么赢，我就是能卖出去，也不会在网上赌博，哪能赢？"众人笑了。

"银行的银！"苏三明显也被逗笑，同时又焦虑起来，要是这小子都不懂网银，就得等到春节过后银行开门，上银行去办了。可就目前的形势看，银行什么时候开门，是个未知数。

"你小子真的不懂还是假的不懂？我们这是办正事儿。"

"懂是懂的，但我还没去银行开。"

苏三的念想再次夭折，念叨道："一念起，一念灭，一会儿水深，一会儿火热，真要我的命！"

赵大毛说："你等等，我打个电话再说。"

苏三举起手说："你等等。电话打给谁？"

“我女朋友啊！”

“你女朋友她……”

赵大毛听懂了，苏三有疑虑。赵大毛把手一甩说：“哈，你还不信任人家？别忘了她在隔离，可能卷款潜逃吗？”

“哦，对，”天生的经理苏三不露痕迹就把话圆过来了，“那么大一笔款子，放谁身上谁都不敢马虎，谁都要慎重。你未来的老婆……出身高干家庭，优秀大学生，不是一般人！我的确多心了，说得不对，多包涵。”

以前大家只知道赵大毛有个女朋友同学，对其出身谁也不知道。苏三这话让赵大毛真的毛了：我得回到武大完成学业，不然我俩要是成了，人家不说我吃软饭的，也可能说我吃屎吃到了豆瓣酱；要是不成，人家说我活该，不瞧瞧自己什么身份，癞蛤蟆想吃天鹅肉。赵大毛说：“表哥，你要是真不放心，让廖友虎五十万打一次，发完再打五十万，三百多万分六次，该放心了吧？”

苏三眼珠子一转，笑着说：“何必那么麻烦，一次，就一次。”所有麻烦都不会落到他身上，他是怕廖友虎嫌麻烦——即使不嫌麻烦，万一手机又扯拐呢。

赵大毛拨通江芝悦的电话。江芝悦说：“这有什么难办的，不过有个条件，外面漫山遍野的春天就快来了，你写首诗过来吧，文学院曾经的高才生。”

赵大毛说：“什么曾经的？今年春季开学，我，跟你一起到武大看樱花！”赵大毛这样说的时候，眼际眉梢全是武大的樱花城堡、樱花大道和珞珈广场的样子。

赵大毛的手机里响起江芝悦清脆悦耳的笑声。江芝悦说：

“在这里隔离十四天我值得了，告诉你，我发现你骗我，整个农庄只有我一个人，其他房客全都跑掉了——刚才志愿者送进来的快餐盒饭只有我一份！”江芝悦的声音里抑制着孤独的悲戚之音。

赵大毛说：“再坚持几天，我过来陪你！”算一算，应该是2月6号，立春过后第二天，元宵节前两天。

旁边的工友嗤嗤嗤地笑，给他做着怪相。够他们丰富联想的：一座偌大的农庄，一对年轻的恋人，没有一点工业污染的天空是那样湛蓝，没有废气的空气是那样新鲜。哇，关键是季节到了春天，春天正从不远的地方赶过来。

吃过午饭，赵大毛戴着口罩在工地上转了一圈，算是跟他从来不敢往楼外虚空看的塔吊告别，跟防护网告别，跟外墙的脚手架告别，跟黄色的塑料安全帽告别，跟卷扬机的信号旗和口哨告别。转了一大圈，回来的路上，他把自己布满老茧的双手反过来复过去看了看，不禁感叹，这双手确实粗壮有力了不少！他似乎还是原来的赵大毛，似乎又不全是。

他在微信上写了一首叫《早春》的古体诗：杏花才绽柳色新，烟雨空濛催草青。一夜东风入桃李，无眠多少爱花人。写完读了两遍，把柳色的“色”改成“芽”，仄声改平声，合了七绝的韵辙，不能辱没了武大文学院的名声。又读了两遍，寻不出哪里还需要修改，呼一声给江芝悦发过去。

发完，把手和手机插到裤包里，心想，要是这首诗将来公之于众，到底署赵光标，还是赵大毛？看来他又将迎来一次新的格式化了。

赵大毛估计，江芝悦这时候正忙着替大家转账，看到这首诗，多半应该是在半夜，愿这首诗陪她做个好梦，在梦里，她不仅拥有农庄的春天，满山遍野的春天都属于他们。

赵大毛的手机这时候响了，是苏三："赵大毛，我的辛苦钱收到了！"

赵大毛说："你名字排第一个，还用说。"

"有个不太好的事情……你看怎么办？"苏三欲言又止。

"什么事情？"

"二爷十天前刚从武汉回来。"

"也就是腊月二十三的事？"赵大毛汗毛倒竖，简直晴天霹雳，他脑子也像揿了时光暂停键，卡顿到空白。缓过劲儿来后，他问："他腊月二十九那天不是也登记了手机号吗？难道没排查出来？"

"像他这样的人，哪可能只有一个手机！"

夜色也曾温柔

一

出了火车站，吴向葵偏起脑袋看了看太阳。这是他多年养成的习惯，到一个地方，先把太阳的方位确定下来，就分得清东南西北。

昏昏沉沉的日头正努力向西滑落，像个混日子的人，希望早点结束这一天。风沙弥漫的天空却像没疯够的浑小子，把贫血的太阳搓揉得像一枚掉进黄沙中的蛋黄，随时准备侵吞。太阳却也顽强，无论如何不让浮沙附着上去。浮沙只好从一侧进入，横着飞过太阳表面，又从另一侧滑出去。

要是在 1999 年之前，无论从哪里回来，双脚只要沾到这块叫廊坊的土地，吴向葵闭起眼睛都能分辨东南西北。这里是他的故乡。

1999 年规划东方大学城，圈地的时候，他想，无论将来安置到什么地方，老家的大致方位，即便化成灰，他都能指认出来。等大学城建好，教学楼、办公楼、宿舍楼、实验楼、图书馆、食堂、报告厅、影剧院、设计院、绿化带、道路、水渠、橱窗、车棚、操场，一应俱全，但从前的村庄、小路、老树、田地、水窖、看庄稼的窝棚、老水井……一样都没有了。他便迷惘，怀疑自己是否出生在这里，还在这里生活了二十多年。征地之后，他们便带着刚出生的儿子去了香河县，门前有条潮白河，儿子吴潮白的名字由此而得。两年前，潮白河边上的房子被开发掉了，换成了几大沓钞票和两张拆迁证，钞票悉数供儿子留学美国。这小子倒好，出了国就成了国际公民，一年半时间，没给他打过一个电话，没有发过一条短消息，更别说写哪怕只有一句话的书信了。吴向葵爱读书看报，借用曾经读过的一句话：他们一家就像水上的浮萍、风中的叶子，到了哪儿，都找不着自己的根。看，在这陌生的故乡，不看太阳，他不知道东南西北；不看手机上的地图，就不知道哪儿是哪儿。二十多年的时间啊，好像换了好几个世界。

北方九月底的傍晚已经起了凉意。而这时节，位于长江入海口的启东，暑热正盛，偶有凉风也似做客，十天半月不来一回，夜里倒是凉快许多。到十月份，白天才会起凉意，即使到了秋天，都还有秋老虎出没，冷不丁地，把人热得喘不过气。出门时他竟忘了自己曾经生活了二十多年的故乡的天气，身上穿了件浅蓝色衬衫，背包里塞件灰夹克，把地里的活儿向孙小涓和几个工人交代一番，就上这里来了。

把夹克拽出来穿上，不过举手之劳。吴向葵嫌麻烦。他往下拽了拽衬衣下摆，耸耸肩，把背上的牛仔包背正，迈开腿向龙珠骐达工地走去。四五辆摩的围上来问他要不要车，十块钱一个人。他摆摆手。下火车之前，他在手机地图上查过，龙珠骐达工地就在火车站附近，出了火车站广场朝北，拐上新华路，走上一千六百多米，三千米步，到了金光道过马路，左拐便是。

吴向葵来找自己的老婆潘慧。

这一趟不为别的，只为跟她办离婚手续，他俩的户口都还在香河。

吴向葵说不清自己的心情。说喜，有二十多年一起承担过的风风雨雨，不可能说断、说舍、说离，就能断舍离；说悲，毕竟孩子大了，无须承受更多的来自孩子脆弱无助的成长悲哀。当然，一桩没有前景的婚姻终究是要了结的，早晚的事。早了结比晚了结对双方都好，断舍离之后，谁也没有机会互吐不快，摩擦的机会就没有了——既然没有好好年轻过，彼此撒手，各自认认真真变老。

想当初，他们也算相洽的一对，经人介绍认识，彼此满意对方。婚后，吴向葵的父母随他弟弟去天津做生意，定居在那头。潘慧只有一个老娘，爹早死了。她这娘却是个倔强强硬的人，寡居之后，先后相了一两百次亲，跟七八个各种形状的老头儿生活过，她倒是有心跟人家相携到老，可人家受不了她的臭脾气，长则两三年，短则两三个月，全都不欢而散。

潘慧的老娘本想靠潘慧的爹留下的房子换套新房，等了好多年，左等等不到拆迁，右等等不到开发，自己的婚姻大事左右不如意，实在耐不住性子，一气之下把三百多平方米的旧屋换成银行卡上的一串数字，跟他们住到香河去。

不住在一起倒也无妨，隔得远，再臭不熏人。住到一起，问题来了。别的老太婆看女婿，越看越欢喜，这个老太婆看女婿，越看越来气。不是嫌女婿眼不巧，就是嫌女婿不会哄孩子，要不就嫌女婿做的菜不合口味，还嫌女婿没事就喜欢讲古。她责备女婿说："都是棺材里的事情，有啥好嚼舌头的？你的本分是好好干活儿，好好吃饭，而不是整天嘚吧嘚吧，用嘴巴挖祖坟！"

吴向葵呢，起先装憨，心想：您是长辈，您是潘慧的娘也就是咱的妈，您高兴教育几句就教育几句，您想要怎么教育就怎么教育，咱拿耳朵听就是，不一定搁到心里去。日子久了，再好的脾气也憋不下了，尤其是当着街坊邻居的面，三分薄面都不给，得了，咱下地劳累回来做上饭菜端上桌，还嫌七嫌八，要挑口味自己动手啊。咱吭哧吭哧干一天活儿，没找到个说话的人，还不允许咱吃饭的时候唠几句嗑？你们是咱的家人，咱在你们面前不说几句，难不成要让咱做哑巴……一来二去，就算交上火了。大仇恨没有，小矛盾不断。日积月累，也算一桩"大功德"。

等吴潮白到了叛逆期，吴向葵教育孩子要刻苦用心，要听老师的教导。话音未落，孩子立马用他老爹顶他外婆的事儿，反过来教育吴向葵："自己都没管好自己，有什么资格做我的爹！看你这窝囊劲儿，不张嘴猥琐得像孙子，一张嘴不是跟外婆干仗就是骂你的儿子，我像是你亲生的吗？”到考取托福，他向儿子表示祝贺，儿子吴潮白指着他鼻子说：“吴向葵我告诉你,我之所以要跑那么远不是说我有多聪明，有什么经天纬地的大抱负，而是，我耻于有你这样一个爹！我三百六十五天哪怕只看见你一眼，都觉得丢人！从此以后好了，你没我这儿子，我没你这爹，各人顾各人，眼不见心不烦，我讨口要饭也不来求你，饿死球朝天！”二十一岁的孩子，说这话，得攒多少年的不屑和蔑视？

那时候香河的安置房还没有建好，他们租住在城乡接合部。话说到这份儿上，吴向葵觉得香河也没必要待下去了。对孩子教育的失败，让吴向葵觉得自己这辈子再怎么努力，再怎么辛苦，再怎么忍耻含垢、茹苦含辛，都是失败。人生最大的失败，莫过于精心培养的孩子，竟成为自己最不期望的样子，对自己充满埋怨。吴向葵把两套拆迁房卖掉一套，留了一套给老太太，带上潘慧，跟一帮闯世界闯出名堂的乡邻，到跟上海一江之隔的启东承包土地种菜。

人到中年，过去关系再好的两口子，都会各自背负一些不平和怨气。这种不平和怨气的生发滋长，跟生存的条件，比如家庭条件、家庭背景，甚至跟生活地的土壤和温度，都有极大关系，一旦机缘成熟，爆发起来，夫妻感情就像白瓷碗上的裂缝，越敲越大，直至破碎分裂，无法修补。从干燥的北方来到湿润的南方，潘慧尤其不适应的是，冬天屋子没有暖气，又湿又冷，钻心刺骨；到了梅雨天气，一天不搓身上的皮垢，便黏糊糊的，从头到脚像刷了层糨糊；夏秋风大，吹大风的时候，潘慧担心随时被吹到天上去；要是遇上台风，她便整天担心房子会腾空而起。

在启东过得不如意，潘慧就想香河了，哪怕那里没有家，没有孩子，毕竟还有个老娘。她开始念叨吴向葵，要是当初忍气，何至于把孩子言传身教成那番模样。吴向葵心灰意冷，潘慧有两个哥哥，两个都不待见他们的老娘，以媳妇不同意为由，拒绝接纳他们的老娘。是他一个做女婿的“收留”老太太，不但有吃有住，有病有痛都是他顶风冒雨蹬三轮车上医院，药费全包。孩子的外婆起初责骂吴向葵的时候，吴向葵希望潘慧替他主持公道，或者请她母亲悠着点，毕竟是母女，话轻话重都能自我消化，谁想潘慧跟个没事儿人一样，一句腔不搭，光顾照料儿子。等后来他跟潘慧的娘交上火，潘慧反倒为她老娘帮腔；等到孩子长到十二三岁，成长叛逆期，孩子一跟他顶嘴，那老太婆就在一边自说自话：“屋檐水点点滴，滴滴无差异。吴潮白是有样学样，都是跟吴向葵学的。老天有眼，真是报应！”吴潮白有了他外婆撑腰，越发不听吴向葵的。吴向葵便谁也不指望了，每天只认着当牛做马干活，生活一无趣味，什么日子不日子，生活不生活，将就过呗，熬过一天算一天。

今年春天，一场谁都理不出头绪的吵架之后，潘慧收拾了自己的行李回到北方。一个月后发信息说，她在一个叫龙珠骐达工地上做塔吊指挥。两个月前又发信息来说，孩子大了，没有其他负担，南方她过不习惯，大家好合好散。她让吴向葵抽时间先到工地，然后一起回香河办离婚手续。眼看都是奔五十岁的人了，还有半世的人生，不如各自找个人，好好从头开始，翻篇继续。他想也是，从此以后，岳母的责骂一笔勾销，潘慧的责备一笔勾销，跟吴潮白的父子感情也有可能一笔勾销，他便想都没多想，同意了。

潘慧给他发消息：有件事咱要先跟你说好，算咱求你，你来便来，不要惊动别人，也不要让别人看出咱离了婚，只要你不说，工地上便没有人知道咱离婚。她还说，到了这个年龄，重新单身，人家想骚便骚，想扰便扰，谁也不珍惜，谁也不在乎。

龙珠骐达工地大得超出想象，横向和竖向，各有两公里多，每个方向一道门，一共四道门出入。吴向葵根据太阳判断方位，找到了西门。

太阳在天上彻底消失，风越发吹得起劲，冷意浓厚。站在西门边上，吴向葵到底抵抗不住寒气，把牛仔包移到胸前，拽出外套加上。

西门口，车辆只见出，不见进。因为大风，工地暂停夜班。楼房上刺目的灯光从脚手架和安全网中照射出来，明亮的地方比太阳底下还要明亮，背光的地方一片漆黑。

半个小时前，潘慧给他发微信，让他六点钟在西门口等她。此时，只见五六个年轻女子戴着安全帽向工地门口走来。女子右手腕上各自挎了个透明的塑料包裹，装着毛线球和小半截成品，口子上露出四根竹棒针。她们在准备过冬的毛衣。一个壮硕的男子挡在她们前面，扯开嗓门大吼："不准上去！"头上的板寸，随他咬字的节奏一耸一耸的。

吴向葵心想，都快下工了，这群女子还进工地干吗呢？手上的毛线签子表明，她们不可能是工地上的工人。

二

一个长发大眼的年轻女人，用怎么压也压不下去的铁岭腔问那男子：“工地上有哪一条规定不准我们上去？”

男子说：“别的时候可以打个马虎眼。今天风大，工地马上停工，所有的工人都得下来，包括你们的男人！再说，在这块地方我说了算，我说不准就不准！”

另一个漂亮的短发女子，把手上的饭盒往男子面前一送，说：“我们是去给我们各家的老公送晚饭的。”

“说的比唱的还好听。你们手上捧的是饭盒，腋窝底下夹的都是什么？你们以为我不懂你们那档子事？”男子说。

吴向葵注意到，女子们腋下要么夹着一床草席，要么夹着旧床单。

一个两排牙齿又白又整齐的女子，脸上不笑都带三分笑意：“既然你都懂，就不能光顾自己吃饱，忍心看我们挨饿是吧！你多行好事，老天爷都会保佑你管的工地大吉大利，不惹是非。”

“就你们这点花言巧语，不可能让我改变主意。好好的房子，房主一天没住，倒给你们弄得乌烟瘴气！不像话！太不像话！”

说笑一回，女人们继续跟男子交涉。这时说话的明显是四川口音:“朱锅锅,你做个好事要不要得?反正今天吹大风,不加夜班。菩萨都说,人世最大的善,就是与人方便。你看菩萨都说了得嘛,你多正经就太没名堂了哈!”

“有本事你告诉我你们男人是谁,你们现在告诉我,我下一分钟就让你们的男人滚蛋。本人向来说话算话,说一不二。”板寸男发火了,他停留了差不多一分钟,继续用火爆的声音说,“不说是吧,不说你们打哪里来回哪里去。”其实她们的名字他个个喊得出来,她们的男人住哪间板房他也一清二楚,关键是这时候,他就该含糊。

女人们不再说话,脸上除了愤怒,还有失望,看他那副一夫当关万夫莫开的架势,只得各自散了,向西跨过马路,消失在横七竖八乱糟糟摆放的板房宿舍。“变态”“遭瘟的”之类词语随着她们远去的脚步,像秋风中的黄叶,在风中翻滚。

灰蒙蒙的薄暮里,到处是紫红色的灯光,马路上的车辆来来往往。时间已经过了六点,还不见潘慧出来。那个四十多岁的男子赶走了女子,注意力就集中到吴向葵身上,他看吴向葵的眼神怪怪的,好像知道他是谁,又好像很陌生,既有想搭腔的意思,又有几分躲闪。他没跟吴向葵说话,吴向葵也不想跟他说话。从刚才的阵势看,吴向葵估计他是个工头。也就是说,他是潘慧的领导。吴向葵心想,在工地上,潘慧凭力气吃饭,再说马上也不是我的潘慧了,我没必要跟你黏糊,更没有必要套近乎、下矮桩。

天黑透,灰蒙蒙的天空不见了,城市上空反倒映出一片鸡蛋清般的光明,在这片光明之下,所有建筑物的轮廓都分明起来。夜空变成紫色的,所有灯光都偏蓝。北方的天空赶不上长江入海口干净。他种菜的启东，早在几年前，空气质量就已经非常好了。有时候，他感激时代变化，如果不是城市开发，他可能一辈子就窝在大学城那爿土地上，在直径十公里范围内终老。如今，他不仅有资格评说大学城那片土地，评说香河那片土地，以及土地上的庄稼和河流，还能评说启东那片土地的肥力、墒情、农时和蔬菜市场行情。他伺候土地是一把好手，他的菜地一年四季都被他周密筹划得生机勃勃，种什么出什么，出什么卖什么，样样都能卖出合适的价钱。有时候他又怨恨这种变化，如果城市不开发，潘慧的娘就不会住到他家去，孩子在相对单纯的环境下成长，他们的生活平静如水，说不定这会儿还在为把秋天最后一批粮食搬回家而忙碌呢！

正走神，一个熟悉的声音唤醒他："大侄子，你什么时候到的？"

扭头看去，是大学城从前那地儿的表舅九成仙。回头一算，快二十年没见，表舅一脸老相了。表舅不是亲舅，是亲舅的隔房兄弟，年轻的时候跟人学修道，自称学到九成，不需要干活，也不需要吃饭喝水，给他爹一怒之下锁在屋子里，一锁锁三天，饿得气息奄奄，用剩下的两口气求爹告奶要吃要喝。修道不成，不妨碍被心胸宽广的乡邻喊做九成仙。九成仙一身灯光从工地里向大门口走来。吴向葵答道："刚到，表舅。"九成仙跟那守在工地门口的男子打了个招呼，向他介绍吴向葵："这是潘慧的老公吴向葵。"转过背来，指着那男子对吴向葵说："这就是传说中的朱可以朱经理！"

朱可以拍拍身上的灰，取下安全帽挠挠后脑勺说："有钱发给大家就是经理，没钱发给大家卵都不是！狗日的这帮女子，弄得我天天晚饭吃不安生！”

九成仙也拍拍身上的灰，取下安全帽说：“让我说，你这是狗拿耗子多管闲事。在家好歹还有张床，是狗也得找个清静的地方，如今人家顶多临时占你草席大一块地。”

朱可以说：“新砌的房子，给他们这么胡搞，传出去，影响整个工地的声誉。再说今天吹那么大的风，也为他们的安全着想。你没见我以往，都睁一只眼闭一只眼。”

九成仙说：“你不想想前几年，大家都不带家属，工地开到哪儿，洗头房就开到哪儿，按摩院就开到哪儿。不干净不说，还动不动给人打电话要你们这些做经理的拿五千块去捞人，这就不影响工地的声誉？”

两人说罢，向马路对面的板房宿舍区走去。朱可以让吴向葵跟他走，九成仙对朱可以说：“让他等上他老婆再走。”朱可以便扭头跟着九成仙走了。走出去十几步，九成仙转过头来对吴向葵说：“你这一来就不走了吧？我记得你会电工，要是不走，我们这里正缺人手。过几天我约上几个老乡来给你接风。”说罢，没等吴向葵回答，转身跟朱可以走了。冷风把他们的交谈越吹越远，他俩说话声音大，吴向葵背对着也能听清一些。朱可以给九成仙递了支烟，自己也点上一支，打火机把他的脸照亮，他似乎早就知道吴向葵要来。朱可以对九成仙说：“裤裆里那点事，不好管啊！”

“让我说你就别管。我们建的是商业楼，商业楼就该热闹点，留点骚气，说不定将来商铺开张，红火得像开合法妓院！”九成仙说。

"你个狗日的，整天光知道满嘴跑火车！"

他们后来还说了些什么，吴向葵没心思听，潘慧来了，潘慧手里捏着两把卷了一半的信号旗，一红一蓝，脖子上挂着哨子和对讲机，戴着安全帽，披着一身工地的电灯光，向他走过来。七个月没见上啦，仇恨再大，马上也吵不起来，何况他们那些事情都是一地鸡毛。客观评价，潘慧算得上美人，个子不高，身材匀称，该凸的地方，凸得恰到好处，该翘的地方，翘得低调奢华。从前面朝黄土低眉顺眼，如今在工地上整天上瞅下看，看人的眼神自然多了几分自信和沉稳。

要是他们不是要离婚，按照电影里的情节，潘慧也许会把信号旗递给吴向葵问："你想不想咱啊？""想！""哪儿想？"吴向葵嘿嘿笑："哪儿都想！"

实际情况是，潘慧没有递信号旗，没有撒娇，也没有说更多的话，只说："该吃晚饭了，咱带你一起去吃饭。"

在路上，潘慧说："咱过两天才休班。"吴向葵心想，也就说大后天才能上香河了，一起过了二十多年的日子，多这么几天，谁好意思嫌多呢。

三

从板房宿舍区附近的一家小饭店出来，夜更深了。潘慧取下安全帽，一头秀发散落下来，从前的波波头，又长了一拃，靠发根那一半溜顺，发梢卷成了卷。要是在他们刚做夫妻那几年，吴向葵会用指尖撩起她的卷发说：“看，北方的风真懂行，把你头发吹卷了。”这是变着法儿表扬潘慧，潘慧一定会晃晃脑袋，笑得像个孩子，脖子两边浪花飞卷。过去的岁月，虽然彼此怨气深重，可只要愿意打捞，到处都是愉快的记忆。这时候，愉快的记忆只会让人越发悲伤，越发坚定离婚的念想。

吴向葵不知道，为了给他留下个自信、翻篇儿就能扬帆远航的印象，潘慧前天特意请假，到街上花费一百零八元巨资烫了个头。

走到宿舍区门口，潘慧对吴向葵说，工地上有不成文的规定，家属来工地，自己的问题自己解决。意思是说，他今晚跟她挤一个被窝。吴向葵没有意识到潘慧住的是集体宿舍，心想，只要那张证还没领到手，挤一个被窝合理合法。

宿舍区的板房一共七栋，每栋两层，每层三间，每间都是前门后窗，每间四张高低铁床，床柱与床柱之间，只要能牵绳子，都牵上了绳子，绳子上晾晒着各式各样的衣服，男男女女进进出出，洗漱的、聊天的、唱歌的、打麻将的、喝酒的、抽烟的，热闹非凡。每间敞开的门里都飘出热气哄哄的气味，每道门里的气味大不一样，麻辣味的具有四川特色，大葱味的充满山东韵味，还有酸醋味的，霉干菜味的，泡萝卜味的……无一例外地，都混合了方便面气味、脚丫子臭味和汗臭味。

潘慧的宿舍在第五栋二层尽头，八个年轻女子住一个屋子，潘慧的铺位在靠窗的角落里。走到宿舍门口，吴向葵不进去，这怎么能住？八个女人，一个男人，这哪是咱跟潘慧一个女人挤一个被窝？这简直就是咱一个男人跟八个女人一屋睡觉。平生第一次。

潘慧转身，果断坚决而且别无选择地明确对他说：“委屈你，今晚上只能这样将就了。”转身对同室的其他姐妹说：“姐妹们担待些哈，这是咱老公！”

吴向葵个子高，眼神散乱，跟在潘慧身后走到铺位前。横七竖八斜拉着的绳子上的胸罩和内裤在他的头上打来打去。屋子里乱七八糟，洗漱用品、简单的化妆品、台扇、小吊扇、面盆、水盆、帆布鞋、胶鞋、高跟皮鞋，诸如此类，摆得随心所欲。

其他七个女人大概都是结过婚的，对潘慧领着自己老公进屋并不觉得奇怪。

吴向葵估计她们自己的男人来了工地，大抵也这般处理。潘慧再次跟那几个女人打招呼：“姐妹们，今晚给大家带来不方便啦，包涵包涵！”

一个正脱裤子的女人说：“你自己的老公有什么不方便的，大家都是出门人。”说罢脱了裤子，粉色碎花的内裤在床前闪了一下，消失到被窝里。

另一个女人在唱川剧，进门的时候正“汤菜，汤菜，汤一钵钵菜一钵钵，汤一钵钵菜一钵钵，汤汤菜，汤汤菜”吼得热闹，这时唱道：“你夫妻依旧是多情眷，反显得小青心意偏，倒不如辞姐姐天涯走远。”唱罢咣一声躺到床上继续念白：“姐姐，多多保重，小青拜别了！”

屋子里的女人都笑起来，潘慧笑着问：“小青妹妹，你这是唱的哪一出？”

那个叫小青的女子答：“白蛇传。”说罢冲着潘慧和吴向葵补充一句：“你们只管放心，今晚没有法海！”意思是说你们想怎么都可以。

吴向葵心里苦笑：屁，今晚有七个法海！

简单地擦了脸洗了脚，上床一人一头躺下，吴向葵一动不动，仰面朝天，一双手规规矩矩放在身体两侧。潘慧还像在家里那样，把棉毛衫棉毛裤当睡衣睡裤，向另一边侧睡，臀部正好在他左手边。七个多月没有见，按说再怎么无情，都该有点反应的，至少可以摩挲一下。可在这样连翻个身，铁床都要嘎吱嘎吱响半天的地方，吴向葵觉得他跟潘慧就如同性取向正常的两个男人或者两个女人同床而眠。七个说不出香臭的女人劳累了一天，不久就发出均匀的鼾声，后来连多少有些别扭的潘慧，翻了几个身，也打起小呼噜。吴向葵一时半会儿睡不着，要是不钻进女人窝里来，他一辈子也想象不出，女人的鼾声也可以如此豪放无拘、粗鲁敞亮。

屋子外面的风吹得越发大了，窗缝发出尖锐的啸叫。

跟潘慧同床而失眠的事，上一次发生在交往四个月之后，也就是二十多年前。定了亲，吴向葵在庄稼地的窝棚里看秋玉米，潘慧来给他送晚饭。夕阳在西边扯了一面红色的大幕，地上的人便好看十分。吃过饭，红霞褪尽，星星出来了，蝉鸣此起彼伏。到星斗满天，月亮却迟迟不出来，他打算到窝棚里点上马灯，潘慧跟在他后面爬进窝棚……流水欢唱、莺声远近、山峦隐约、百花绽放，仿佛混沌初开时的自由无拘，又似虚空都变成了现实，一切都真实可感。那是吴向葵和潘慧从未有过的体验。那天晚上，潘慧跟他睡在窝棚里。后半夜，月亮白花花的，在窝棚外面的玉米叶子上幽幽地反光，在河面粼粼地反光，天空墨蓝深邃，四野全是好闻的气息。吴向葵怎么也睡不着，过去二十年竟没有这样美妙的感觉，到底算是白活了，还是因终究等到了这一天而为流逝的岁月骄傲？这样的美好保持到结了婚、生了孩子，终止于岳母搬入他家、发生家庭口角之后。

吴向葵后悔下午过来之前，光顾看太阳和地图了，竟没有搜索附近的旅馆。转念想，搜到又如何？难道还能去住？潘慧一个打工者，他一个承包土地的种菜农民，他是来离婚的，又不是来度蜜月的。即便开了房，潘慧也不可能跟他去。

半夜，进门时脱裤子的女子起床，从床底下摸索出一个夜壶，在别人的鼾声中毫不避讳地小解。吴向葵下午就领教过了，厕所在五百米外。据说是为避免夏天的臭气和蚊虫。不久小青也从高铺下来，从床底下拽出夜壶。从摩擦地面的声音判断，前一个夜壶是塑料的，后一个是搪瓷的。吴向葵更睡不着了，说不定这宿舍有八个类似的夜壶。

屋外的风似乎减弱了些，窗缝里的啸叫不那么刺耳，却也纠缠着吴向葵，使他两扇沉重的眼皮，无论如何垮塌不下来。

在老家，吴向葵从来没想过建筑工地上的住宿问题。比如眼前这个工地，板房数量有限，为提高利用率，工地上规定，单身宿舍必须八个人一间，“夫妻宿舍”必须睡四对夫妻，自由组合。每空一个铺位，每间宿舍每月罚款一百元，空两个铺位，每月罚两百元，摊到住宿者身上，年底从工钱上直接扣。如此苛刻，工人们还唯恐住不上板房。他们会算账，住板房最大的好处是省钱，宿舍区不仅有食堂，还水电费全免，到外面租房子费钱不说，用半盆洗脸水、点盏煤油灯似的电灯，都得花钱。

早晨睁开眼睛，吴向葵满脑子糨糊，昏昏沉沉的。既不敢早下床，也不敢起来太晚。吴向葵注意到，每一个铺位的四面都围了床单。

潘慧撩开床单说："起来吧，委屈你了，咱们今大搬出去。"

那几个女人，有四个上工去了，两个去食堂吃饭。这些吴向葵都不知道，大概天快亮的时候，吴向葵终于睡过去了。

小青在刷牙，满嘴巴泡沫横飞，看见吴向葵滑下床来把鞋子套到脚上，对他说："姐夫可要改名字？"

吴向葵莫名其妙："好好的，改什么名字？"他以为到了工地，都要改名字。

小青说："姐夫快姓柳了，柳下惠！"说罢呵呵呵笑起来。

吴向葵脸上是挂不住的尴尬，心想，难不成你还要我现场直播？我是来离婚的！

潘慧知道吴向葵脸皮薄，把自己刚用完的塑料口杯和牙刷塞到他手里："赶快漱口，漱了吃早饭去！"在家里他俩从来各有各的口杯和牙刷，出门忘带了。一天不刷又不死人，可这时候，只有接了口杯和牙刷，才能把眼下的尴尬圆过去。吴向葵心想，这小青，怎么可以这般放肆？

小青觉察到太难堪别人，自嘲道："我家那口子上次来得罪大家了，那口子大老粗，啥也不顾。再说大半年没见，大老远赶来，也就两个晚上……嘿嘿嘿！”

吴向葵听出来了，小青给他带来的尴尬，源自她自己的尴尬。

潘慧没对吴向葵说，虽说是两个晚上，一个晚上三次，一个晚上两次，好在铁床结实，响死没散架。

走出板房门，风已停了，太阳虽看不见，却是个好天，天地之间的亮光像滤过一般透明。工地上各种机器的声音热气腾腾地，从马路对面传过来。

四

一人喝了一碗粥，啃了两个馒头。吃过早饭，潘慧说：“今天咱得上工，你把咱床上的被褥都搬到六号板房楼下最左边那间，那边还有一张空铺位。”

建筑工地喜欢用女人做塔吊指挥，女人敬业，眼尖心细，打起信号旗来动作规范，发出的指令准确具体，不像男人，一会儿要抽烟，一会儿要撒尿，稍不留神，一个马虎眼儿，就可能酿出事故。

九点钟之后，宿舍区今天当班的，都到马路对面的楼房上工去了，留下为数不多的几个今天休息。那些工人的女人在洗衣服或者闲聊。有几个就是昨天下午在工地大门口见着的。她们见吴向葵蔫头蔫脑的样子，在远处评头品足。有几句话似乎在说，他夜里太过劳累。几个年纪大的妇女在收拾三轮车，吃了中午饭，她们将蹬着三轮出去收废纸。

吴向葵一边收拾东西，一边琢磨。那么艰难的住宿环境，潘慧都能坚持下来，说明他们的婚姻真是无可挽回了。凭潘慧的条件再找一个不难，可如果竟是这种环境下的男人，那就有些亏了；整天在这样的环境下忙碌，想找个体面的，只怕有那心思，没那机会。反观自己，优势虽不见得比潘慧强，但环境不错啊，田野辽阔，呼吸自由，住的房子虽是租的，但单家独户，有关有拦。

吴向葵还想起半年前聘来给自己干活的当地农村妇女孙小涓，孙小涓年龄跟潘慧差不多，身高比潘慧高一个头，身材却赶不上潘慧，农村里肩挑背磨，胸围不突出，腰围不含蓄，肩膀宽得跟个男人似的。孙小涓的男人在外面搞建筑工程，挣到了钱，几年前就养下了小三，五六年不落屋。男人对孙小涓说："你只管去找合适的男人，找上了，我们离婚；找不上，我还是你的名誉老公。"半年前的一天，孙小涓到吴向葵的承包地问他会不会电工。他平时经常帮周围邻居装个灯、接个线什么的。大家都知道他会电工。吴向葵问她有什么事情。她说："我家的洗衣机拖线扯拐了，求你过去修修，不然我会被电死。"洗衣机拖线板修好后，孙小涓对吴向葵说他有什么她能帮得上忙的，只管说。吴向葵说他承包的地上缺人手。如今的农村，特别是工业和经济发达的地方，农村几乎没有青壮年劳动力，外出几公里十公里就能挣到大钱，谁都不会扑在土地上。吴向葵承包的二百亩土地，虽有现代农业的浇灌基础，但毕竟有那么宽的面积，每块地一点小事，累积起来，也得有三五个工人才忙得下来。之后几个月，其他工人都是这一茬忙过就回家，等下一茬农活儿出来才会出现在他的承包地上，而孙小涓却天天都来。把地里的活儿干好，还替他洗衣服做饭。眉眼之间，看得出这女子是上心了。

六号板房住的都是夫妻，四对夫妻一间屋，正好楼下最左侧一间只住了三对。吴向葵找来几个纸箱。收拾潘慧床上的被褥和衣服。他注意到，潘慧的一堆衣服里有一条男人的裤头，三枪牌的，吊牌还没有取下来。这种裤头他买过，一般两条或者三条装一个盒子。潘慧什么时候买的？为啥只有一条？收拾得匆忙，他没多想，塞到纸箱里搁好，搬起另一个纸箱的被褥向六号板房走去。

吴向葵打量其他三张床，有样学样，住下铺，用旧床单将高低铺的下铺围起来当幕帘，上铺放那几个纸箱子。一个屋子四家人跟八个人到底不一样，各家的东西好归类，尤其重要的是，上铺可以放东西，室内的空间宽出来许多。有两家的女人在门口洗衣服，操着河南腔和福建腔普通话问他从哪里来，叫什么名字。不咸不淡说了几句话，便各人忙各人的。有个老阿姨仔细盯着吴向葵的面孔看了足足三秒，闪电般笑了一下问他："大兄弟，身体怎么样，吃得消哇？"吴向葵撩起床单坐在床沿上，心口窝上像塞了一坨三年不化的寒冰。还没到中午，吴向葵就可以想见，熄灯后，这屋子将是多么热闹。

五

中午潘慧回来吃饭，交给吴向葵一个电话号码说，这是朱可以朱经理的，让吴向葵下午主动联系他。水电班四个人一组，其中一个组这两天少一个人，听说吴向葵是水电工出身，朱经理便托潘慧请他替一天。这个工地的水电班有个特点，缺一个其他三人只好放假，工人不实惠，老板的工期受影响。

吴向葵心想咱是来与你办离婚手续的，怎么，还替你把钞票挣上了？

这种小心眼的话，他也就在心里想一想，不会真说出口的，再说在外人眼里，他就是来探班的，两天过后离开。吴向葵扫了一眼电话号码，好记，最末五个数字都是4。这数许多人不用，与“死”同音；可有的人偏偏喜欢，认为那是哆来咪发的“发”。朱可以大概偏向于音乐的“发”音。

交代完毕，潘慧出门向马路对面的工地走去。吴向葵用塑料保温杯替潘慧装了一壶开水，要她带到工地上喝。潘慧摆摆手示意不要，她说：“习惯了，不到饭点不喝水。喝了中途得上厕所，误事！你自己带到工地上去。”

吴向葵想闲着也是闲着，不如今天下午就帮他们干活，帮忙帮到底，送佛送到西。他没打电话，在一号板房底楼正中一间找到朱可以。朱可以一个人住，前面一半摆了办公桌和几张凳子，后面一半摆床，也是一张高低铁床，中间用一道布帘子隔开。门上挂了一块写着“项目部经理”的铝合金牌子。朱可以抽着香烟，点点头，算是打招呼。吴向葵抬起头来往里屋看了一眼，在窗楞和铁床之间的一根绳子上挂着的一堆衣服中，发现一条平角裤，跟上午翻出来的一模一样。他想看个究竟，又不好意思上前。转念想，天下一个模样的裤头多了去了，便不再往心里去。

听吴向葵说他今天下午就替班，朱可以显得很高兴，他说吴向葵这一天半的工钱记在潘慧的账上，年底一次结算。说着递过来一支香烟，吴向葵摆摆手说不会。朱可以说：“听说你在老家有一帮兄弟，有好几百亩地，也算个项目经理，舍不得抛开了，上这里来做水电工？”

吴向葵说：“咱老家原本就在这个地方，建大学城征用了。目前在启东那边租了土地种蔬菜。既不是经理也不是工头，两百多亩土地，咱说了算。”

朱可以把烟灰弹在烟灰缸里，桌上飘了几片白色的烟灰，他伸出手去，用侧掌小心地扫到另一只手的手掌心上，再把灰抖到烟灰缸里才说：“种蔬菜跟种粮食一样，都要靠老天爷赏饭吃。”抖完他拍拍手，继续说，“这活儿我干过三十多年，最终只有建筑适合我。”

吴向葵注意到，朱可以室内香烟弥漫，浓度高过雾霾，可桌上和地上干干净净。看得出来，他是个追求完美的人。这种人一般做事细致，确保安全第一。难怪他这个工区，一进宿舍区就有一条标语：事故是最大的浪费，平安是最大的节约；也难怪昨天下午他不让那几个女的到楼房上去。

朱可以打了个电话，不一会儿来了个叫马四维的水电班小工头，带着吴向葵爬上了新建的一幢叫云峰楼的三十层大厦的第九层，那一层有二十多个人在安装水电，四人一组。吴向葵不知道这一群人仅仅承担这一幢大楼的水电安装，还是整个龙珠骐达工地所有大楼的水电安装都由他们施工。如果是后一种，不管哪个做工头，不出三年，他的财大到想不气粗都不行。

吴向葵按照马四维的吩咐干起来，工友对他的加入是友好的，他们来来往往忙碌，经过他身边就跟他打招呼，一看都是常年在外的人，随和好相处，年纪跟他差不多，一个下午，他们彼此就像多年的老朋友了。

马四维见他手法娴熟，切管尺寸和预热黏结都拿捏得恰到好处，说："吴师傅，你不如留下来跟我们一块儿干，见天上工就能挣二百五到三百五，有时候赶工加班，一天能挣四五百。钱不钱是一回事儿，跟嫂子天天在一起，比起两地分居，到底要方便得多。"

旁边一个工友给马四维递眼色，说："这得尊重吴哥的选择哦！"

马四维似乎看懂了那工友的眼色，便改口说："是的是的，一个人干惯了的事情，轻易是丢不下的。三百六十行，行行出状元嘛！对不对，吴师傅？你那里靠上海近，蔬菜卖得出价钱！"

吴向葵嗯嗯啊啊应付着，窘迫随时都有。等到工地上亮起一片雪白的灯光，他也像潘慧一样披着一身电灯光从工地的大门走出来，穿过马路向住宿区走去。

六

还没进宿舍，吴向葵就头大了，他念叨：四家人，四对男女，四对夫妻，四台发动机……

四家人都到齐了，两对中年夫妻，剩下一对小年轻，有一个两岁多的孩子，一家三口挤一张一米二的床。吴向葵夫妻两口跟那三家人彼此做了介绍，各家都开始忙乎各家的事情。年轻的夫妻跟一对中年夫妻打了几圈掼蛋，孩子困了，找妈妈要瞌睡，四个人便散了。约好第二天晚上继续。时间差不多了，都陆续上了床。床铺四周原本卷起来的床单，四面拉下来，将床罩住，无声无息地睡去。那一对中年人洗漱完毕，也钻到属于自己的那张床的床单后面，一样无声无息。

吴向葵和潘慧各睡一头。跟昨天晚上一样，吴向葵仍然半天睡不着。下午在工地上，他瞌睡来袭，正巧大家工间歇气，他靠在新砌的砖墙上就睡着了。马四维在他醒后说："吴师傅，你太累了，悠着点哈！"其他两个工友都坏笑起来。吴向葵懂他们的意思，大致把他想得跟小青的男人一个德行了。

潘慧还保持昨晚的姿势。吴向葵向另一侧翻身，大家背对背，屁股几乎抵着屁股。身子一动，铁床嘎叽嘎叽直叫唤。

那一对中年人的铺位，立即传出女人的一声咳嗽。前无古人，后无来者，没有第二声，冷不丁就这一声，再傻的人都懂。

第二天早上，中年妇女对潘慧说：“我们这屋三代同堂，有小孩子，你懂的！”

潘慧涨红一张脸说：“不好意思，让大家难堪了，真是抱歉！”

中年妇女说：“大家都是出门人，相互担待些。”

吴向葵心头有气：翻个身而已，你们一年到头难道不过夫妻生活？

后来吴向葵知道，这一对中年夫妻给这间宿舍立下的规矩，他两口子在这间宿舍年龄最大，自己觉得自己应该充当家长，其他两家年纪都轻，自然也觉得他们做家长比较合适，传什么话，发表什么意见，都由这一对夫妻出面。

吴向葵揣着一肚子火走出宿舍区，见马四维跟小青站在马路边说话。他们身后是三个集装箱改造的临时宿舍，门上有粉笔写的字：牙祭房。吴向葵只知道吃肉叫打牙祭，没听说过还有牙祭房。

马四维人长得瘦，也不高，鼻梁上架了副近视眼镜，香烟不离手。他说：“朱经理说了，只要我们把关系确定下来，我们立马搬到一起住，给我们安排半间屋子！”

小青说：“你莫心急嘛，那个人不答应离。不但不答应，还说最近要来找我。你想想，他一个没有文化的大老粗，脑子简单，一言不合就动武，要是见我们住在一起，还不出人命？”

吴向葵突然觉得好笑，冲着马路吐了一泡口水，暗想是不是每个人整天忙碌的核心，都是为裤裆里的事情？

走进工地，吴向葵看见潘慧在一幢楼前指挥塔吊，穿上工作服，戴上安全帽，再把哨子含在嘴里，左手对讲机，右手两面旗，这女人就像指挥千军万马的将军。想当初出门的时候，吴向葵估计潘慧顶多能在工地食堂里混个帮厨，谁知竟就做起了塔吊指挥，工资高，还体面。是潘慧自己考了上岗证书，还是别人发现了这个人才然后重点培养的？这问题吴向葵也许一辈子都没法搞清楚了。

跟潘慧比较起来，孙小涓像一道端了三顿都没有几个人动筷子的菜。那天，他进了她家门，拖线板确实坏了，电灯也坏了，电视也不能正常播放。吴向葵问还有什么不能正常使用，孙小涓把他领到偏房，指着玉米脱粒机和饲料打浆机说，这几样东西休息了快两年了。忙到太阳偏西才把这一堆大毛病没有，调试一下就能使用的电器修理完毕。孙小涓高兴，先是给他泡了一壶茉莉花茶，然后端上来四五个菜，还有一瓶老白干。月亮白花花的，在树叶上幽幽反光，在盈满的水缸里顽皮地跳跃，天空墨蓝深邃，四野全是好闻的气息。吴向葵想起潘慧爬进他窝棚的样子，想起那个天开地裂的晚上。孙小涓喝饮料陪他，他竟不知不觉把自己给喝醉了……第二天，从孙小涓的床上醒来，他慌乱了一阵，不知道该怎么做，更不知道该说什么，什么都没想好，他便干脆静观其变。孙小涓没有哭没有喊，脸色似比昨天更清朗干净，见他起床，指着桌上的早餐说了两个字：“吃吧！”吃了饭，他一个字也没说，上承包地去了。孙小涓跟在他后面到了承包地上。这一起了头，之后孙小涓便无论天阴下雨都来，里里外外，大小事情都当自己的事情来安排。他要是外出，孙小涓就是另一个他，几个工人都听她的。孙小涓小他六岁，结婚十多年，没有修下一儿半女。她对吴向葵说：“我活着有脚有手，死后没人挂念没人烧纸。我跟你不要什么名分，潘慧回来我便回去，潘慧不回来，我就当你的长工，有无工钱你决定，钱多钱少你看着办。一句话，欢喜一天算一天。”

傍晚下工，吴向葵跟马四维等二十来个水电工走出工地西门，又见七八个女人围在工地门口，情形跟前天傍晚一样。朱可以嘴巴里多了个哨子，喊一声“不准上去”吹一声哨子。看来这些女人每天都会来撞运气，要是某天朱可以没来，那个傍晚就成了这些女子跟她们男人的节日。吴向葵想起九成仙说的话。满嘴跑火车的九成仙，似乎比朱可以更像明白人。

中国人说不能念，一念就会搁到眼面前。还没走到宿舍区门口，九成仙向他招手。九成仙请了几个过去的同村老乡，在宿舍区附近的小饭馆替吴向葵接风。

吴向葵注意到，灯光明晃晃的工地周围，天彻底黑下来的标志，是到处的灯光泛出幽灵般的蓝。冷风在身上到处乱窜。朱可以和马四维也被请来了。马四维带了小青一起来。添双筷子添个酒杯的事，小青会唱川剧，一高兴就会亮一嗓子，众人表示欢迎。正好两桌。

过去同村子的老乡如今还叫老乡，说起来有些勉强，维系他们记忆的乡村实物一样都没有了；村子里的人当时四散，迁到不同地方，如今大多数都不再联系。好在他们的方言还在，某些专有的叫法说法还在。等到他们这一辈人结束，这种微弱的关系便可能永远消失了。

七

有个叫春儿的小伙子专挑马四维拼酒，一人面前一箱燕京，摆在旁边一张空桌子上，全部打开，没有多的话，各自抽出一支，碰在一起，同时喊一声“干”，两人仰起脖子，咕嘟咕嘟就下去了。小青用唱戏的声音喊：“你们吃几口菜再喝要不要的？”两人谁也不搭腔，一瓶喝完，继续从箱子里抽出一支，咣一声碰到一起，同时喊一声“干”，咕嘟咕嘟往下灌。旁边的人各吃各的。九成仙说：“看来这两个人今天得有个了断。”他嘱咐大家，只要两人不动手，不要去管他们，让他们把话说清楚。

喝到第八瓶，马四维趴到桌子上，脸色煞白。春儿把空酒瓶插进箱子里，新抽出一瓶拎在手上，提起马四维的后衣领说：“还有没有量？还喝不喝？”

马四维伸出右手臂，在空中摇摇晃晃挥了一下：“让我歇一歇。”

酒精把春儿脸上、脖子和所有露在衬衣外面的部分染成酡红，他揪起马四维的后衣领晃了几下：“喝酒图个兴致，歇一歇什么意思？”他盯着小青继续说：“你在女人肚皮上也要说歇一歇吗？是讲排场，还是自己不行？”

小青搭话：“你有啥话只管冲我来。明明晓得他喝酒喝不过你！”

春儿声音变得坚硬了：“是他自己要接受挑战的，谁都没强迫他。自己晓得喝不过，事前给我磕三个响头嘛，他想喝我都不跟他喝，我是通情达理的人。如今才喝到第八瓶就不喝了，算什么？”

小青从马四维面前的箱子里抽出剩下的四瓶，一口气全喝下去，说：“不要小看人，他在前面冲，我断后！”

谁都看得出他们之间有过节，核心在小青那里。吴向葵希望表舅九成仙出来劝一劝，他那张嘴巴那么会跑火车，这时候横竖说几句，不把人震倒，也能把人哄倒。春儿是他带出来的，只要他发话，不会不听他的。九成仙招呼大家吃菜喝酒，频频跟大家碰杯，偶尔往这边瞟一眼，没有阻止的意思，更不干涉。

春儿从围坐的一桌人旁边的啤酒箱里抽出四瓶啤酒，插到马四维面前的啤酒箱里。

小青说：“什么意思？”

春儿说：“这是马四维的酒！”

小青：“我刚才不是替他喝完了吗？”

春儿把手头的啤酒瓶往桌上一顿，一字一板说：“谁叫你替他喝的？是我，还是马四维？对啦，谁都没发话让你喝，是你自己要喝的。这四瓶必须给他补齐。”春儿把自己的一瓶放到桌上，从马四维面前的啤酒箱抽出一瓶，揪住马四维的后衣领把他提起半个身子，一放手，马四维重新趴到桌上，一双手无力地在空中乱舞，以示抵抗。春儿重新把马四维提起来：“马四维你起不起来喝？耍赖是不是？你可以赖钱赖米，不能赖酒。你起不起来喝？不起来我给你灌下去啦！”说罢，一抬手，瓶口朝下，啤酒咕咚咕咚地灌进马四维的后颈窝。

小青来抢春儿手中的酒瓶，说：“你疯了！”

春儿躲开小青的手，用瓶口指着小青说：“你那么护他，你说说你们什么关系？”

小青也抽了一瓶啤酒拿在手上，瓶底指着春儿，随时要用啤酒瓶跟他干架的样子：“朋友关系。怎么？要你批准啊？”

春儿说：“你有多少朋友关系？两个月前你对我说我们是朋友关系，两个月后你又说你跟马四维是朋友关系。再过几天，不知道你又要跟谁是朋友关系。你换朋友，比换胸罩还频繁。”

小青把手里的啤酒瓶放了下来：“既然你挑明了说，我也明白告诉你，以前我认为你适合我，现在我也觉得适合，只是我不想拖累你。”

春儿的声音变得沧桑起来：“他马四维并不比我有钱，你也不可能一天更比一天漂亮，能拖累什么呢？”春儿的声音明显哽咽了：“谁拖累谁还不一定呢！”

小青的眼角也有了泪光，她举起手里的啤酒，在春儿倒掉小半瓶的啤酒瓶上碰了一下：“我们把这瓶喝掉。好合好散，你听我讲。”

在酒桌上，谁清醒谁占主动。春儿已喝到八九分的量，轮上小青牵着他的鼻子走。春儿把一瓶啤酒喝了，小青给他抽了一支递到他手上，春儿的表情就木了，身子有些晃，裸露在衣服外面部位的紫红开始发暗。小青把自己那瓶啤酒笃在桌子上，右手持瓶颈说：“春儿，你比我小五六岁，没有结过婚，一切都还来得及，要人才有人才，要口才也还将就，有本事凭力气吃饭。姐姐我跟你不同，一个动不动把我当猪来打的老公只会伸手向我要钱，一个六岁多的儿子眼看就要上小学。我要跟了你，难道还让你来替我养儿子？如果儿子是我一个人生的，替我养也就养了，关键是他血管里还淌着那个讨债鬼的血。养一天可以，养一年可以。多养几年傻子都不会干。就算你能替我养儿子，那个讨债鬼不来缠你才怪，张口就要钱。你不能不给，他知道你家在什么地方，他可以把你家砸个稀巴烂，你却不能把他打废打残。纵使把他打废打残，只要还有一口气他都要来缠你，你还能过上清净日子么？我跟马四维就不同，马四维的老家在青海，那狗东西不识几个字，轻易不敢出门，纵使敢出门，他还舍不得路费。马四维也有个儿子，大小跟我儿差不多。我跟他说，他对我儿子好，我也不会亏待他儿子。”小青把啤酒拿起来，仰起脖子喝了下去。

春儿身子摇摇晃晃：“你到底喜欢哪个呢？”

小青从啤酒箱里抽出两支啤酒，一人一支，说：“像我这种处境，没什么喜欢不喜欢，只有适合不适合。”没跟春儿碰瓶子，自己喝了一口说：“如果到了我这步田地还谈什么喜欢不喜欢，由着自己的性子来，结果是对你不负责任，也是对我和孩子的未来不负责任。”

这话春儿听懂了。小青说：“打得火热的时候，谁都可以信誓旦旦。反正发誓吹牛没人打假。比如那个讨债鬼，当初上我们家来的时候，把未来描述得好得很，什么楼房，什么彩电，什么漂亮衣服首饰。一年不到，原形毕露。”

“你难道就敢保证这个一喝酒、脸白得跟死人一样的人就靠得住？”春儿说，他已经没有任何愤怒。

“谁能够保证谁？我自己这一分钟都保证不了下一分钟。只不过现在可以肯定的是，他跟我在同一条起跑线上，合得来，组合夫妻未必不幸福；合不来，各自回到起跑线上。彼此知道后果的利害，平时各自晓得退后半步做人。”

八

那边闹得不可开交，这边一桌人也没闲着，朱可以敬吴向葵一大杯啤酒说：“我们这个工地，五湖四海，出门在外，彼此担待些。”这话前不着村后不着店，吴向葵想起那两条相同的平角内裤，如果这两个人有情况，这一帮过去同村的老乡不可能不知道一些内情，只是就眼下的形势，即使真有情况，谁都不挑破。吴向葵心头透亮：朱可以不先敬大家却先敬自己，已算主动招供了。

一杯下去，朱可以给吴向葵满上说：“敬酒不斟酒，等于白敬。”然后给桌上的每个人都斟满酒，端起自己的酒杯站起来敬大家：“我朱某人，人不坏，是个懂得感恩的人。只是做事情仔细了些。仔细有仔细的好处，事故是最大的浪费，安全是最大的节约。我对大家要求细一点是对大家负责，也是对大家身后的一家老小负责。如果因为要求严格得罪大家，或者生活上有什么不周不妥的地方，敬请大家原谅！我们来自五湖四海，为了一个共同的目的，那就是发财致富。工地上发不了财，致富还是不难的。大家说是不是？来，干！”

表舅九成仙让大家把酒杯斟满，说：“这大半年来，咱们这些人跟朱经理应该还是处得来的。为人厚道，做事把细，功过分明，一句话，信得过。他所说的那些不周不妥都过去了，过去就让它过去，谁没有个难处？好好过生活，将来有了钱，致了富，咱们一样可以人模狗样过幸福生活。来，咱敬大家，干了！”

吴向葵听明白了，他们话中都有话，既是开导自己，又在给大家打招呼：该吃的吃，该喝的喝，千万别张嘴乱说。吴向葵看了身边的潘慧一眼，她跟没事人一样，有一筷子没一筷子吃菜，不打算敬谁的酒，也看不出谁会敬她，更没有凑这个热闹的意思。他端起酒杯敬大家：“咱们谁都别念检讨书了，出门在外，谁都不比谁更容易。就一句话，忘记过去，创造未来，干！”

九成仙喝高了，满嘴跑火车的习惯渐渐兜不住，他对吴向葵和潘慧说：“要咱说，吴向葵潘慧，你俩要么一起种菜，要么一起上工地。没见哪对夫妻像你们这样，一个种菜，一个上工地，一个在南方，一个在北方。你当你们是牛郎织女啊？那牛郎织女几千年不死，咱们血做的骨头肉做的身子，只怕熬不上百年就老啦！”

潘慧把酒杯端起来说：“表舅，一个人该干什么，那是命；一个人该在什么地方干活，也是命。俗话说‘衣食有方’，老天爷老早就定好的，由不得自己选择。”

九成仙说：“那就是说你们真该一个在南方一个在北方啰？”

潘慧不想在这话题上纠缠不休，她拽了一下吴向葵的袖口，示意两个人一起敬九成仙。吴向葵从了，站起来表示尊敬。坐下来的时候，吴向葵就势敬了朱可以。吴向葵说：“朱可以，你，经理，男的，爷们儿。这边潘慧，女的，在这工地上也算一员干将。以后，请朱经理多多关照，就像关照工地上所有工友一样。关照得好，不出事故；关照不好……没有什么关照不好的。正如你说，事故是最大的浪费，安全是最大的节约。生活中谁想出事故？哪些人会出事故？为所欲为不负责任，肯定要出事故！”吴向葵感觉舌头大得在口腔里打不开转，脑子尚且好使，要表达的意思都表达出来了。

九成仙喝得话扯不直了，嘴巴里还叨叨：“一个在南方，一个在北方，活生生一对牛郎织女！”

朱可以用餐巾纸仔细把面前桌上的烟灰擦干净，把筷子头擦干净，抄了几颗花生到嘴里，闭起嘴巴嚼。他隐隐能听出吴向葵的意思，既然没有点破，正面回答反面回答都不好，干脆不搭腔。他希望在众人心目中继续保持完美无瑕的形象，就像他面前的桌面一样。

晚上吴向葵连上了六次厕所，幸好在家庭板房区，下床出门都方便，要是像前天晚上在单身板房区，那不要自己的命，也会要了别人的命。待啤酒带给吴向葵的水分排泄得差不多时，天亮了。

少有的晴好天气，天空干净，浮云片片。吃过早饭，两个人打了一辆滴滴，直奔香河县去。路上两人无话。似乎该说的话，在昨晚的酒桌上，都说干净了。吴向葵好不容易找到一个话题：“宿舍区外面的三个集装箱宿舍，为嘛叫牙祭房？”潘慧晃晃脑袋，带卷儿的头发在耳朵边和肩膀上泛起细小的浪花，轻声说：“那是给一些夫妻应急的。”停了一下又补充说：“牙祭房的老板不是工地上的人。相当于钟点房，有专人掐着手表在门外守着。谁受得了？”

吴向葵愣了一下，说了句“算长见识了！”，便无话了。

九

从政务服务中心出来，快接近中午了。没有财产纠葛，没花多少时间就办好手续。他俩各拿了一本红色的本子，跟刚才被收回的结婚证比起来，区别在于，结婚证封面上烫的是金字，而这个本上烫的是银字，里面的照片从双人变成单人。两人彼此看看，都像早就在等待而终于等到这一天的人一样，脸上显露出轻松释然的表情，夹杂一些空落。两人漫无目的地在大街上走着。

吴向葵订的是第二天一早的火车票，今天晚上住到火车站附近即可，没必要跟潘慧回工地住宿，也不合法。一辈子都在赶路，不急这一会儿。他这会儿很想送点什么给潘慧。他们婚姻的悲剧不全在两个人的身上，这一路走来，他俩就像寄居蟹，不断往自己身上背负各种各样的壳，终于背负不动了，卸掉所有的壳的那一瞬间，轻松得连手都不知道该放什么地方。吴向葵从路边一家妇婴超市给潘慧买了三大包成人尿不湿：“你得正常喝水。小便等于排毒。长期不喝水不排毒，身体吃不消，弄不好要出毛病。”

潘慧不推辞。吴向葵又买了个好看的背包，把尿不湿装下，背在潘慧的背上，潘慧一下子年轻了许多。吴向葵说：“咱请你吃顿饭，咱们好好大吃一顿！”潘慧说话了：“这辈子什么时候见你请咱吃过饭？”“这不就请了吗！”这话让潘慧眼角泪光一闪。

走到一家药店门口，潘慧替吴向葵买了大山楂颗粒和舒肝颗粒。吴向葵胃肠不好，以前这些药都是吴向葵自己买的，潘慧从来不替他买药。那时候潘慧说：“吃药自己买。咱要买，就给你买好吃的，买药成什么话。”那时候潘慧不但不帮他买药，就连他住院，也很少到医院陪护，她觉得不管在什么地方，没有吴向葵办不到办不好的。潘慧把药递给吴向葵说：“如果要用吗丁啉，你自己回去买。别忘记了，不要连续吃得太多，吃过量，当心乳房增大。”

“增大有啥不好？”吴向葵把一双手摊到胸前，做出托举的样子说，“自给自足，丰衣足食！”这样不入流的调笑，在他们交往之后，孩子的外婆住到家里来之前是家常便饭。久违的噱谑，把吴向葵和潘慧都逗笑了。身旁穿梭往来的人，谁也没有注意到这一对刚刚离婚的夫妇。在过往行人的眼里，他们更像两个认识多年的朋友或者兄妹。

远远的，他俩闻到香河肉饼的气味，这是他们从知晓世事开始就热爱的食物，这么多年走南闯北，再也没有遇到过这么好吃的肉饼。循着香味往前走了十几步，果然见一肉饼铺，两个六十多岁的老伯主阵，两个年轻的小伙儿负责跑堂，一个年轻姑娘在柜台后收银。

这饼过去吴向葵在家也做，近二十年没心情，再没有做过。吴向葵见两个上了年纪的大师傅在案桌和烘炉前忙碌，就知道，全天下估计就这儿的肉饼还能算正宗传统的香河肉饼了。只见这店里的肉饼，三个摞在一起不过半寸厚，个个一般大，一般圆，直径在一尺半开外，像是一个模子做出来的。吴向葵记得，做这种肉饼，功夫就在擀皮儿上，功夫高的师傅擀出来的皮儿，又薄又软又大，一点褶也没有。放到铛里烙，烙出均匀一色焦黄的嘎渣儿。火候一到，饼就鼓成球样。别的地方的饼子烙出来也能鼓，但做不到皮薄如纸，稍不留神还会漏气，而香河肉饼不但面皮薄如纸张，还从来不会漏馅漏气。

这时候，吴向葵看见两个师傅老伯用长毛刷在鼓起的肉饼两面刷油，面皮被油混得半透明，几乎看得见里边嫩生生、香喷喷的一层肉馅。稍微转个方向，整一个搬到食盘里，偌大的饼，虽酥不碎。

吴向葵看得半天不走。潘慧问："这就是你说的好好大吃一顿？"

"师傅，给咱来三个整个儿的！"吴向葵招呼好师傅，进店到吧台买单。师傅说："你俩能吃？"意思是说这是五六个人的量。吴向葵说："一个切了就这儿吃，另外两个分开打包。"说罢，招呼潘慧进店坐了。进门的时候，两头瞅瞅，见隔着五家店铺是一家"折叠舍豆浆"，便对潘慧说：

“你这坐一会儿，咱去买两杯豆浆。吃的有了，喝的也不能少。”

一切齐备，一小伙子送来蘸饼的两碟醋和大蒜泥。开吃的时候，吴向葵说：“别看这饼子简单，走出香河就吃不到。你看，这松脆劲儿，跟和面时加的配料的时间和多少有关，全看手艺。再看这馅儿，不能放案板上死剁，得剁到合适，翻过来用刀背砸，砸成肉泥，加水、姜末儿和调味品，做的时候加香油……”

“你像大师傅，”以前潘慧最不喜欢吃饭的时候听他嘚吧嘚吧直叨叨，她认为吃饭就该好好吃饭，她说，“以前没见你做过？”

“从前住大学城那地儿，最初咱家隔壁就是一家卖香河肉饼子的，自小看都看会。说是看会其实没真会，遇到你之前，咱在家里试过几次，起酥弄不好，整出来的饼子，不是漫天崩渣，就是硬得像铁。那时候粮食珍贵，谁舍得拿来做实验啊！”

潘慧盯着豆浆杯子上的“折叠舍豆浆”几个字看了又看。吴向葵指着饼和豆浆说；“这，这，都是香河的特产。”潘慧还盯着那几个字看，吴向葵知道她在等他讲故事呢。这豆浆能有什么故事？舍豆浆是有传说的，“折叠”二字做何解释，真难倒吴向葵了。刚才在买豆浆的时候，吴向葵注意到“纯手工制作”几个字，这豆浆喝起来，真像小时候喝过的味道。吴向葵灵机一动，把一个施舍豆浆的故事，移到这上面来。他说：“关于这豆浆，是有传说的。相传，有个姓王的姐姐结婚不久，丈夫就被官府抓走充军，死在边关。撇下王姐姐和一个十几岁的小叔子。日子没法过了。幸好王姐姐娘家是卖豆腐的，于是王姐姐跟小叔子做起了豆腐买卖。过了几年，小叔子长大了，要娶嫂子为妻，闹得满城风雨，谁见了都不同意。恰恰在这时候，香河一带闹瘟疫，一家一家的人说没就没有了。豆腐没人买得起，他们便卖豆浆，后来豆浆也没人买得起了，他们干脆把最后几十斤黄豆都做成豆浆，免费送给大伙儿喝。豆浆刚刚煮好，门口来了一老一少，饿得快不行了，两人把这一老一少背到灶前，给他们喂豆浆。老太太吃了没几口，突然呛咳起来，哇的一下，把嘴里没吞下去的豆浆吐进豆浆锅里。两人呆住了。好在那时候的人不太讲究，架起火来重新烧开再送出去。神奇的事情发生了，乡亲们喝了这锅豆浆，没过几天病就好了。之后，这桩阿叔接嫂的婚姻被乡亲们认可，再也没有流言蜚语了。”

潘慧眼泪下来了。这么多年，她第一次耐心听吴向葵讲完一个故事。吴向葵爱听故事爱读书，满肚子都是故事，人群中只要有吴向葵，就有听不完、不重调的故事，可就因为她老娘嫌弃他用嘴巴挖祖坟，就因为她认为吃饭就该好好吃饭，不应该吧唧吧唧说话，弄得再也没有声音。潘慧说：“吴向葵，委屈你了，咱后悔不让你痛痛快快讲故事。”

吴向葵心想，哪是你一个人的事儿。从桌上抽了几张餐巾纸递给潘慧说：“咱这不是在痛痛快快地讲吗？”

“咱们香河除了这两样，还有哪些特产？”潘慧收住眼泪，她知道自己也是终究要离开这里的人，她不知道自己的故乡应该算廊坊还是香河，既然吴向葵说起香河，她得趁机多听一些，将来谁要夸自己的故乡好，她也是能说上一说的。

“花灯、扎刻、剪纸、玉石雕刻、陶瓷彩绘。”吴向葵这下真是信马由缰、自由自在了，“就连咱们香河县名儿，都有骄傲的来历。”这二十多年，他从来没有像今天在潘慧面前说话那么轻松的时候。

潘慧起身替吴向葵补了醋和蒜泥。

“想当年燕王朱棣带大军驻守边关，来到香河的淑阳镇。正是六月，淑阳四面小河，景色秀丽，水中荷花开放，香气袭人。燕王大喜，赞叹说：‘此处可名香河！’看，我们香河县的名字谁给取的？明成祖朱棣。从此香河直属朝廷管辖，无论多大的官来了，香河知县一律不接也不送。谁叫咱这儿叫直隶香河呢？”

潘慧眼泪又上来了：“多好的地儿，你却偏偏啥也不留下！”

“你不也跑到廊坊去了吗？”

“廊坊也是咱的家。”

这话让吴向葵喉咙里一梗。他说：“家，家在哪儿呢？哪儿可叫咱们的家？”

“这儿啊。”潘慧指指脚下坚硬的柏油马路说：“咱不想离开这儿，这儿曾经有咱的家，咱得眼睁睁看着它变成啥样儿。就像咱娘说的，万一哪一天死了，魂儿回来，才找得到回来的路。为这，咱不想去南方，好歹也要待在这儿。”

不提起还好，一提起潘慧的老娘，吴向葵心头就特别不是滋味。一代人有一代人的追求，一代人有一代人的观念，彼此取交集尚可，如果要融合起来，甚至统一起来，迟早会彻底崩盘。吴向葵想说“哪方黄土不埋人”，话到嘴边连他自己都觉得不爱听，便说：“如今，一双脚就是咱们的路，走到哪里，哪里就是咱们的家。”说完吴向葵觉得哪儿不对。哪儿不对呢？他说不上来。

十

吃过中午饭，吴向葵把大师傅替他们包好的肉饼装进各自的背包。走到秀水街和香北线交汇的地方，他俩都看见了电影城。从结婚到离婚二十多年，孩子没有出生的时候他们一起看过几场坝坝电影，拆迁之后，日子脚跟着脚忙碌，再也没有时间看。吴向葵往电影院的大门指指，征求潘慧的意见。潘慧没表示反对，跟着他穿过马路，向电影院走去。反正时间还早，她没有必要那么早回工地，他也没必要那么早就找宾馆住下来。

没有做任何选择，他俩随便买了票，坐进了放映厅，电影就开始了。影名是《比悲伤更悲伤的故事》。男主是罹患绝症的音乐人，女主是多情的作词人。两人自高中失去家人后，就成为彼此最亲密的朋友，不仅是朋友，他们还视对方为自己唯一的家人，他们相爱相依，却不是恋人，只因男主不定时复发的疾病让他不敢对女主有所承诺。为了让女主拥有他给不起的幸福，他决定隐瞒病情，擅自为心爱的人找到值得她托付一生的对象。

潘慧从开场二十多分钟就泪流满面。吴向葵坚持到女主发现事实真相以后，在隧道里绝望地奔跑。人生最大的悲恸，莫过于明明爱他爱得很深，却又不得不面对他没有未来的残酷，无法挽回的绝望，痛彻心扉。

吴向葵不断给潘慧抽餐巾纸，直到两包面巾纸用完，潘慧还伸手过来，吴向葵抓住她颤抖的手。电影院里一片唏嘘，哭泣的不止他们两个。

电影真是好东西，结束的时候，潘慧还没有从情节中走出来，她觉得她跟吴向葵未尝不是两个即将走散的孤儿，他们此刻的情状，也是一场无法挽回的分离。吃了晚饭，吴向葵要送潘慧打车回工地，潘慧说要跟他去订好宾馆再走，订好宾馆，她又说要到房间里看看，进了房间她又说，难道你就不能最后抱一抱我？鬼使神差，他们各自把持不住。

第二年春天，吴向葵买回三个集装箱，花钱进行一番改造，在承包地的空地上建起了一幢别致房子，客厅、厨房、卫生间、卧室……全按照城市楼房的格局布置。他想起龙珠骐达工地宿舍边的牙祭房，心想，爷们儿我天天打牙祭，没有人在外面守着，更没人掐表，天做帐篷地做床，上面还有精装潢，噢，好一个自由自在。集装箱房子的下面打了两米多深的桩，露出七十五厘米，恰好可在大门口砌五级台阶，既防虫蛇，又隔潮。房屋虽只有一层，垫高之后就气派了。关键是打开门就是自己的庄稼地，吹过来的风都带着庄稼好闻的气息。他觉得古代的庄主也不过如此。他还买了一辆二手依维柯，既可以拉人，又可以载货。他在抖音上晒这辆车的时候说："要是啥时候买架二手飞机，咱的庄园就全了！"

九月里的一天，吴向葵没有什么安排。地里的辣椒、茼蒿、莜麦菜、冰菜又采收了一茬，菠菜和樱桃菜已在网上订购完毕，从明天开始陆续发货；冬瓜、地瓜、胡萝卜还有一段时间才能收。眼前这块秋玉米的边上，是三亩地的秋藕和半池塘的鱼。要是明年能签下连续承包十五年的合同，他打算种上一些橙子、柚子和猕猴桃。田庄就该有这些东西。位于长江口的这片土地如此肥沃，插根扁担都能发芽抽青，他喜欢这片土地喜欢到可以隆重地使用“热爱”两个字。为了这两个字，他坚持用土杂肥，传统耕作，序时种植。比如辣椒，别人打催红素、打伸直素，刚谢花就开始红，又长又直，根根都像加大号的筷子，长短还差不多。他的辣椒有直有弯，有长有短；比如他种的芦笋，一尺来长，根部七八厘米又硬又脆，属于老薹，别人家的喷了药，长到两尺长，都还嫩嘟嘟水汪汪的，根本没有老薹。这种药水喷施的蔬菜吃多了，可能导致不孕不育。上海人识货，他地里出什么，人家买什么，信得过。好多人跟他加了微信，还把他的微信推荐给别人，因此他有四五百个直发的固定客户。

看见秋玉米，吴向葵想起大学城那地儿曾经有过的窝棚，想起那个遥远得无法言说的被晚霞装点得缤纷多彩的黄昏和起初缀满星星、后来月光盈盈的夜晚。他想起朱可以，不晓得这个有洁癖倾向的经理跟潘慧处成啥样了。他还想起他的儿子吴潮白，两年多了，这个国际公民没有给他打一个电话，也不知道是回国了，还是拿到绿卡在国外定居下来。吴向葵的电话十多年没有变过，以前没有变的必要，现在是不敢变，总想着儿子哪一天会打过来——也不知道这小子跟他妈妈打过电话没有。这孩子跟他的关系，恐怕只有一段生养关系，没有恩，也没有爱。这二十多年，吴向葵没有在吴潮白面前表露出一丝一毫让孩子感谢养育之恩的意思。被人喊作爹，总得付出，在孩子成年之前，即使卖血卖肉来抚育，都是责任所在。谁知道还是仇恨至此。吴向葵经常安慰自己：“只当我为前世的罪孽还了债！”

“向葵，来，帮个忙！”女人在厨房里招呼他。刚才他们说把几袋新米顺一顺，免得挡脚挡手。肚子里的崽儿五个多月了，不管掩不掩盖，都已显怀，再过四个月就要生了。对这个即将诞生的生命，吴向葵心头不仅期待，而且暗暗发誓，无论男孩女孩，他一定要好好教育、好好引导，吸取在他那国际大哥身上的教训，是不是出类拔萃另说，至少不要再忘本。

吴向葵决定，等到入冬，他要把女人的老宅翻建起来，让它成为他的这个孩子不变的家。他会告诉这个孩子：“不管你爹从哪里来，孩子你永远别忘了，这里是你的血地——你的母亲为生你流下第一滴血的地方！”

电话铃响了，显示归属地为包头市。吴向葵没接，他从来没有交过内蒙古的朋友，更没有那边的生意，不是骗子电话，就是骚扰电话。第二遍他也没接，到第三遍，他觉得这世界上大概没有这么百折不挠的骗子，揿下接听键。

“吴向葵，咱，潘慧。”声音是她的声音，但听上去并不喜庆。

“你，”一切太突然，中国的老话说得好，人不能想，一想就到眼面前。吴向葵问，“你啥时候上了包头？”吴向葵想，龙珠骐达的工程早该完工了，他们的老板多半接到了包头的工程。

“咱一直在廊坊。这号是充话费送的。”潘慧的声音不疾不徐。

吴向葵想这倒神奇，啥时候充电话费送我北京的号试试。整整一年时间没有联系，没啥事她肯定不会打电话来。吴向葵问：“哦，你找咱该有什么事？”

“你的小儿子出生三个月了！”潘慧的声音仍然不疾不徐。

吴向葵听成他的儿子吴潮白的儿子，也就是他的孙子出生三个月了，意味着他做爷爷啦。一瞬间，三分喜悦七分恼怒一起冲上脑门：“那小子啥时候结的婚？儿媳妇是哪个国家的？”那么大的事情，再看不上他这说老不算老的老家伙，只要给他发一条短信，他必然厚礼相待。做老子的人得有做老子的人的气度。

“跟吴潮白没关系。是你的儿子，你的。”潘慧的声音还跟刚才一样。

吴向葵从椅子上翻爬起来。在廊坊火车站附近的小旅馆之前，他们已经两三年没有接触过，偶尔他流露出想法，她就拿“更年期了”来搪塞。他清楚记得，那天晚上情急之下他打算下楼购买工具，以前都没有这样赤手空拳，现在更不能。她说：“应该没事，更年期了。”看，朱可以真没说错，事故是最大的浪费，平安是最大的节约。转念，“呸呸呸，怎么会想起这个人！”，两条三枪牌平角裤在他脑子里风筝般飘过来飘过去。

“你，为什么不采取终止措施呢？”吴向葵后悔看那部从头哭到尾的电影，后悔电影结束没有打车送她回工地，后悔让她陪他去订了宾馆，还让她进了房间，并且住了一夜。所有这一切的药引子，都可以算在那部电影的头上。即便找到冤头债主又能怎样，即便他把那部电影嚼来吞下去又能怎样，事情是他做的，结果已经出来，眼前的一切美好说不定又将被打乱。罢罢罢，现在他只想知道这女人要做什么。

“一个高龄产妇，医生都不敢采取措施，你想给咱上什么终止措施？”潘慧跟吴向葵怼上了。

吴向葵没吭声。他能说什么呢？他能想象到那个有洁癖的朱可以知道潘慧怀上吴向葵的孩子，还会跟她继续发生瓜葛吗？而潘慧知道自己怀上吴向葵的孩子却始终不吭声，说明潘慧从来就没想过吃回头草，走回头路。他在等待潘慧开价。只要不是漫天要价，一切为了孩子成长的费用，他这二百多亩地还是长得出来的。

潘慧见他没有吭声，以为他下了矮桩，便不像刚才那样激动了：“你放一万个心。打你这个电话，既不向你要抚养费，也不会来投靠你。咱只是想告诉你，你的小儿子已经三个月大了。出生日期六月二十三号上午九点十一分，农历五月二十一，星期天。”说罢嘟一声挂掉电话。

话还没说完怎么能挂电话？潘慧现在在哪里？靠什么生活？有没有给孩子取名？叫什么？吴向葵立即回拨过去，包头的号码关机；吴向葵拨打潘慧原来的号码，空号。如此尝试了五六遍，都是如此。吴向葵找到潘慧的微信，语音通话，呼叫失败；发微信，被对方拒收。看来早被潘慧屏蔽了。一年没联系，这是什么时候开始的事儿呢？

吴向葵又拨打朱可以那一串“4”的电话，空号。九成仙和马四维的电话号码他没有。一年的时间过去，龙珠骐达工地早已结束，这帮人是散了，还是转战其他工地，谁知道。吴向葵木愣愣地坐一阵，他知道，潘慧这是安了心从此不再跟他联系了。他不禁悲从中来：那孩子不仅没有故乡，连他这个亲爹，都可能永远不被知道！

“向葵，快来帮帮忙！”

孙小涓的声音再次从厨房里传来，她在那头等了好长工夫了。

后　记

创作原是体力活儿

有人做过比较，以每天八小时计，写作消耗的精气神，是体力劳动的十倍。

有过体力劳动经历的人都知道，头一天不管多么劳累，到了晚上只要吃好喝好，美美睡上一觉，第二天又元气复活，可以继续劳动。只要身体健康，报酬足够丰厚，持续工作十天半个月，不成问题。民间有言道：“力气是个怪，用了又还在。”要是劳动强度适中，犹如细水长流，不缓不急，这种劳作可以持续很久。

而写作却多半不能这样干，头天写十个小时，第二天还能接着写十个小时的人可能有，但连续十天半月每天写十个小时的人，当属人中龙凤，少之又少。

长期从事创作的人，对每天的创作数量都有一定的计划，可以少，可以慢，一般不会突击式创作，智力和思考跟不上，身体也承受不了。万一身体染恙，一场小伤风，可能耽搁一个短篇；一场重感冒，可能直接毁掉一部长篇。

创作是一桩持久的事情，有心、有智还不够，还得身体帮你。

细心的读者，很容易从文字中体会到作者的身体状况。同样一个作家的作品，是在身体健康还是身体虚弱的情况下创作出来的，读者能从作者的用词、语句、段落、陈述方式、谋篇布局等看出来。

作者身体的健康状况，关系到作品的“体魄”和“精气神”。

一个体格健壮的作者，纵使写缠绵的美文，也自有其筋道和气力。

大唐盛世“以胖为美”，即以健康为美，其诗文，自有阔大壮美的魅力。到了宋朝，男性词人写的相思诗、怨妇词，自比妻妾，阴柔凄迷，阳刚不足；到了末季，北方大兵压境，有的投降，有的做了俘虏，还有的逃跑去偏安。

一个“体格强壮”的时代，绝不会去追逐纤细孱弱的“奶油粉”，脸孔好看顶屁用啊，狼烟一起，还得靠身强体壮的血性男女。

作家比到最后，拼的是情怀，是对世界和人类的悲悯和体惜。

作家在抵达最后之前，靠的是体力。坐在电脑前写作，不仅仅靠天赋，还得靠体力，天赋占1%，体力占99%。文学创作原是体力活儿。

写作上最痛苦的事情，不是你没有创作灵感、创作冲动，也不是你没有组织文字、谋篇布局的能力，而是你的身体不配合你，刚写个开头，便元气虚脱，如果写下去，就会上气不接下气，勉强再坚持几页，更是生不如死。写作成了身体的酷刑。为留一口气迎接明天辉煌灿烂的黎明，不得不放弃理想和追求。

不只文学创作是体力活，所有艺术创作都是体力活儿。不只艺术创作是体力活，科研、表演等，都得靠一副好身板儿。

我的小说创作准则

每个从事小说写作的作者，对小说的理解都不一样。正因为各不相同，呈现在读者面前的小说，才各具特色。

30岁前，我从未想到自己有一天会写小说。散文于我，是一种表达需要，是一种叙述需要。文字让我感受到自己的存在，感受到自己在思考。过了30岁，越来越觉得，很多人物、感情和事件，已经无法用散文来尽述，散文成为束缚我表达的框框，我需要一种更加自由、更加灵活多样的文体。于是，小说便毫无过渡和转折地进入了我的创作。

立体，是我对自己小说的第一点要求，写谁你就是谁，你的眼、耳、鼻、舌、身、意全是那个人物的，你已经不完全是你自己，你像天帝那样创造了一个立体真实的世界，你让你笔下的人物感受风云雨露，挥洒喜怒哀乐。有写作专家说“贴着人物写”，我觉得，光“贴着”还不够，你必须把自己置换成那个人物。唯其如此，你笔下的人物才是活生生的人，才有人的脉搏和情感，是真正活着的，而不是貌似活着的。

真实，是我对小说的另一个要求。传统分析小说，都从小说的三要素出发：人物、环境、故事情节。其实这三要素并非小说独有，比如故事和新闻报道，也有这三要素。我认为，除了这三点之外，还有两个重要的要素，就是感情和思想。“一粒水上见太阳，半瓣花上说人情”，指的就是文学作品的情感，诗歌和散文由于文字短，再加上一般从“我”这个角度切入创作，作者的情感是否饱满真实，一眼便瞭穿。而小说，即使从“我”这个角度切入写作，多半是客观讲述，讲述的是几个人、一群人的故事，作者的感情如果虚假或者干瘪，首先面临的不幸，是不容易被发现的。其次一个灾难是等到发现后，作品已经完成，像大楼盖完那样，小修小补无伤筋骨，倘若要大动手术，那岂不等同将一座大厦推倒重来？情感不真实，满盘皆输。最后就是思想，也就是作品的思想深度和精神高度，作者思想的深度和精神的高度决定着作品的思想深度和精神高度，决定那部作品到底该放到哪个位置。不管你多会伪装，多么具有虚构的才华，一旦感情和思想缺乏真诚和真实，这部小说就已缺失生命迹象，挂掉是必然的事情。就这一点来说，在传统小说的三要素之上，增加思想和情感的作者，似乎更懂小说。

有味，就是作品要有韵味、品位和味道，也就是在有限的空间内，浓缩着密集的美感信息。这些美感信息，或者来自小说的语言，或者来自小说的人物、环境和故事情节，或者来自小说的感情和思想。小说之难，难在有味。常见一些妙龄女子，五官精致，皮肤细腻，单看照片，美不胜收。一旦见面，却可能让人喜欢不起来，原因在于没有味道，除了花瓶功能，一无是处。俗话说，姿不如态——表面上的姿色，赶不上骨子里渗出的韵味。其“态”，就是韵味，就是味道，就是品位。

就每一部小说的细部而言，不止上述三项准则，还有作家的立场、腔调、态度等，上述诸项，几乎刻进我的骨头。

当一个人正从事着小说创作，适当总结是必要和重要的，但一定不能给人以“这是我的成功经验”的印象。成功对于每个小说作家来讲，就像柯罗连科笔下的那一盏远方的灯火，创作不息，探索不止，句号一般的“成功经验”就不存在。正如没有死，不好随便称“大师”那样，对一个小说作者，创作感悟永远在路上。

2020 年 10 月 29 日于江尾海头启东

图书在版编目（CIP）数据

夜色也曾温柔 / 李新勇著. —南宁：广西民族出版社，2022.1（2023.5重印）
（中国多民族作家作品系列）
ISBN 978-7-5363-7522-2

Ⅰ.①夜… Ⅱ.①李… Ⅲ.①中篇小说－小说集－中国－当代 Ⅳ.①I247.5

中国版本图书馆CIP数据核字（2021）第229076号

中国多民族作家作品系列
夜色也曾温柔
YESE YE CENG WENROU
李新勇 著

出版策划：石朝雄
组稿策划：梁秋芬 陶安宁
责任编辑：黄升萍
装帧设计：张文昕
责任校对：黄一清
责任印制：梁海彪 张东杰
出版发行：广西民族出版社
地址：广西南宁市青秀区桂春路3号 邮编：530028
电话：0771-5523216 传真：0771-5523225
电子邮箱：bws@gxmzbook.com
印 刷：三河市嵩川印刷有限公司
规 格：787毫米×1092毫米 1/32
印 张：11.25
字 数：228千字
版 次：2022年1月第1版
印 次：2023年5月第2次印刷
书 号：ISBN 978-7-5363-7522-2
定 价：58.00元